光文社文庫

ストールン・チャイルド
秘密捜査

緒川《おがわ》　怜《さとし》

光　文　社

この作品はフィクションであり、実在する人物・団体・事件などにはいっさい関係がありません。

目次

日記　7
第一章　架空の司法解剖　12
第二章　車から走り去った影　62
日記　105
第三章　夜逃げ男　110
第四章　舞台女優　159
日記　218
第五章　三十九年前の二つの事件　226
第六章　ストールン・チャイルド　306
第七章　樹海の白骨　371
第八章　シンクロニシティー　421
解説　細谷正充《ほそやまさみつ》　472

ストールン・チャイルド　秘密捜査

昭和五十一年十一月十日

今日、東京・九段下《くだんした》の日本武道館《にっぽんぶどうかん》で天皇陛下の在位五十年を祝う式典が行われた。七千五百人が参列したそうだ。

式典を開催することに対し、社会党や共産党は天皇陛下を国家元首にすることを狙ったものだとして強く反発し、東京、埼玉、神奈川といった、いわゆる革新系の知事たちは政府の招きに応じなかった。

夕刊の記事によると、「戦前の暗黒時代もひっくるめて祝福する気にはなれない」と出席拒否をいち早く表明し、式典の是非をめぐる論争に火をつけた美濃部《みのべ》東京都知事は日比谷《ひびや》公会堂で開催された別の行事に出席したが、この日は式典についてはノーコメントを貫いたという。おそらく、周囲の人間から、どうか今日だけは余計なことはしゃべらないでくださいいと強く釘を刺されたのだろう。

武道館がある北《きた》の丸《まる》公園周辺には厳戒態勢が敷かれ、三千人もの警官が動員されて警備に当たった。公園の入り口は九日夕方から閉鎖され、車の通行はすべて禁止。各入り口には二重三重に鉄柵が設置されるというものものしさで、千鳥ヶ淵《ちどりがふち》などのお堀では、不測の事態に備えて警官がボートの上から水面に目を凝《こ》らしたそうだ。

式典で、陛下は「過去五十年の歳月を顧《かえり》みるとき、多くの喜びと悲しみが思い出される」「先の戦争で犠牲になった数多くの人々とその家族の上を思い、哀痛の念にたえない」とのお言葉を述べられたという。

三木《みき》首相は式辞の中で「戦争の気配が濃いのを心痛された陛下は、重臣に平和を諭《さと》されたともうけたまわるが、時世は必ずしもこのお心どおりには進まなかった。しかし、陛下はついにご自身を顧みず、戦争を終結に導かれた」と述べた。

天皇陛下に戦争責任があるのか、ないのか。

難しい政治的なことは正直なところわたしにはよく分からないし、ここでそうした問題について論じるつもりもない。

けれども、三十一年という長い時間がすぎた今もなお、わたしの心のどこかにあの戦争の傷跡が刻まれていることは間違いない。

昭和二十年三月十日の東京大空襲で母を失った。

当時、母と、そしてまだ乳飲み児《ご》だったわたしは、下町の本所区《ほんじょ》に住んでいた。九日夜の十時半ごろ、二機の米軍機が東京上空に飛来し、警戒警報が発令された。その二機は間もなく房総《ぼうそう》半島沖へ去ったため、警報はいったん解除された。

これで安心した東京都民は防空壕《ごう》を出たのだが、日付が十日に変わった午前零時すぎ、最初の焼夷弾《しょういだん》が深川《ふかがわ》に投下され、下町一帯を標的にした無差別絨毯《じゅうたん》爆撃は二時間半にわたって続いた。

一夜にして推定十万の人命が奪われ、東京の三分の一が焼け野原となった。

夜空を埋めた約三百機のB29の腹から投げ落とされた無数の焼夷弾。重量にして千五百トンにも上ったというそれらが文字どおり雨あられと降り注ぐ中、わたしを背負い、その上からねんねこを羽織《はお》り、頭には防空頭巾《ずきん》をかぶっていたであろう母が、どこをどんなふうに逃げ惑ったのかは、ただ想像する以外にはない。

しかし、母が最後に取った行動は知っている。

母は、竪川《たてかわ》に架かる三之橋《さんのはし》にたどりついた。けれども、主に深川方面から逃げてきた群衆が押し合いへし合いし、全長四十メートル弱の鉄橋の上は身動きすらままならない状態だった。

そうこうしているうちに、川の両岸にある倉庫群が炎上したため、橋は炎の通り道と化し、まるでバーナーの口を水平に向けたようにオレンジ色の炎が襲いかかってきた。人々が悲鳴を上げながら次々と生きたまま焼かれていく様《さま》は、まさにこの世の地獄と言うほかなかったであろう。

わたしと一緒にここで死ぬしかない。

母は覚悟を決めたに違いない。

そのとき、母の耳に下から〈おーい、その子をこっちによこせ!〉という声が聞こえてきたのだ。

母はその声に向かって、わたしを放り投げた。

自分の氏名を声の限りに叫びながら。

小舟に乗っていた誰かが小さなわたしをしっかりと受け止めてから間もなくして、母の身体《からだ》はまるで松明《たいまつ》のように燃え上がったという。

舟上にいた人の中には、母の知り合いの知り合いの、そのまた知り合いがいた。そのため、わたしは、五つ上の姉が疎開《そかい》していた千葉の親戚の元に引き取られた。

終戦からしばらくして、南太平洋の小島で戦死したと思われていた父が復員してきた。ほとんど自殺に等しい敵陣への夜襲を命じられた父は、深傷《ふかで》を負い、米軍の捕虜になっていたのである。

機関銃で撃たれた父が、即座に意識を失ったことは幸運だった。そうでなかったら、父はきっと〈生きて虜囚《りょしゅう》の辱《はずかし》めを受けず〉との戦陣訓の教えに従い、手榴弾《しゅりゅうだん》で自決していたに違いない。

父は再婚することなく、男手ひとつでわたしと姉を育て上げてくれた。

その父も、二年前に他界した。

戦中戦後の無理がたたったのかもしれない。

こんなわたしは、命の尊さ、儚《はかな》さというものをよく知っている。そう言っても、傲慢《ごうまん》とのそしりは受けないだろう。

わたしが、今ここにいること。

急に思い立って、こうして今日から日記のようなものを書き始めたこと。

それ自体が、ほとんど奇跡なのだから。

そして、その〝奇跡の子〟であるわたしのおなかには、もうすぐこの世に生を受ける胎児がいる。

両親の血を次の世代に継承していくことができるのだと考えると、なんだか、父と母へのささやかな恩返しになるような気がする。

出産予定日は十二月一日。

自宅で産むつもりでいる。

経験豊かな助産婦である姉の淑子《よしこ》が面倒を見てくれているし、できるだけ自然な形で出産したいと考えたからだ。

その日が来るのが待ち遠しい。

第一章　架空の司法解剖

台所から、カタカタとかすかな音がした。

しばらく前に水道水を補給した冷蔵庫の自動製氷機が、冷凍室の受け皿に氷の立方体を連続して落とした音だった。

このマンションの部屋に依子《よりこ》の明るい笑い声があふれていたときには、居間では、ほとんど聞くことのなかった音。

しんと静まりかえった空間だからこそ耳朶《じだ》に到達した、その日常のなんでもないはずの音に、かつてここに存在していたかけがえのないものが、永遠に失われてしまったことを、あらためて突きつけられた思いがした。

途端に、胸が大きな万力《まんりき》で締めつけられたような感覚に襲われ、外岡渉《そとおかわたる》の口から、小さなうめき声が漏れた。

数分後、ようやく胸の苦しさは治まった。

それとともに、気持ちもいくらか平静さを取り戻した。

顔を上げて、コーヒー・テーブルに目をやった。

酎《ちゅう》ハイのひしゃげた缶が、五本転がっていた。

喪失感をアルコールの力を借りて埋めようとする無益な試みをまた、性懲《しょうこ》りもなく繰り返してしまった。

それが決してうまくいかないこと、それどころか逆の効果しかもたらさないことは、何日かやってみて、よく分かっていたはずなのに。

出窓の棚、そこに置かれた時計の針は、現在の時刻がまだ午前十時二十七分であることを示している。

いや、あの時計は二分進んでいる。

だから実際には、まだ十時二十五分だ。

レースの薄いカーテンを通して射し込む五月の日射しが、目に痛かった。

「今のおれは、ただの空疎《くうそ》な穴みたいなもんだ」

外岡がつぶやいたところで、インターフォンが鳴った。

無論、誰かと言葉を交わしたい気分ではなく、居留守を使うつもりだった。

しかし、来訪者は簡単には諦めてくれなかった。

執拗《しつよう》に鳴り続けるインターフォンの音に不快そうに唸《うな》ると、外岡は、結局ソファから重い腰を上げた。

壁の受話器を手に取る。「はい」

〈ああ……『道庵《どうあん》』の池永《いけなが》です〉

こちらの沈鬱《ちんうつ》な口調に、相手は恐縮した声を出した。

近所にある、行きつけの蕎麦《そば》屋の主人だった。

旨い十割蕎麦を供する店で、外岡は、休みの日に昼飯を食いに月に二度ぐらいの頻度で通っていた。日本各地から取りよせた地酒の品ぞろえが素晴らしく、殻《から》をむいた蕎麦の実と辛み大根を合わせた「抜きおろし」といった珍しいつまみ類も充実していたため、いける口の依子と一緒に何度か夜にも訪れていた。子どものいない夫婦はそうやって、外でよく食事を楽しんだものだった。

そんなわけで池永慎一《しんいち》とは、そこそこ親しくはなっていた。それにしても、いきなり部屋を訪ねて来るとは……。

どう考えても、そのような関係ではなかった。

外岡は訝《いぶか》しげに言った。「池永さん……なにか、ありましたか?」

〈こんなときに、突然、ご自宅に押しかけてしまって申しわけありません。ですが、県警本部の刑事さんというお立場にある外岡さんに、ぜひともご相談に乗ってもらいたいことがありまして。外岡さん以外、ご相談できる人が思い当たらないんです〉

池永がそこまで一気に吐き出した言葉には、聞く者を放っておけない気分にさせる切迫感があった。

これは、ただごとではない。

そう判断した外岡は、ボタンを押してエントランス・ドアの自動ロックを解除した。「どうぞ、中へ」

この数日間、部屋の中にいる間——寝ているときも、起きているときも——ずっと着どおしだった汗臭いパジャマを脱ぎ捨てた。

居間の床に落ちていたジーンズとTシャツに着替えた。

それから酒の缶をゴミ箱に放り込み、台所の流しで口内洗浄液を使って口をすすいだ直後、チャイムが鳴った。

ドアを開けると、池永は、詫《わ》びの言葉をもごもごと並べ始めた。

本人に年齢を訊《き》いたことはないが、おそらく自分と同世代の四十前後、いや、もう少し下か。背丈が百八十センチはある長身は、どことなく案山子《かかし》を思わせる。それは、長い手足がほっそりしすぎているせいだ。紺色の半袖ポロシャツに生成《きな》りのチノパンというこざっぱりとした服装で、髪は短く刈り上げている。

そんな相手を、外岡は右手で制した。「とにかく、入ってください」

池永は、近くの斎場で営まれた依子の通夜に夫婦そろって来てくれていた。

居間の隅にしつらえられた簡素な祭壇——納骨が済むまでこのままにしておきますからと

言って、葬儀屋が残していったものだ――が目に入ったのだろう。

池永は、金糸の布で覆われた遺骨の箱が置かれた祭壇の前に直行した。線香を一本あげ、依子のにこやかな遺影に向かって数秒間、静かに手を合わせた。

池永が振り返ったところで、ソファに坐るように手振りで促した。

飲みものを勧めた。池永はどうかおかまいなくと断ったが、外岡は台所に向かい、冷蔵庫から冷えた緑茶を持ってきた。

その際、台所で手のひらに息をはーっと吐きかけてみて、大丈夫のような気がした。けれども、大量の酒を飲んだ状態の人間が、周囲の空間に発散しているアルコール臭を自分で感じることは、まず、ない。

そこで、念のためにもう一度、口内洗浄液を使った。

ペットボトルを傾けて池永のコップに緑茶を注いでから、コーヒー・テーブルを挟んだ向かいの低い椅子に腰かけた。

できるだけ相手との距離を取ろうと、上体は後ろに反らし気味にして。

外岡は言った。「それで、わたしにご相談というのは？」

幸い、呂律《ろれつ》は怪しくなっていないようだった。

けれども、これもあくまで自分の感覚にすぎない。客観的にそうなのか、あまり自信は持てなかった。

「わたしの親父《おやじ》が、去年の一月、急死したって話――」

外岡に促されて、池永が切り出した。「いつか、店で、外岡さんにもしたような記憶があるんですが」

池永の表情からは、今のところ、眼前の面会相手が素面《しらふ》ではないことに気づいている様子はない。そのことに内心、安堵《あんど》しながら、外岡は首を上下させた。「ええ、お聞きした憶《おぼ》えがあります」

脳髄を覆ったアルコールの霞《かすみ》をかき分けて、記憶の糸を懸命にたぐる。「……お父さん、ご病気で亡くなられたということでしたね」

「ええ」

「確か……それから一ヵ月ほどして、今度はお母さんも亡くなられたとか。ご自宅のお風呂で事故に遭《あ》われて」

「おっしゃるとおりですが、おふくろのことは、この際、脇に置いておきましょう」

「うん。で、お父さんの死因は？」

「解剖の結果では、心筋梗塞《しんきんこうそく》ということでした」池永が答えた。「でも、ほんとにそうだったのか。そのことに、疑問が出てきたんです」

外岡は眉根を寄せた。「解剖に回った……。それは、いわゆる行政解剖ですか？　まさか、司法解剖じゃないでしょ？」

池永は首を左右に振った。「いいえ、司法解剖です」

意外な答えだった。

遺体が司法解剖されたということは、池永の父親の死は、多少なりとも事件性が疑われたということを示している。

休眠状態にあった捜査一課刑事の身体のどこかにあるスイッチがオフからオンに切り替わりつつあるのを、外岡は自覚した。「それで、疑問が出てきた、というのはどういうことです？　詳しい経緯を話してください」

池永が語った話は、次のようなものだった。

〈先ほど、保土ケ谷《ほどがや》警察署から、うちに電話があって。……お父さん、交通事故に遭われたそうなのよ〉

池永の店に、そんな電話がかかってきたのは、昨年の一月二十五日。午後三時すぎのことだった。

電話してきたのは、池永の両親が居住する戸建て住宅――住所は横浜《よこはま》市保土ケ谷区峰沢《みねざわ》町《ちょう》――の近所に住む年配の女性だった。

「えっ、事故ですか？」

池永の仰天した声に、池永一家とは昔からの顔なじみである女性は言葉を継いだ。〈ええ。

君恵《きみえ》さん、おうちにいらっしゃらなかったみたいね。それで、警察の方はうちに連絡してきたってわけ〉

君恵というのは池永の母親の名前であり、彼女は二日前から、高校時代の同級生三人と連れだって、尾道《おのみち》に二泊三日の予定で旅行に出かけていた。

〈たいしたことないと、いいんだけど。慎一さん、今すぐ、警察に電話して。西川《にしかわ》さんという人が担当だから〉

いったん固定電話のフックを指先で押し下げると、池永は、すぐさま保土ケ谷署に架電した。

刑事課に勤務する西川という警部補が電話口に出た。〈池永幸彦《ゆきひこ》さんというのは、あんたのお父さん？〉

のんびりした口調だった。

池永がそうだと答えたところ、西川は〈お父さん、昨日の夜、家に帰ってこなかったのかな？〉と訊いてきた。

「一緒に住んでるわけではありませんから、分かりません」

〈なるほど……で、お父さん、シルバーの軽ワゴンに乗ってる？〉

「はい」

〈頭の毛は薄い？〉

です か？」

そこで、池永は、我慢できなくなった。「父はどうなったんですか？　今、どこにいるんですか？」

〈どうやら、交通事故みたいでね。……お父さん、ここの霊安室にいるんだ〉

頭の中が真っ白になった。

すぐにそっちに行きますから、と叫ぶように言って、電話を切った。

池永の蕎麦店——三十五歳のときに脱サラして始めた店だった——は保土ケ谷区に隣接する神奈川《かながわ》区にあった。一緒に店を切り盛りしている妻の妙子《たえこ》とともにタクシーを飛ばして、保土ケ谷署に向かった。

二人が署に到着したのは、午後四時前のこと。

応対した西川は、歳《とし》のころ五十代後半といったところ。大柄な男で、スラックスのベルトの上に腹の贅肉《ぜいにく》がはみ出していた。

その西川は、先ほどの電話では〈交通事故〉という言葉を口にしたにもかかわらず、〈ひょっとして、お父さん、以前から心臓が悪かったんじゃないの？　違う？〉などと、何度か池永に訊いてきた。

「いいえ。親父は健康そのものでした。ここ何十年も、歯医者以外の医者にはかかったことがありませんでした」

「ええ」

「そうか……。だけど、年よりの心臓が急におかしくなることは、別に珍しくもなんともないからね」

西川は、幸彦の運転免許証と車検証、それに車のキーを池永に渡した。「それじゃあ、遺体の確認をしてもらいましょうか」

池永夫婦は、線香が焚《た》かれた署内の霊安室で遺体とごく短い間、対面した。

西川は、遺体の顔を覆っている白いシーツを除《の》けた。「お父さんに間違いない？」

「間違いありません」池永は答えた。「父です」

「……お義父《とう》さん」

隣で、妙子がハンカチを目に当てた。

両眼《りょうがん》を閉じた父親の顔は、少しも傷ついてはいなかった。その表情はとても安らかで、まるで眠っているかのようだった。

不思議と涙は出なかった。

頬にそっと手を触れた。

父親は、既に冷たくなっていた。

床には透明なポリ袋に入った着衣が置かれていた。袋の中には、頭髪が薄い父親が冬の間、外出時にかぶることの多かったニットの帽子もあった。

池永の視線が帽子に向けられていることに気づいたのか。西川は「発見されたとき、それをかぶっていたそうだ」と言った。

霊安室を出た後、署の駐車場で軽ワゴン車を見せられた。

ナンバーから、父親の車であることは間違いなかった。

車の運転席側のフロントガラスには、蜘蛛《くも》の巣状のひび割れがあった。それは、かなり大きなものだった。

「これは、いったいなんですか？」

「うん……」池永の問いかけに、西川が指先で下唇をつまんだ。「きっと、石でもはね上げたんじゃないかな」

「内側から衝撃が加わったような感じですけど」

「おれには、そうは見えないな」と西川。

よく見ると、車の前部バンパーにも大きなへこみがあった。

運転席のドアを開けて、車内を覗《のぞ》いてみた。

助手席の床に敷かれたマットは少量の乾いた嘔吐物《おうとぶつ》で汚れていた。


その後、応接室で西川から説明を受けた。

それによると、同日午前九時前、軽ワゴン車が自動車販売店前に駐車しているのを、店の男性店長が発見した。保土ケ谷区岡沢町《おかざわちょう》の国道1号線沿い、三ツ沢上町《みつざわかみまち》交差点の直近に位置する店だった。

営業の邪魔になるじゃないか。

そう考えた店長は、午前十時少し前になって車の中を覗き込んだ。後に幸彦と判明することになる高齢の男性が、上体を助手席ドアにもたせかけた姿勢で前部座席のシートに仰向けに横たわっていた。

ロックされていなかった車のドアを開けた店長は、何度か〈おい、あんた〉などと呼びかけてから、幸彦の身体を揺り動かした。

まったく反応がなかった。

それどころか、呼吸をしていなかった。

店長の一一九番通報で出動した横浜市消防局の救急隊が現着《げんちゃく》（現場到着）したのは、午前十時九分。

幸彦は自動車販売店から直線距離にして三百メートル程度しか離れていない横浜市立市民病院に救急車で搬送された。午前十時二十一分、市民病院の女性医師によって死亡していることが確認された。

幸彦の着衣及び車内からは運転免許証や車検証は発見されず、この時点では、幸彦は「氏名不詳」の扱いだった。

幸彦の遺体は午後零時四十五分ごろ、市民病院から署が手配した葬儀社の車で保土ケ谷署に搬送された。

その間、署員の手によって軽ワゴン車及び現場周辺の実況見分が行われた。車内は整然としていて、人が争ったような形跡はなかった。血痕等も発見されず、犯罪を疑わせるようなものは、なにひとつ認められなかった。

ところが、実況見分が済んで自動車販売店前の現場から保土ケ谷署の駐車場に移された軽ワゴン車の中から、運転免許証及び車検証がひょっこり出てきたのだという。

運転免許証は後部座席に置かれていたブルゾンのポケットの中にあった——。

西川はそう言ったが、車検証が車内のどこから発見されたかについては、なにも言及しなかった。

車のナンバーや運転免許証の写真から死亡したのは幸彦本人に間違いないことが確認され、遺族への連絡が開始された。自宅に何度か電話をしたが誰も出ないため、ゼンリンの住宅地図で見当をつけて、近所の家に架電した。その家に住む女性を介して午後三時すぎ、ようやく池永と連絡が取れた。

そこまで西川が説明したところで、池永は訊いた。「先ほどのお話では、交通事故だっていうことですし、この目で見た親父の車には、明らかな損傷がありました。で、事故現場はどこなんですか？　それに、相手の方はいるんですか？」

「今のところ、事故現場は見つかってない」

西川が答えた。「交差点の周辺をくまなく探してみたんだが。ちなみに、うちの管内では、昨夜《ゆうべ》から交通事故の通報は一件もなかった。消防への通報もない。……これはあくまでも個人的な見解だが、お父さん、どこかで軽微な自過失事故を起こしたのかも――」

部屋のドアが開いた。

入ってきた部下らしい私服の男が、西川に二言三言、耳打ちした。

ちょっと失礼しますよ。

西川は部屋を出ていった。

二十分ぐらいして戻ってきた西川は、苦虫を噛《か》みつぶしたような顔をしていた。

池永は、なんとなく胸に引っかかっていたことを警部補にぶつけた。「親父は心臓の具合が悪かったんじゃないか。西川さんは、何度かわたしに尋ねられましたよね。あれは、どういう意味だったんですか？」

「いや、それは……」

寸秒、言いよどんでから、西川が続けた。「今さっき説明したとおり、お父さんは、駐車している車の中で亡くなっているのが見つかった。だから、心臓発作でも起こしたんじゃないかと想像しただけさ」

西川の話しぶりには、どこか不自然なものを感じた。

池永の額の裏にほんの一瞬、黄色信号が点灯したものの、混乱の極みにある脳裡《のうり》からすぐに消えてしまった。

そのことを思い出したのは、ごく最近のことだ。

それから、簡単な調書を取られた。

親父は昨日、秋田に住んでいる大学時代の旧友の葬儀に行ったはずです。ですから、帰宅したのは、かなり遅かったのではないかと思います。

母親が尾道に旅行に出かけていることと併せて、池永は説明した。

西川は相槌《あいづち》を打ち、先ほど西川に耳打ちした三十代とおぼしき男がスティール机に置かれたノート・パソコンに池永の語る話を打ち込んでいった。

その作業が終わると、西川は「これから、お父さんの遺体を法医学の医者に診《み》せなきゃならない」と言って、一枚の用紙を机の上に滑らせた。「遺族の承諾は必要ないんだが、一応、これに署名してくれないか」

「これって……親父は解剖されるかもしれないということですか？」

「ああ、そうだよ」西川はうなずいた。「死因が分からないし、発見されたときの状況が、状況だからね」

「分かりました」

文面にほとんど目を通すことなく、池永は機械的に署名した。

西川は用紙を受け取った。「さあ、これで当面の用は済んだ。こっちで手配した葬儀屋の車で送らせるから、お父さんの家で待っていなさい」

　両親の自宅にいた池永の携帯に西川が架電してきたのは、午後九時半ごろのこと。母親の君恵は既に旅行先から帰宅しており、連絡を受けて駆けつけた親族のほか、親しくしていた近所の人たちも何人か家に集まっていた。

　西川の説明によると、池永夫婦が署をあとにした後《のち》、幸彦の遺体は剖検《ぼうけん》のため神奈川県から委嘱《いしょく》を受けた監察医が経営する神奈川区内の個人クリニックに移送された。

　署からの検事指揮うかがいに対し、横浜地検の検事が〈事件の可能性がゼロとは言いきれない〉との判断を下したため、横浜地裁の裁判官が鑑定処分許可状を発付するのを待って、遺体は午後七時半ごろから司法解剖されたという。

　警察用語だらけの説明を右から左に聞き流すと、池永は訊いた。「それで、結果は？　親父の死因は？」

〈お父さんの死因は、やっぱり心臓だったよ。病名は心筋梗塞。死亡推定時刻は、今日の午前三時ごろということだ〉

　午後十時半を少し回った時刻、父親の遺体は自宅に戻った。

　遺体は白い花模様がちりばめられた布張りの棺《ひつぎ》に納められており、葬儀屋の手で白装束が着せられていた。

　父親の身体には大きな正中《せいちゅう》切開の痕跡——縫い目は肌色のテープで覆われていたため、

見えなかったが――が認められた。

確かに、解剖は行われたようだ。

池永は、父親の死因を心筋梗塞とした鑑定結果を受け容《い》れた。

そんな夜中にどうして車を走らせていたのか。それは不明だが、この際、どうでもいい。

七十すぎても、親父はドライブが好きだった。

親父は運転中に心臓に異常をきたし、ふらふらの状態になって、どこかで軽い自過失事故を起こした。

たぶん、ガードレールか電柱に車を衝突させたのではないか。

その際、フロントガラスに頭をぶつけたのだ。あの蜘蛛の巣状のひび割れは、そうしてできたのに違いない。

おそらく、自宅に戻ろうとしたのだろう。

親父はその後も、懸命にハンドルを操って車を走らせた。

そうこうしているうちに、いよいよ身体の具合が悪くなり、自動車販売店前に車を停《と》めた。

そこで意識を失い、絶命したのだ――と。

「ところが、最近、とんでもないことが分かったんです」

マンションの部屋で、池永が、憤懣《ふんまん》やる方ないといった声を出した。

「とんでもないこと？」

外岡は、目を細めた。

蕎麦屋の主人の話に引き込まれつつある自分を感じていた。

「ええ。警察への通報がなかったというのは、真っ赤な嘘だったんです。交通事故ではありませんでしたが、通報はあったんです」

それは、この四月下旬のことだった。

池永は、幼なじみの旧友と久しぶりに会って、食事をした。旧友が選んだ店は、三ツ沢上町交差点にほど近い寿司屋だった。

レジで会計を済ましたところで、カウンターの中から大将が言った。「あんた、亡くなった池永さんのせがれじゃない？　蕎麦屋やってるっていう」

池永はそうだと答えた。

「やっぱり、そうだったか」

大将は得心したようにうなずいた。「顔つきが親父さんによく似てるから、そうじゃないかと思ったんだ。親父さん、とんだことだったね」

聞けば、大将と幸彦は、たまに近所の囲碁クラブで対局する間柄だったという。けれども、通夜や葬儀に出るほどの仲ではなかったから、その節は失礼させてもらった。

人のよさそうな大将は、そんな話をした。

気遣いの言葉に対して、池永は、とおり一遍の礼の言葉を述べた。

店を出ようとしたところで、背後から大将の声が聞こえてきた。「おれ、あの夜、親父さんの車を見たんじゃないかと思うんだよ」

「あの夜……？」

池永は、思わず振り返った。「それはいつのことですか？」

「親父さんが亡くなった日の前日。いや、店を閉めたところだったから、同じ日かな。うん……たぶん、午前零時を何分か回っていたと思う」

幼なじみに先に帰るように手振りで示してから、池永は、大将に向かって言った。「そのときのことを、詳しく聞かせてください」

煙草に火をつけると、頭に鉢巻きをした大将は語り始めた。

その車を目撃したのは、暖簾《のれん》をしまうために店の外に出たときだった。

三ツ沢上町の交差点内、東西に走る国道1号線ではなく、それとほぼ直角に交わる県道13号横浜生田《いくた》線の右折車線上あたりに、軽ワゴン車が一台、停まっていた。幹線道路の交差点だが、深夜とあって、交通量はほとんどなかった。

街灯の明かりで、ワゴン車の塗色が銀色だと分かった。ヘッドライトは消えていたが、黄色いハザード・ランプを点滅させており、一月の夜気の中、排気管から排気ガスが出ていたから、エンジンがかかったままなのは間違いなかったという。

「こいつ、交差点の真ん中で、いったい、なにやってるんだ？　そう思ったね。たぶん、故障して立ち往生してるんだろうが、それにしては、エンジンはかかってるし……。とにかく、なんか変だったよ」

煙草の紫煙を店の低い天井に向かって勢いよく吐くと、六十代半ば見当の大将が続けた。

「車から困った顔をした誰かが降りてくるんじゃないかと、その車をしばらく――たぶん一、二分ぐらいかな、見ていた。けれども、予想に反して誰も降りてこなかった。まだ店の片づけが残っていたんで中に戻ってしまったから、その後のことは見てない。けれども、それから、そう……十五分ぐらいして、外から『交差点に停車しているワゴン車の運転手さん、大至急、車に戻ってください』――という拡声器の声がした。同じ声が、二、三度、聞こえてきた。だから、ああ、誰かが一一〇番して、パトカーが来たんだなと思った。翌日、いや、正確には同じ日か。その日は用事があって、この店を閉めた。で、その次の日になって、自動車販売店の前に停まっていた車の中でお年よりが死んでいたっていう話を、すぐそこにある畳屋《たたみ》から聞いた。おい、その車、どんな車だったんだ？　畳屋のやつに訊いたところ、車の特徴はおれが真夜中に見たのとまるっきり同じだった。……そのお年よりが、あんたの親父さんだったって知ったのは、それからしばらくたってからだが」

「警察が、交差点に停車していた親父の車を路肩に移動させた……？」池永は瞠目《どうもく》した。

「そういうことですか?」

「ああ」大将は首肯した。「そうとしか思えない」

「おそらく、通行人等から通報があったんでしょう。それを受けて、保土ケ谷署のPC《パトカー》が苦情処理のために現場に向かった」

マンションの部屋で、外岡が言った。

この時点で、脳髄を覆っていたアルコールの霞は、すっかり晴れていた。完全に、捜査一課の刑事モードになっていた。「そして交差点につくと、PC勤務員のひとりが、拡声器を使って車に戻るよう所在不明の運転者に向かって呼びかけた。ということは、二名のPC勤務員は、軽ワゴンの車内には誰もいないと思ったということだ。……つまり、その時点で、お父さんは既に身体の具合が悪くなっていて、前部座席のシートにぐったりと横たわっていたのかもしれませんね」

「ええ」

池永は、外岡のほうにぐっと上半身を乗り出した。「まさに、今、外岡さんがおっしゃられたとおりのことが起きたんですよ」

寿司屋の大将から驚くべき話を聞かされた翌日、池永は、保土ケ谷署を訪れた。

応対に出てきた西川の胸ぐらを、池永はいきなりつかんだ。「この野郎！　警察に通報がなかったただなんて、大嘘つきやがったな！」

池永の体格は横幅のある西川より少し劣っていたものの、その剣幕にたじたじとなった西川は、副署長に助けを求めた。

「なにもかも、包み隠さず、きちんとご説明しますよ」

応接室の椅子に腰を下ろした池永の前に女性署員が湯気の立つコーヒー・カップを置いたところで、制服姿の副署長が両手を小さく広げて見せた。「ですから、そう、興奮なさらないでください」

「包み隠さず――と言うのなら」

副署長の隣に坐った西川の顔を鬼のような形相《ぎょうそう》で睨《にら》んだまま、池永は言った。「親父の車を交差点から移動させたパトカーの連中を、今すぐここに、呼んできてくれ。そいつらから、直接、話を聴きたい」

「あいにく、両名は本日、非番でして。ですから、それはちょっと無理です」

副署長は少し困ったように言った。「ここに、当時の経緯を詳しく記した書類がありますから、それに沿ってご説明させてください」

「仕方ないな」

そこで初めて、池永は副署長をまともに見た。その顔は、どこか狸《たぬき》を想起させた。「じゃあ、早速、始めてくれ。包み隠さずに、な」

副署長の説明は以下のとおりだった。

三ツ沢上町交差点を通りかかった車の運転者から〈交差点に車が一台停まったままで、誰も乗っていないようだ〉との一一〇番通報が県警本部通信指令室にあったのは、昨年一月二十五日午前零時十分のことだった。

保土ケ谷署の当直が署活系無線で白黒PC「保土ケ谷2号」に対し、同事案に対処するよう指示、保土ケ谷2号は午前零時十九分ごろに現着した。

緊急性が高い事案ではなく、また深夜でもあったため、赤色灯を点灯したりサイレンを鳴らすことはなかった。

県道13号横浜生田線の右折車線上、停止線の数メートル手前に、エンジンがかかった状態の軽ワゴン車が停車していた。

その後ろにPCを停めると、地域二課所属の二名の署員——階級は巡査部長と巡査——が、軽ワゴン車の車内を確認した。

それに先立ち、運転手を務めていた巡査がPCの拡声器を使って、直ちに車に戻るよう姿の見えない軽ワゴン車の運転者に対して呼びかける措置が取られた。これは、無人の車が停まっているとの通報内容だったことに加えて、やや離れた場所から見た限りでは、車内に人影は認められなかったためである。

巡査を車内に残してPCを降りた巡査部長が軽ワゴン車に近づいた。巡査部長は運転席シートの背もたれに沈み込むように上体を預け、助手席の床に両脚を投げ出している男性を発見した。

ロックされていなかった運転席のドアを開けたところ、車内からは、ほのかに酒のような臭気がしたという。

さほど大きなものではなかったが、助手席の床には嘔吐の痕跡もあった。

そのことからも、男性が酒を飲んでいたのではないかと想像された。

男性はぐっすり眠っているように見えた。

この時点で、拡声器を使った巡査もPCから降車していた。

巡査部長が男性の身体を揺り動かし、何度か大きな声で〈起きてください!〉と呼びかけたものの、男性は目を覚ます気配がなかった。

車のフロントガラスにはひび割れが認められ、前部バンパーにもへこみがあったものの、付近には軽ワゴン車が衝突したとみられる事故車両は一台も存在しなかった。また、車体やガラスの破片といったものも見つからなかった。

巡査部長が男性の閉じた右目の瞼《まぶた》をそっと開けて、懐中電灯の光を向けたところ、瞬時に瞳孔《どうこう》が収縮した。

このため、巡査部長と巡査は、脳内出血の可能性はないと思った。

その際、男性は反射的に顔を背け、うるさそうに手を振った。

衣服から露出した部位を見た限りでは、男性には外傷は認められなかった。また、呼吸も規則正しく、異常は認められなかった。

それらの状況から総合的に判断し、二名のPC勤務員は、どこかでごく軽微な自過失事故を起こした男性が酒に酔った状態で眠っているだけだ――と結論づけた。

追突事故等の危険を回避するために軽ワゴン車を交差点内から路肩に移動させ、しばらく車内でそのまま寝かせておけば、やがて男性は覚醒し、自分の力で安全に自宅に帰りつくことができるに違いない。

巡査部長と巡査は、そのように考えたのだという。

男性の身体を静かに助手席に移した後、巡査部長は軽ワゴン車の運転席に坐った。サイド・ブレーキを解除し、車を交差点の近くにある自動車販売店前に移動させた。

そこで、車のエンジンを切った。

二人がかりで男性を前部座席に仰向けの姿勢で横たえた後、巡査部長と巡査は、保土ケ谷2号に戻った。

PCはその場を離れ、所定の警ら活動に戻った。

「車内から酒のような臭いがした——だって?」

そこまで聞くと、池永は、副署長に不審と疑惑が入り混じった視線を向けた。「冗談はやめてくれ。親父はな、酒を飲んで車を運転するような人間じゃなかった。第一、おれと違って、親父は酒が弱かったんだよ。嫌いなほうじゃなかったが。晩酌に缶ビール一本空けただけで、顔が赤くなった。……司法解剖したんだから、当然、血中のアルコール濃度ぐらいは調べたんだろ?　その結果はどうだったんだ?」

「アルコールは検出されませんでした」副署長が、さらりと答えた。「ですが、かなり時間がたっていましたからね」

「だいたい、あんたの言うことは、まったくおかしいよ。酒を飲んで車を運転していたと思われる男を見つけたのに、警察は〈どうぞ、そのままお休みになってください〉——って、放置したっていうのか?」

「車を運転しているところを、現認しているわけじゃないので」副署長が即座に反論した。「不適切な対応だったとは言えません」

「……車の損傷から事故が疑われたのに、なぜ、救急車を呼ばなかったんだよ?　救護措置を取ろうと思わなかったのか?　それでも、おまわりなのか?」

「それは、今、ご説明したように、お父さまには外傷がなく、脳内出血の兆候も見られなかったためです」

「……親父が死んでいるのが見つかったあの日、なぜ、車を移動させていたことを黙っていた？　なにか、やましいことがあったからだろうが！」

「いいえ、そうではありません」

副署長は首を振った。「こう申し上げては失礼になるかもしれませんが、ごく些細《ささい》な苦情処理事案でしたから、『一一〇番受理簿』という書類に記録されただけで、朝の勤務交代時に課内での引き継ぎも一切ありませんでした。というわけで、ここにいる西川を始めとする、お父さまの変死事案の処理に当たった刑事課の署員たちは、誰ひとり、そのようなことがあったという事実を知らなかったのです」

副署長の言葉に、西川がうんとうなずいた。池永に向けられたその目は〈おれは嘘なんかついてないだろうが〉と言っていた。

「だけど、次の日か、遅くともその次の日ぐらいには、分かってたんだろ？」

「ええ。確かに。翌日になって、地域二課のほうから、そのような報告が上がってきました。そのことをこれまで池永さんにお知らせしなかったのには、正当な理由があります。ただ、今になって考えますと、お知らせしたほうがより親切な対応だったかと反省は――」

「正当な理由だと？」池永は副署長を途中で黙らせた。「そいつを聞かせてくれ」

「パトカー勤務員の取った措置は、お父さまが亡くなられた事案の本質に関わる問題ではない。それが、正当な理由です」

副署長が、慇懃無礼《いんぎんぶれい》な口調で言葉を継いだ。「お父さまが亡くなられたことは、誠にお気の毒です。わたしの口から、この場であらためて、心よりのお悔やみを申し上げさせてください。ですが、パトカー勤務員が救護措置を取らなかったこと。そのことが、お父さまの死につながったとは考えられません。はっきり申し上げますと、両者には因果《いんが》関係がございません。果たして、そんなことが実際にあったのか。それは分かりませんが、ここは百歩譲って、仮に、お父さまがどこかで軽微な自過失事故を起こされた際、車のフロントガラスに頭をぶつけた、ということにしましょうか。いまだに事故現場は発見されていませんがね……。けれども、もし仮にそうだとしても、お父さまが亡くなられたこととは、まったく無関係です。なぜかと言いますと、法医学の専門家である監察医による司法解剖の結果、お父さまの死因は心筋梗塞、つまり病死だった――と判明しているのですから」

「くそっ！」

池永は応接室を飛び出した。

署の玄関を出たところで、池永は携帯をポケットから取り出した。一〇四で横浜市立市民病院の電話番号を確認してから、病院に架電した。

昨年一月二十五日、救急搬送された幸彦の死亡確認をした女性医師は、診療の合間に時間を割いてくれた。

「先生、お忙しいところ、申しわけありません」

白衣を羽織ったまだ若い女性医師に向かって、池永は頭を下げた。「その節は、親父がお世話になりました」

「いいえ、なにもできなくて」

診察室で池永に椅子を勧めると、髪をポニーテイルにした医師が済まなさそうに言った。清潔感のある女性で、淡い色の口紅を引いただけのほぼすっぴんだった。「それで、具体的に、わたしにどんなことを？」

「いや、実を言うと、自分でも、なんのためにここへ来たのかよく分からないんです。ですが……そうですね、当時の状況をお聞かせ願えませんでしょうか」

「分かりました」

女性医師は、少し遠い目をした。

そうやって、記憶の糸をたぐり寄せたのだろう。しばらくして、彼女は話し始めた。「お父さまのご遺体――そのときは、まだ身元は分かっていませんでしたが、ご遺体が救急車でここに運び込まれたときには、既に、かなり冷たくなっていました。死後硬直も全身に及んでいることから、亡くなられてから相当、時間がたっていると思いました。それでも、一応、蘇生《そせい》を試みたのですが……」

「それは、どうも」

池永はふたたび頭を下げた。

女性医師は、いいえと言うように顔前で小さく片手を振った。それから、手にしたカルテに目を落とした。「お父さまの血液を採取して検査したところ、LDHの数値が非常に高くなっていることが分かりました。記録によると、数値は千を超えていました。……ああ、済みません、LDHというのは乳酸脱水素酵素《にゅうさんだっすいそこうそ》のことで、その値《あたい》が千を超えているということは、血液中の赤血球が壊れる『溶血』という現象が起こっている証拠です。そのことから、亡くなられてから少なくとも五、六時間はたっていると思いました」

親父の死亡が確認されたのは、一月二十五日の午前十時二十一分。司法解剖で判明した死亡推定時刻は同日午前三時ごろ。

今までのところ、矛盾はない。

頭の中で素早く計算した池永は、そう思った。

「あと、カリウムの濃度も高くなっていました」

女性医師がふたたび口を開いた。「数値は九でした。これもまた、お父さまがだいぶ前に亡くなられたことを示しています。……γ《ガンマ》‐GOTとγ‐GTPの値は低いですね。両方とも、百に届いていません」

γ‐GOTとγ‐GTP。亡き父親とは異なり大酒飲みの池永にとっては、おなじみの医学用語だった。

それらの数値で、肝機能の状態がだいたい分かる。

酒はたしなむ程度だった親父の血液を検査したところ、γ－GOTとγ－GTPの数値が低かったというのは、しごく当然のこと。

意外でもなんでもなかった。

ここに来れば、あの狸みたいな顔をした副署長と西川のデブ野郎に吠《ほ》え面《づら》かかせてやれる材料、あるいは材料とまでは言えないまでも、なにかヒントのようなものが、ひとつぐらいは得られるのではないか——。

そんなすがるような思いで、足を運んでみたのだが。

無駄だったか。

内心、大いに失望を覚えながら、池永は「先生もご存じだと思いますが、司法解剖の結果、親父の死因は心筋梗塞だと判明しました」と言った。

単に話の接《つ》ぎ穂にするため、多忙に違いない女性医師との会話をもう少し長引かせようと思って口にしただけの言葉だった。

途端に、女性医師が眉を吊り上げた。「今、なんておっしゃいました？」

「親父の死因は心筋梗塞。そう、申し上げたんですが」

「初めて知りました……それは、とても変ですね」

女性医師は眉間《みけん》に深い皺《しわ》を刻んだ。「わたしが血液検査で得たデータとは、明らかに矛盾します」

「どこが、変なんですか？」

女性医師が答えた。「心筋梗塞を起こした場合、血液中のγ－GOTとγ－GTPは通常、何百という数値になるんです」

同じ日、池永が次に向かった先は、父親の葬礼を仕切ってくれた保土ケ谷区内にある葬儀社だった。

「うちの社長が、区の交通安全会長と警友会《けいゆうかい》の会長を務めていましてね。……実は、親父なんですけど」

応接室のソファに坐った池永に向かって、井上《いのうえ》という専務が微笑《ほほえ》みかけた。

あの日、警察による事情聴取が終わった後、池永夫婦を保土ケ谷署から車で実家まで送ってくれた男だった。

年齢は、三十七歳の自分より二つか三つ下といったところか。腰が低いのは生来のものというより、職業柄、身についたものだろう。

池永はそう思った。

その井上が続けた。「そんな関係で、交通事故の場合、ご遺体の搬送その他はうちが担当するのが、言ってみれば慣例みたいになっていまして。それで、お父さまのお見送りも、うちでやらせていただいたというしだいです」

「なるほど、そうだったんですか。親父と、それに、おふくろの通夜や葬儀では、たいへんお世話になりました」

軽く頭を下げると、池永は早速、本題に入った。「井上さんは、親父の司法解剖に立ち会われましたか?」

「いいえ、直接その場には……」

池永の向かいに坐った井上は、首を振った。「ですが、その前に木村《きむら》先生が行った検案の現場にはいましたけど」

木村というのは、幸彦の司法解剖を執刀した監察医だった。

「何時ごろだったか。一年以上も前のことですから、そこまでは記憶が定かではありませんが、午後の早い時刻だったのではないかと思います。保土ケ谷署の西川という刑事さんから、お父さまのご遺体を木村先生のクリニックに搬送するように——と言われました。で、わたしが部下の二人と一緒に車でご遺体を運び入れました」

「それで?」

「ご遺体を解剖室に入れて、ステンレスの台の上に載せました。木村先生は隣の部屋で西川さんと少し話をした後、解剖室に入ってきました。それから、先生は、お父さまのご遺体の検査を始めました」

「どんな検査を？」

「ご遺体の表面をざっと見ただけです。それが済むと、木村先生は西川さんに向かって『死因は心筋梗塞』と言って、さっさと解剖室を出ていってしまいました」

「たったそれだけで、親父の死因を心筋梗塞と？」

「そうです」

井上がこともなげに答えた。「木村先生が遺体を詳しく調べないで死因を心筋梗塞、あるいは急性心不全と断定することは、特段珍しいことではありませんでした」

「検案にかかった時間は？」

「五分もかからなかったと思います」

つまり、保土ケ谷署の霊安室で親父の遺体と対面したときには、既に死因は心筋梗塞と断定されていたのだ。

だからこそ、西川は、以前から親父の心臓の具合が悪かったんじゃないかと、おれに何度も執拗に訊いてきたのだ。

「しかし、夜遅い時刻になって自宅に戻された親父の遺体には、縦一文字の、大きな切開の痕《あと》がありました」

しばらくして、池永が言った。「肌色のテープが貼られていましたから、縫い目は見えませんでしたが。ですから、親父が解剖されたことは間違いないはずです。……ああ、そうか。

『その前に行った検案』――先ほど、井上さん、そうおっしゃられましたよね。つまり、その後、親父の遺体は司法解剖された。そういう意味ですね？」

「ええ、そのとおりです」

井上がうなずいた。「そんなことはめったにありませんが、いったん保土ケ谷署に戻されたお父さまのご遺体を、夜になって、もう一度、木村先生のクリニックに運びました。『地検のお偉い検事さんが、司法解剖しろと命じたんでな』。西川さんから、そんな言葉を聞いたような憶えがあります」

「それで？」

「また、解剖室のステンレスの台に、お父さまのご遺体を載せました。それから、解剖が終わるのを別の部屋で待ちました」

「解剖に要した時間は？」

「そこが、ちょっと変なんですよ」井上は右手で長めの黒髪を梳《す》いた。「それで、あのときのことをよく憶えているんですが」

「通常より時間がかからなかった。そういう意味ですか？」

「ええ」井上が首肯した。「解剖に要した時間は、せいぜい十五分ぐらいでした。どう考えても、短すぎます」

「そのとき、解剖室には西川もいましたか？」

「いました。ほかに、もうひとり。名前は知りませんが、三十代ぐらいの男性が。鋭い目つきをしていましたから、たぶん、刑事課の人だったんじゃないかと思います」

おそらく、保土ケ谷署で簡単な調書を取られた際に、ノート・パソコンに向かっていた男に違いない。

「解剖が終わった後ですが、井上さんたちが親父の遺体を清めて、棺に納めたんですか？」

「そうです」

「今のお話ですと、仮に夜の七時半ごろから解剖が始まったとして、八時すぎには事後の作業も含めてすべて終わっていたはずです。なのに、わたしの記憶では、親父の遺体が自宅に戻ってきたのは、十時半すぎだった。変ですね」

「それは、西川さんから、お父さまのご遺体を保土ケ谷署にいったん戻してくれという指示があったからです」

井上が、池永の疑問に答えた。「なんのために、そんなことをするのか。わたしも全然、分かりませんでしたが」

インターネットで自分なりに調べてみたところ、司法解剖がわずか十五分で終わるはずはないと確信した。

しかも、父親の死因を心筋梗塞と断定した鑑定は、横浜市立市民病院の女性医師が行った血液検査の結果、得られたデータと明らかに矛盾している。

池永が、木村と対決したのは、昨日のことだった。

「その日、あんたのお父さんがこのクリニックに運ばれてきたのは、夜の七時すぎだった」

診察室で、木村が言った。「二度目、という意味だけど」

池永が訊いた。「司法解剖を始められた時刻は？」

「七時半ごろだったんじゃないかな」

木村は、横浜市内にある私大の名誉教授。法医学の専門家として、長年、神奈川県警警察学校の教官を務めていた。

七三にきっちり分けた髪はつやつやしていて、白髪というより銀髪に近い。頰のあたりに老化による茶色い染みがいくつかあるが、ネットで調べて知った六十九歳という実年齢より五つぐらい若く見えた。

そのどこか貴族的な雰囲気を漂わせている医師の顔を凝視しながら、池永が言った。「ずいぶん前のことなのに、先生はよくそこまで憶えてますね」

「さっき書類を見て、調べたんだよ」

「その書類を見せていただけませんか？」

「それは、ちょっと困る」

「……解剖には、どれくらいかかりました？」

「少なくとも、一時間半ぐらいはかけたと思うよ」

「十五分ぐらいしか、かからなかった。そういう証言があるんですが」

木村は不快そうな声を出した。「誰が、そんなことを？」

「その場に居合わせた人です」

「おれは、ちゃんと解剖した！」次の瞬間、木村が逆上して、わめきだした。「すべて、きちんとやったよ！」

「そうであるならば、証拠の写真とか書類を見せてください」

「そんなもん、ここにはあるわけないだろうが！」

老貴族然とした顔が、醜くゆがんだ。「なんで、おれのことばっかり責めるんだ！　そんなこと、警察に言え！　警察に行って見せてもらえ！」

それ以上、話にならず、池永は無言で診察室を出ていった。


「そうでしたか……」

マンションの部屋で、外岡がわずかに首を上下に動かした。

あの木村が、またしても、やってくれたか——。

それが、偽らざる感想だった。

病院以外の場所で死亡するなどして警察が取り扱った死体のうち一見したところ事件性は認められないものの死因がはっきりしないケースについて、横浜市ではこの三月まで、神奈川県から委嘱を受けた監察医が検案をしたり、いわゆる「行政解剖」をして死因を特定していた。だが、「時代にそぐわなくなってきた」などとして、横浜の監察医制度は二〇一四年度で廃止された。

この結果、現在、監察医制度が導入されているのは東京二十三区、名古屋市、大阪市、神戸市の四つだけで、各都市のある都府県が運用している。同制度は太平洋戦争直後、餓死者が続出したことなどから、日本を占領下に置いていたGHQ（連合国軍総司令部）の指導により創《つく》られた。犯罪による死を見逃すことを防止するという重要な役割も担っているのだが、横浜の制度は問題だらけだった。

解剖などの費用がすべて遺族負担だったというのが、そのひとつ。ほかの都市では全額公費負担、あるいは遺族負担は一万円程度の少額となっているのだが、横浜市は財政上の理由からそうしていた。遺族が支払う金額は死体検案の場合、一件三、四万円。解剖の場合は一件八万円前後。遺族は文書作成費、遺体運送費等も負担しなければならなかったため、解剖されたケースでは支払い額が十万円を超えることも少なくなかった。

しかし、横浜の制度が抱えていた最大の問題は、監察医の数があまりにも少ないことだった。もっとも態勢が充実している東京二十三区の場合、常勤と非常勤の監察医が六十人以上いる。大阪市でも非常勤が四十人以上おり、両都市とも専用の施設を持っている。

ところが、横浜の監察医は非常勤の五人だけで専用の施設はなく、剖検室を持つ個人医院という小規模な密室の中で解剖が行われていた。

そして、驚くべきことに、五人の監察医のうち木村医師ひとりが全体の九割以上の解剖業務を行っていたのである。

刑事訴訟法及び死体解剖保存法の規定に基づき、事件性が疑われる死体を裁判所の許可を得た上で検《あらた》める司法解剖は、本来、監察医の仕事ではない。通常は大学医学部の法医学教室に嘱託《しょくたく》して実施されるものだが、横浜では司法解剖も監察医が執刀していた。終戦から数年後、監察医制度の発足に伴って神奈川県の監察医務室は横浜市立大学の中に置かれ、法医学教室の医師が監察医として行政解剖を担当すると同時に司法解剖も引き受けることになった。こうした経緯から、監察医が司法解剖業務も担うという制度の変則的運用がその後もずっと続けられてきたようだ。

そんなわけで、木村が一年間に執刀する解剖の件数は三千八百を超えることもあった。一日に十体以上、解剖している計算である。〈どんなに頑張っても、年間三百体台ぐらいが限度〉――というのが東京の専門施設である東京都監察医務院の見解であり、こうしたほとんど異常としか言えない状況に対し、多くの法医学者から〈常識的に考えれば、解剖が適切に行われているとは思えない〉との声が上がっていた。

それどころか、県警内部から木村の鑑定を疑問視する声が出ることも、決して珍しくなかったのである。

その典型的なケースは、藤沢《ふじさわ》市内の特別養護老人ホームで昨年八月、施錠された部屋の中で閉じ込められた状態の老女が死亡しているのが見つかった事案。

老女は、かなり進行したアルツハイマー病を患っていた。一週間のショート・ステイで数日前から同施設に入居しており、認知症患者専用のひとり部屋に入れられていた。

現場の状況等から藤沢北署は〈事件性はない〉と判断したものの、地元の警察医に一応、死因を調べるように依頼した。警察医が調べたところ、老女の頭部に打撲痕があり、頭皮内部には血腫が確認された。さらに、頭蓋骨にも二ヵ所、小さな陥没《かんぼつ》・亀裂《きれつ》骨折が見つかった。これらの事実から、警察医は〈外因死の疑いがあるため、正式に解剖の手続きを取るべきだ〉と署に報告・進言した。

藤沢北署の担当者は遺族から承諾書を取り、県警本部捜査一課の指揮の下、木村に解剖を依頼した。ところが、木村は、解剖する必要はないとして、数分間、遺体の外表検査をしただけで「脳軟化症による病死」と鑑定した。「脳軟化症」というのは病名ではなく症状であり、死因として死体検案書に記入するのは極めて不適切であるにもかかわらず。

「脳軟化症だなんて、信じられない。このおばあさんの変死、十中八九、特養の職員による虐待死だわ」

老女の死亡から、数日後のこと。

木村の鑑定を鑑識の知り合いから小耳に挟んだという神奈川県警捜査一課特命二係の同僚が、あきれたように言った。

捜査一課の特命係は、刑法及び刑事訴訟法の改正で殺人事件の公訴時効が廃止されたのに伴い、二〇一一年に発足した部署。重要未解決事件を専門に追うことを任務とする、いわゆる〝コールド・ケース捜査班〟である。

他府県警でも同時期に同じような部署が一斉に発足した。神奈川県警の場合、特命一係から三係まであり、それぞれ係長以下七名、計二十一名という態勢を取っている。

発言の主は、前山美佳《さきやまみか》という女性刑事だった。

階級は警部補である外岡のひとつ下の巡査部長で、現在の年齢は三十六か七。独身。バツイチという意味ではなく、これまで一度も結婚したことがない。身長百五十六センチと小柄で華奢《きやしや》な体軀《たいく》からはとても想像できないが、空手の有段者である。近くからよく見れば、非常に整った目鼻立ちをしているのだが、本人がそのことに気づいている気配は皆無で、男の噂は周囲の誰ひとりとして聞いたことがない。もしも彼女がある日突然、〈実は、わたしレズなんです〉とカミング・アウトしたとしても、驚く者はいないだろう。同じものを何着もそろえているのか、服装は一年を通して、白いシャツに黒っぽい地味なパンツ・スーツ。アクセサリー類は一切身につけないし、化粧っ気は常にゼロ。そもそも口紅と化粧水ぐらいしか化粧品は持っていないとのことで、〈真夜中に呼び出されても、十分で現場に出られますから〉——というのが彼女の口癖だった。

「おい、もう少し、声を低くしろ」

そんな前山の言葉に、折坂啓一《おりさかけいいち》警部が、縦にした人さし指を口に宛《あて》がった。「ブン屋さんに聞かれたらどうする」

前山が口を尖らせた。「係長は、おかしいと思わないんですか?」

「そりゃあ、おれだって、そう思うさ」

巡査部長の非難がましい口調に、折坂がむっとして答えた。

折坂は、高卒のたたき上げ。警察学校を卒業して神奈川県警巡査を拝命した後、交番勤務等を経て念願の刑事になってからは、ほぼ一貫して、強行犯事件を追ってきた男。これまで全国紙の一面を飾るような華々しい手柄を立てたことは一度もないようだが、部下思いで人情味のある捜査指揮官だ。貧しい農家の次男として生まれ、その後、両親の離婚により母子家庭で育った苦労人だからだろう。

その折坂が、言葉を継いだ。「だけどな、監察医が解剖の必要がないと判断したら、おれたちは口を挟めないんだよ。脳軟化症というのも死因としてはいかがなものかと思うが、監察医がそう言った以上、警察としてはやっぱり口を挟むことはできない」

「だからって、傷害致死事件の疑いが濃厚だというのに、それを放置していいはずはないでしょうが」

「おまえさんは知らないだろうが――」

寸秒置いて、折坂が言った。「ばあちゃんが死んだ特養の理事長。そいつは地元の名士で藤沢北署の署長とは親しいゴルフ仲間なんだ。おそらく、手心を加えてくれと、理事長が署長に泣きついたんだろう」

「いい加減な鑑定には、そんな裏が……」

前山は、信じられないといった表情をした。「わたし、知り合いの新聞記者に内部告発したくなりました」

「前山、そんなことをしても無駄だよ」

それまで二人のやり取りを黙って聞いていた外岡が、初めて口を開いた。「ちょっとした騒ぎにはなるかもしれんが、一過性で終わってしまうに違いない。ばあちゃんの死因がひっくり返ることはないだろう」

「どうして、そう言いきれるんですか？」

「上の連中が、木村のことを守るからさ。なぜかと言えば、木村はいろんなことを知りすぎるほど知っているからだ。木村をばっさり切り捨てる。そんな決断をしたら、神奈川県警も道連れにされかねない。そんな大きなリスクを冒すよりも、このまま木村と持ちつ持たれつの〝良好な関係〟を続けるほうがずっと賢い選択だからだ。県警にとって都合のいい死因や死亡推定時刻を、県警の言うとおり死体検案書や解剖鑑定書に書いてくれる医者。そんな〝便利な医者〟は、なかなか見つからないからな」

前山は目を伏せた。「それが現実――か」

「残念ながら」

「外岡さんも、今までそうしてきたんですか？　都合のいい死因や死亡推定時刻を死体検案書や解剖鑑定書に書くよう、木村に頼んできたんですか？」

「おれは、そんなこと一度もやってないよ」

前山は、折坂に顔を向けた。「係長は？」

「見損なうな」折坂は、本気で色をなした。「これでも、おれにだって刑事としての良心ってもんがある」

約九ヵ月前に刑事部屋で交わされた会話、そのとき前山美佳の顔に浮かんだ怒りの表情が、外岡の脳裡に鮮明に甦《よみがえ》った。

けれども、異状死体の解剖や死体検案をめぐる神奈川県のそんなお寒い実態を、池永に話すわけにはいかなかった。

そこで、外岡は訊いた。「お父さんが司法解剖された際、西川のほかにもうひとり刑事らしい男がいた。葬儀社の人は池永さんにそう話した、というお話でしたね？」

「ええ。おそらく保土ケ谷署で調書を取られた際、わたしの話をパソコンに打ち込んでいた刑事ではなかったか、と」

「どんな風貌をしていましたか？」

池永は短く説明した。

「その刑事、わたしがよく知っている男じゃないかと思います」それを聞き終えた外岡が言った。「去年の二月ごろ、警察を辞めた男じゃないかと」

「二月ごろ、警察を辞めた——」

池永が視線を宙に漂わせた。「……親父の件と、なにか関係があるかもしれませんね？」

「現時点では、それは分かりません。ですが、わたし、この件を少し独りで調べてみようかと思います」

「捜査一課の刑事さんというのは、さぞかしお忙しいのでしょう？　そんな時間的余裕がおありなんですか？」

「その点は、ご心配なく。……依子のことがあって、休暇を取ってますから」


「しばらく、休め」

妻の通夜と葬儀が慌ただしく済んで、職場に復帰したその日。

上の空で、まるで仕事が手につかない部下の様子を見るに見かねたのだろう。折坂係長が言った。「これは、直属の上司としての命令だ。奥さんの事故が起こる前、おまえさん、ろくに休んでなかったしな」

大丈夫です。

外岡がそう答えると、折坂は「ちっとも、大丈夫そうじゃない。魂の抜け殻が歩いているみたいだ」と言った。

数分後、トイレの鏡の前に立った。

血の気の失《う》せた蒼白《あおじろ》い顔が見返してきた。

折坂の言うとおりだった。

翌日から大型連休を含めて十日間連続の休暇を取ることにした。

それから、六日がすぎた。

その間、食いものや酒を買うために近所のコンビニに出かけた以外は、ずっと部屋にこもっていた。

毎日、朝から酒を飲み続けていた。

このままでは、自分は確実にだめになる。

妻の死を乗り越えて再生するためには、なにか夢中になれること、依子のことを一時的に忘れさせてくれる、なにかが必要だった。

「わたしに、まかせてください」

一拍置いて、言葉を継いだ外岡の右手を、池永が両手でぎゅっと握りしめた。「どうか、よろしくお願いします」


同じ日の午前三時すぎ。

四国・香川県の坂出港《さかいでこう》林田《はやしだ》岸壁に一台の乗用車が停まっていた。

運転席のドアが開き、ひとりの男がコンクリートの地面に降り立った。

付近に街灯の明かりはほとんどなく、あたりは暗かった。

人気《ひとけ》はまったくない。

潮の香りがした。

男の耳には、岸壁に打ち寄せる波が緩やかなリズムを刻む音が聞こえていた。

男が口の端にくわえている煙草、その先端部分が波と同じようなリズムで明滅を繰り返している。

時間をかけてゆっくりと喫《す》い終えると、男は、黒々とした瀬戸内海に向かって煙草をはじき飛ばした。

それからしゃがんで、岸壁の縁にある車止めの高さをわずかな光を頼りに確かめた。

十二、三センチといったところだった。
これなら大丈夫だろう。

男はドアを開けて運転席に戻った。

シートに身を沈めた男は、ちらりと後部座席を振り返った。

「こうするしかないんだ」

男は低い声でつぶやいた。

自分を納得させるような口調だった。

この港では過去、一度に五台もの車が海底に積もったヘドロの中に没しているのが見つかったことがある。

〈林田岸壁に行く〉。そう言い残して消息を絶った家出人の通報を家族から受けて、潜水夫が海に入った結果だった。

捜していた肝心の家出人は見つからなかったが、五台の車からは、いずれも死後かなりの歳月が経過して白骨と化した死体がいくつか出てきた。

そのことを知っていたため、ここを選んだのだ。

「おれも、そんなふうにしてひっそりと消え去りたい」男は、またつぶやいた。「ろくでもない世の中で生きていることがつくづく嫌になった」

エンジンを始動させてサイド・ブレーキを解除すると、車をバックさせた。

埠頭《ふとう》の敷地を周回して乗用車を十分に加速させたところで、男はためらうことなく車首を海に向けた。

車は、時速四十キロ超のスピードで車止めを乗り越えた。

ダイヴして海に落ちた後も、車はしばらくの間、浮いていた。が、やがて力尽き、小さな白波を立ててさほど深くない海底に沈んだ。

それから約二分後、男の頭が水面にぽっと浮かび上がった。

海面に激突した衝撃でフロントガラスが粉々に割れ、シートベルトをしていなかった男は、意思に反して車外に脱出してしまったのだ。

生存本能のなせる業《わざ》だった。

懸命に両腕と両脚を動かして立ち泳ぎをしながら、男は、酸素不足に陥っている肺腑に夜気を送り込んだ。

「ああっ!」

しばらくして、男の口から嗚咽《おえつ》のような声が漏れ出た。

男は空を見上げた。

星の光が、いくつかまたたいていた。

第二章　車から走り去った影

その牧場は、三陸《さんりく》海岸から二十キロほど内陸に入った北上《きたかみ》山地の山中にあった。岩手県岩泉町《いわいずみちよう》。

朝早く東京駅から乗った東北新幹線で到着した盛岡《もりおか》駅前から、レンタカーを二時間半ほど飛ばして、ようやくたどりついた。

池永慎一がマンションを訪ねてきた日から二日後のことだった。

元同僚の男が昨年、警察を辞めた際に送ってきた挨拶状。机の抽斗《ひきだし》を全部ひっくり返してみたのだが、それがどこにも見当たらなかった。そうした事情から、男の現住所を確認するのに少し手間取った結果だった。

標高約八百五十メートル。山の遅い春はまだ訪れたばかりのようで、澄んだ空気はかなり冷たく感じられた。

雲の切れ間から射す陽光を受けて、一面、野芝に覆われた牧山が明るい緑色に輝いている。そよ風に乗って運ばれてくる草木の匂いが鼻腔に心地よかった。

「ああ、気分爽快《そうかい》」

両腕を大きく広げて何度か深呼吸をすると、外岡は、ここまで案内してくれた牧場の若い男性スタッフに笑みを向けた。「なんだか、自分の中から余計なものがそぎ落とされていくような感じがします」

「都会から来られた方は、よく、そんなことをおっしゃられますね」

作業着姿の若者が言った。「ぼくらにとっては、見飽きた風景ですけど。じゃあ、藤田《ふじた》さんを呼んできます。オーナーじゃなく、弟さんのほうでしたね？」

「ええ、藤田淳司《じゅんじ》さん」

「分かりました」

若者の背中が小さくなっていった。

丘の頂上から、面積約五十ヘクタール、東京ドームが十個ぐらい入るという広い牧場を見渡した。

あちこちで、牛たちが草を食《は》んだり、のんびりと身体を横たえている。褐色のジャージー種が多いようだが、中には白黒模様のホルスタイン種もいた。少し低くなった場所には、円筒形をした背の高いサイロが見える。

しばらくして、所轄の刑事課で一緒に勤務したことのある男が、ゆっくりとした足取りで丘を登ってきた。

「先輩、お久しぶりです」

かぶっていたつばのある帽子を脱ぐと、藤田淳司は軽くおじぎをした。

「元気そうじゃないか」

外岡は相手の左肩をぽんとたたいた。

「おかげさまで。山の暮らしにも、すっかり慣れました」

「そうか。それはよかった」

「だけど、びっくりしましたよ」

藤田が、探るような目を向けてきた。それは、すべてをまず疑ってかかる刑事の眼差《まなざ》しだった。「突然なんで……。いったい、どうされました？」

「こういう酪農のやり方――」問いかけには答えず、外岡が言った。「『山地《やまち》酪農』と言うんだってな」

「少し、勉強されてきたようですね」

外岡には、まだ本題を切り出す気がないと悟ったのだろう。

鼻の下や顎に無精髭《ぶしょうひげ》が伸びた顔に曖昧な笑みを浮かべた藤田が、今現在の自分の仕事について解説を始めた。「うちでは、一ヘクタールに二頭ほどの割合で、一年中、乳牛を放牧しています。餌はほとんど野生の草です。牛たちは好きな場所で草を食べ、好きな場所で排《はい》泄《せつ》する。そして、その排泄物がこの土地を豊かにする。われわれが牛と接するのは乳を搾《しぼ》るときだけで、基本的には牛舎も必要ありません。排泄物の処理や餌運びといった作業も不要です。と、まあ、そんな具合にいいことだらけです。ですから、楽しいという字に農家の農と書いて〝楽農〟。そう呼ばれています」

「なるほど。〝楽農〟か。言い得て妙だな」

外岡はうなずいた。「……お恥ずかしい話だが、昨日まで、雌の牛は、大人になるといつも乳を出してるのかと思っていた」

「そう思っている人は、少なくないでしょうね」

藤田が少し不揃いな歯並みを覗かせた。日灼《ひや》けした顔の中で、それは実際以上に白く輝いて見えた。「ですが、もちろんそれは間違いです。雌牛は妊娠して子どもを産んだから、子牛のために乳を出す。人間と同じです。牛も人間と同じほ乳類ですから、当然のことですが。……ここは違って、牛舎に押し込められて一生を過ごす雌牛たちは、そのプロセスをほとんど途切れることなく繰り返すことを強制されているんです。出産の二、三ヵ月後が乳が出るピークとなり、概《おおむ》ね十ヵ月間、搾乳《さくにゆう》が続けられます。その後二ヵ月ほど休養させた後、ふたたび種つけし、妊娠期に入る。出産を経て、また乳が出る状態にさせられる。牛の妊娠期間は約十ヵ月ですから、一年間ぐらいは乳が出ない状態にあるわけですが。つまり、牛たちは乳を出す機械にさせられているのであって、牛舎は牛乳工場そのものです。そして、出産を三、四回繰り返して乳の出が悪くなった牛は、寿命の半分にも満たない六歳か七歳ぐらいで『廃用牛』として食肉にされてしまいます。人工授精で生まれるのも牛舎の中ですから、牛たちが自分の足で大地を踏みしめる機会はほとんどありません。この国では、実に全体の九十七パーセントもの乳牛たちが、そんな一生を送っています」

「そんな日本の酪農をもっと、自然な形に変えていこうとするのが、君たちの——」

「もう、ここらでいいでしょう」

忍耐の限度を超えたのだろう。

藤田は、外岡の言葉を途中でさえぎった。「外岡さんとは、数年前、所轄で二年ほど一緒に仕事をした。二人で力を合わせて、殺しのホシもひとり挙げた。最初からホシ割れの単純な事件でしたが……。けれども、言ってみれば、それだけの仲ですよ。年賀状のやり取りさえしてないじゃないですか。そんなわたしに会うために、横浜から何時間もかけて、こんな山奥まではるばるやって来たわけ。それを話してください」

「ああ……済まん」

外岡は、緑の丘に点在する牛たちに視線を向けた。

何秒間かそうした後、藤田の目を覗き込んだ。「君が去年、急に県警を辞めた理由。それを知りたくて、ここまで足を運んだ」

「挨拶状に書いたとおりですよ」

藤田が苛立《いらだ》たしげな口調で言った。「いい加減、宮仕えが嫌になったんです。兄貴と一緒に、新たな地平を切り拓《ひら》いてみたかった。ただ、それだけ――」

「おれは、そうだとは思っていない」

今度は、外岡が藤田の言葉を鋭くさえぎる番だった。「池永幸彦。その名前をよく憶えてるはずだ」

藤田は、ぽかんと口を半開きにした。

それから、ふっと溜息をひとつ吐《つ》き、汚れた上っ張りの胸ポケットから煙草のパッケージを取り出した。

しばらくの間、藤田は、外岡に背を向けて煙草を吹かしていたが、やがて振り返った。

「池永幸彦の事案について、どこまでご存じですか？」

外岡が答えた。「かなりのことを知っているつもりだ」

「聞かせてください」

幾重にも重なった緑の丘。どこか桃源郷《とうげんきょう》を思わせる美しい光景にふたたび目をやりながら、外岡は語り始めた。「昨年一月二十五日の午前零時すぎ。保土ケ谷区内の交差点に一台の車が停まっていた……」

「分かりました」

約十五分後、外岡の話を聞き終えたところで、藤田が、覚悟を決めた男の口調で言った。

「そこまでご存じなら、すべてお話ししましょう」

藤田が牧場のオーナーである兄とその妻、それに九人いる若いスタッフとともに暮らしているという平屋建ての住居棟に場所を移した。

午後二時を回った時刻、案内された食堂には、ほかに誰もいなかった。

そこで藤田が語った真相は、驚愕《きょうがく》すべき内容だった。

軽ワゴン車を交差点から自動車販売店前に移動させた後、保土ケ谷2号の勤務員たちは池永幸彦をPCで署に連行していたのである。

フロントガラスが蜘蛛の巣状にひび割れていたことや前のバンパーがへこんでいたこと、さらに助手席の床に敷かれたマットに若干の嘔吐物が認められたことから、二名のPC勤務員は、次のように考えた。

飲酒した後に車を運転していた老人は、どこかで自過失事故を起こした。

たぶん、ガードレールかなにかに車をぶつけたのだろう。

保土ケ谷署の副署長が池永慎一に対して行った説明とは異なり、実際には、車内にアルコール臭はしなかったという。けれども、それは、酒を飲んでから時間がたっていたからだ。かなり酔っていた老人は、その後もハンドルを握って車を走らせたものの、交差点の真ん中で眠ってしまったのだ――と。

懐中電灯の光に反応して縮瞳《しゅくどう》するかどうかを見て脳内出血の有無を調べる簡易検査も、実際には行われなかった。

意識のない老人——着衣のポケットに入っていた運転免許証から、保土ケ谷区内に住む池永幸彦と判明していた——は、保土ケ谷署内の保護室に入れられた。

気持ちよさそうに寝ている老いぼれが目を覚ましたら、事故状況等を問いただして、厳しくとっちめてやろうじゃないか。

地域二課の連中はそんなふうに、ごく軽く考えていた。

運転免許証と車内にあった車検証も署内に運ばれていた。

ところが、その後、思わぬ事態が出来《しゅったい》した。

それは、一月二十五日の午前三時ごろのことだった。

当直員のひとりが保護室の様子を見にいったところ、幸彦が心肺停止の状態になっていたのである。

課の当直全員が、保護室に駆けつけた。

そのうちの何人かが、素人《しろうと》なりに人工呼吸と心臓マッサージの蘇生術をやってみたが、無駄だった。

「もういい」

十五分ほどたったところで、当直責任者が大きな溜息を吐いた。

後日、その場にいた親しい署員から藤田が当時の詳細を聞かされたところによると、当直責任者の警部補の顔は、寝台にぐったりと横たわる老人のそれと同じぐらい蒼ざめていたという。「どう見ても、死んでる」

「まずいっすね」当直の誰かが甲高い声を出した。「どうやら、ただの酔っ払いじゃなかったみたいだな」

「まずいなんて、もんじゃない！」

部下のまるで他人事《ひとごと》といった能天気な口調に、当直責任者が怒声を発した。「交通事故が疑われたのに、救急車も呼ばなかったんだからな！」

自分の子どもじみた態度に自己嫌悪を覚えたのか。当直責任者は声のトーンをぐっと落とした。「済まん……。ああ、くそっ。どうしたらいいんだ」

上司の途方に暮れたような様子を見て、当直員のひとりが提案した。「こういうときは、署長に相談するのがいちばんいいですよ」

余計なことは一切考えず、署のトップに判断を〝丸投げ〟してしまえば、自分たちが責任を問われる事態は避けられる。

市民の生命財産の保護——といったお題目よりも、保身を第一に考える警察組織の人間らしい提案だった。

「うん……」

口をすぼめて一応、何秒間か考えるような表情をつくってから、当直責任者は首を上下させた。「そうだな、それがいいだろ。こんな時刻だが、由々しき事態だ。ここは、署長の判断を仰ぐことにしよう」

〈なんだと……〉

公舎の寝室に鳴り響いた警電（警察専用回線の電話）の呼び出し音でたたき起こされた署長は、当直責任者の報告に絶句したという。

その後、当直責任者の耳には、受話器を通して荒い息づかいだけが聞こえていた。

ようやく気を取り直したのか。

三十秒ほどして、署長は寝起きのしわがれた声で言った。〈当時、交通量はほとんどなかった。そういう話だったな？〉

「はい」当直責任者が答えた。「おそらく、ＰＣがワゴン車を交差点から移動させたところを目撃した者はいなかったのではないか。そのように思料されます」

〈その言葉を信じるしかないか。おれは人を信じるのが苦手なんだが……〉

署長の、疲労が色濃くにじんだ独白。その意味するところがまったく分からず、当直責任者は黙っていた。

やがて、署長がぴしゃりと言った。〈いいか、これから言うとおりにしろ〉

「はい」

〈死体を車に戻せ〉

「えっ？」

当直責任者は、一瞬、わが耳を疑ったという。

〈聞こえなかったのか？〉署長が苛ついた声を出した。〈わたしは、死体を車に戻せ、と言ったんだ〉

「死体を……車に戻すんですか？」

〈いちいち、命令を繰り返すんじゃない〉

署長は語気を荒らげた。

「了解しました！」

〈言うまでもないが、その〝措置〟は保土ケ谷2号の勤務員にやらせるように〉署長が言った。〈この事案を知る者の数は、必要最小限にとどめておきたいからな〉

幸彦の死体は自動車販売店前の軽ワゴン車に戻された。

それは、午前四時ごろのことだったという。

当直責任者は、机の抽斗にしまった幸彦の運転免許証と車検証を保土ケ谷2号の勤務員に渡すのをうっかり失念した。ほかの当直員もそのことに誰ひとりとして気づかず、それらは署内に置かれたままになった。

「一月二十五日、君は刑事課で当直勤務に就いていたんだな？」

外岡が、沈んだ声で言った。

食堂の楕円形をしたテーブルに載せられたその両手は、関節が真っ白になるほど、きつく握り合わされている。

自分が警察という組織の一員であることが、とてつもなく恥ずかしく思えるときがある。外岡にとって、今のこの瞬間が、まさにそれだった。

藤田が答えた。「ええ」

「西川が当直責任者だった？」

「ええ」

「で、君らには、朝の段階でそのことは伝えられていたのか？」

「いいえ」藤田は首を左右に振った。

外岡はたたみかけた。「いつ知った？」

しだいに尋問調になってきた外岡の声に、藤田は、少し戸惑ったような表情をした。

「……あの日の午後です」

「どうやって、それを知った？」

「消防局の救急隊員が車の中をくまなく検索したはずなのに、運転免許証や車検証が出てこなかった」

　使い捨てライターで煙草に火をつけてそれを一服、深く喫うと、藤田が話し始めた。「そのことに、われわれは首をかしげました。これは、なにかがおかしいぞ、と。運転免許証は自宅に忘れてきたとしても、車検証なんて、普通、ダッシュボードのグローブボックスに入れっぱなしです。それが見つからないのは変でしょう?」

「ああ、まったくな」

　その先を早く聞きたくて、外岡は適当に相槌を打った。

「昼すぎにワゴン車と周辺の実況見分を終えて署に戻ってみると、その二つが、刑事課の机に置いてあったんですよ。当然のことですが、いったい誰が、こんなことをしたんだっていう話になって……」

「地域二課の連中だって、すぐに分かった?」

「ええ」

　藤田が首肯した。「地域二課のやつが刑事部屋でこそこそやっているのを目撃した同僚がいたんです。この事案には、どうやらなにか裏がありそうだ。われわれの頭にはぽっと黄色い信号が灯《とも》りました。ですが、そうこうしているうちに、池永幸彦の死体を木村のところに運んでいかなきゃならなくなった」

「そして木村は、ごく簡単な外表検査をしただけで、死因を心筋梗塞と断定した。五分もかけずに。いつものことだが」

「ええ。いつものことです」

片方の口角をわずかに持ち上げて苦笑した藤田は、まだ長い煙草をアルマイトの灰皿でにじり消した。

「検案が終わると、池永幸彦の死体を木村のクリニックから署の霊安室に移した」と外岡。

「息子夫婦が署に到着して死体の身元確認が済み、その後、彼らに対し西川がそれまでの経緯について説明を始めた」

「わたしは、その場にはおりませんでした。刑事課で実況見分調書を作成していたんです。すると、署長がお呼びだと言われました。週末だというのに、なんで署長が出てきているのか。わたしのここに――」

そこで、藤田は側頭部を指先でコツコツとたたいた。「また、もうひとつ、黄色い信号が点灯しました」

「署長は君に、西川を連れてこいと言ったんだな？」

「そうです。それで、遺族に説明していた西川に耳打ちして、わたしも一緒にまた署長室に行きました」

「そこで、署長から未明にあったことを聞かされた？」

「ええ」

次の瞬間、藤田は、顔を大きくゆがめて署長への嫌悪感を露《あら》わにした。「あの腐れ野郎を怒鳴りつけてから、席を蹴って部屋を出ていこうかと思いましたが……。情けないことに、結局、できませんでした。わたしもあの時点ではまだ、『上意下達《じょういかたつ》・上命下服《じょうめいかふく》』という言葉が骨の髄まで染み込んだ一巡査部長にすぎませんでしたから。で、ひととおり話が終わると、署長はわれわれに命令しました。ひどく威圧的な口調でね」

「死体を司法解剖したことにしろ。それが、署長の命令だった」

「そのとおりです」

二日前、池永慎一から話を聴いた際、外岡には、幸彦が司法解剖された理由がまったく分からなかった。

この程度の変死事案で、横浜地検の検事が現場に赴いたり、死体を自分の目で見たりすることは百パーセント考えられない。

つまり、指揮うかがいをした際、事案の処理に当たった刑事課の連中――地検に連絡したのは、階級がいちばん上で当直責任者を務めていた西川に違いない――が週末の当直勤務に就いていた検事に対し〈事件性が疑われる〉と説明しなければ、地検が司法解剖の鑑定処分許可状を裁判所に請求するよう警察に指示するはずがないのである。

池永幸彦の死体には外傷はなかった。また、ワゴン車内に人同士が争ったような形跡はなく、血痕等も発見されなかった。

そうした状況からすれば、刑事課の当直員たちは、事件性はどこにも認められないと結論づけたはずだ。

にもかかわらず、なぜ西川は、司法解剖するよう地検に進言したのか。

その理由が、皆目、理解できなかったのである。

「君の話で、ようやく疑問が解けた」

しばらくして、外岡が言った。「で、令状請求のためにでっち上げた容疑は？」

「殺しです」

藤田が答えた。「フロントガラスの蜘蛛の巣状のひび割れから、車には同乗者がいて、池永幸彦はその同乗者に殴打されて殺害された可能性が否定できない――。そんな話を、無理やりつくったというわけです」

「うん。……で、司法解剖は実際には行われていないんだな？」

「ええ」藤田は首を縦に振った。「死体を喉元から下腹部まで正中切開しただけで、中はまったく触っていません。解剖費はちゃんと支払われるからと、木村を拝み倒して、ようやくそれだけやってもらったんです」

「事後の処置を含めて、かかった時間は三、四十分？」

「そんなところです」

「その後、死体をいったん署に戻して時間をつぶしてから、自宅に戻した」

「そのとおりです」

「……誰からも文句をつけられないように、権威づけを行った。つまり、そういうことなんだろうな」

幸彦の亡骸《なきがら》を司法解剖したという体裁を整えること。

そのことに保土ケ谷署長が強くこだわった意味合いについて、外岡は、自分なりにまとめた推測を話し始めた。「ひょっとすると目撃者がいて、深夜にPCが出動していた事実が、事故車両であることは一目瞭然《いちもくりようぜん》なのに救護措置が取られなかった事実が、明らかになるかもしれない。それを知った遺族が、クレームをつけてくるかもしれない。実際、一年以上たってから、そうなったわけだが……。そうした事態になった際、クレームをぴしゃりとはねつける堅固な楯《たて》が必要だった。『専門家が司法解剖をして死因を心筋梗塞と鑑定したんですから』。そのように反論されれば、遺族はそれ以上、なにも言えなくなる」

「結局、そのとおりになったわけでしょ」藤田は新しい煙草に火をつけた。「まったく、ひどい話です」

「そして、君は、そんな腐敗した組織に嫌気が差して辞めた」

果たして今の言葉は、相手に答えを求める質問だったのか。それとも、単なる確認だったのか。はたまた、いまだにその腐りきった組織にいるわが身はどうなのか——といった、なにがしかの感慨が込められた独白だったのか。

自分でもよく分からなかった。

そこで、外岡は間《ま》を置かずに話題を転じた。「ところで、木村には、フロントガラスのことは話したのか？」

「いいえ。交通事故の疑いがあることは話しませんでした」

「なぜ？」

「西川の判断です」

口にくわえた煙草の煙でも入ったのか、そこで藤田は片目をぎゅっと閉じた。「今にして思えば、西川は署長が背後で動いていることを、かなり早い段階で察知していたのかもしれませんね。あいつは、刑事としては最低レベルで捜査能力はほとんどゼロですが、上の連中の空気を機敏に読むっていうのか、そういうことにかけては犬並みに嗅覚《きゅうかく》が働く男ですから。それだけで警察組織の中を遊泳してきたと言っても過言じゃない……。『この事案には、なんとなくきな臭さを感じる。〈外因死〉という鑑定が出ると、まずいことになるような気がするんだ』。二十五日の午後二時かそこらだったと思いますが、木村のクリニックに向かう際、西川はそんな言い方をしていました」

「それで、君も黙っていたわけか」

「わたしは巡査部長で、相手は警部補だったんですよ……」

痛いところを突かれて、藤田は、きまり悪そうに足元に目を落とした。「余計なことはしやべるなと釘を刺されたら、従うしかありません」

「池永慎一に厳しく問いつめられて、木村が『なんで、おれのことばっかり責めるんだ！』と逆上したのも分かるような気がする」

何秒か置いて、外岡はことさら明るい声を出し、二人の間に漂わせてしまった気まずい空気を振り払った。「彼は自分も被害者だと思ってるんだろう。フロントガラスのひび割れやバンパーのへこみのことを知っていれば、いくらあの御仁《ごじん》でも死体を検案した際、後頭窩穿刺《こうとうかせんし》ぐらいはやっただろうからな」

「確かに」

後頭窩穿刺というのは、後頭部に注射針を刺して脳脊髄液《のうせきずいえき》を採取する簡単な検査。注射器に入った脳脊髄液に血液が混じっていれば、脳内出血が疑われる。

「フロントガラスに頭をぶつけて、脳挫傷《のうざしょう》か急性硬膜外血腫《こうまくがいけっしゅ》、あるいは急性硬膜下《か》血腫を起こした可能性――」

食堂の高い天井に視線を向けながら、外岡はつぶやくように言った。「それは、どれくらいあるだろうか？」

「ですが、頭部に外傷はありませんでした」と藤田。

「ニット帽をかぶっていたからじゃないか？」

「うん。それはあり得ますね」

それきり、藤田は黙り込んだ。

そのまま一分ほどが経過したところで、沈黙の意味を測りかねた外岡が言った。「どうかしたか?」

「果たして、池永幸彦は事故の衝撃でフロントガラスに頭をぶつけたのか――」

藤田は、長い灰が伸びて落ちそうになっている喫いさしを灰皿に押しつけた。それから、静かな声で言った。「それとも、誰かの手でフロントガラスに頭をぶつけられたのか。そんなことを考えていました」

「えっ、なんだって?」外岡は目を瞠《みは》った。

その声にかぶせるようにして、藤田は、一方的に言葉を続けた。「あの日、われわれが頭を絞って、令状請求のために用紙に記した容疑――。もしかすると、あれは正しかったのかもしれません」

外岡は息を呑《の》んだ。「……つまり、殺しの可能性があると?」

藤田は無言でうなずいた。


数時間後。

東京に向かって時速約二百四十キロで南下する東北新幹線の車窓には、蒼白い月が独りぽつんと浮かんでいた。

その寂しげな光景に、ラテンアメリカの民族音楽フォルクローレの旋律と歌詞の一節が額の裏に浮かんだ。

現在のわが身の境遇と重ね合わせたのだ。

En algo nos parecemos
Luna de la soledad

孤独なお月さん
おれたちは、どこかしら似ているな

スペイン語の歌詞を日本語に訳すと、そんなところだった。

自分を憐《あわ》れんでいる自分に気づいた。

無益な行為だった。

そこで、外岡は、その曲に関して憶えていることに意識を集中させた。

曲のタイトルは『トゥクマンの月』。

荒涼としたアルゼンチンの大草原「パンパ」を愛馬の背に乗って行く、「ガウチョ」と呼ばれる牛追い人の歌。

巨匠アタウアルパ・ユパンキの作品で、聴く者の心を揺り動かさずにはおかない声で歌っていたのはメルセデス・ソーサ。惜しくも何年か前にこの世を去ったが、彼女はアルゼンチンの国民的歌手だった。彼女のCDは何枚か持っている。もう、ずっと聴いていないが、部屋のどこかにあるはずだ。

貧しい労働者階級の家庭に生まれ育ち、歌という手段で自由や人権の大切さを一貫して訴え続けた彼女は一九七八年、コンサートのステージ上で軍事政権により逮捕された。アルゼンチン国内で彼女の歌を放送することは禁じられた。

国外追放の身となったソーサは確か、最初はフランス、次いでスペインに亡命することを余儀なくされた。

そこまで思い出したところで、外岡の思考は、メルセデス・ソーサを迫害した右派軍事政権のことへと向けられた。

一九七六年三月、アルゼンチンでは軍事クーデターによりイザベル・ペロン大統領、副大統領、全国の州知事らが解任され、議会も解散させられた。陸海空軍は軍事評議会を設立し、陸軍総司令官のホルヘ・ラファエル・ビデラが大統領に就任した。

腐敗したペロン政権は機能不全に陥っており、アルゼンチンは事実上、無政府状態に置かれている。労働革命党の軍事部門であるＥＲＰ（人民革命軍）や「モントネーロス」といった左翼ゲリラが国家安全保障上の重大な脅威となっており、アルゼンチンは「戦時下」にあると認識しなければならない。そうした共産主義者たちの国家転覆活動を根絶し、伝統的なキリスト教精神と西洋文明の価値観に基づいた「健全な国家」を再組織するためには軍部が政権を担う必要がある、というのがビデラらの主張だった。

武装した左翼集団はもちろんのこと、ほんのわずかでも共産主義的イデオロギーの匂いがする思想や活動、それらに荷担する集団や個人はすべて撲滅しなければならない。そのためには、国民の権利や自由が多少制限されることもやむを得ない――。

こうして、後年「Guerra Sucia（汚い戦争）」と呼ばれることになる、残虐な左翼狩りが開始された。

軍事政権下、アルゼンチンでは軍部から「反体制分子」の烙印を押された推定約三万人――左翼活動家やその同調者、労働組合幹部、大学関係者、ジャーナリストといった人々だけでなく、例えば軍政に批判的なカトリック教会の神父やシスター、通学バスの学割定期券を実現するよう求めて集会やデモを行った高校生といった人々もその中に含まれた――が〝行方不明〟になった。

それは、まさに「国家によるテロ」と呼ぶのがふさわしいものだった。

私服で正体を隠した軍関係者らによって自宅や職場からほぼ公然と拉致《らち》され、アルゼンチン国内各地に設けられた秘密収容所に連行された彼らを待っていたのは、電気ショック、水責め――その他の方法による凄惨な拷問。女性は多くの場合レイプされた。

そして〝行方不明者〟は最終的に、軍の輸送機から生きたまま海に投げ落とされるなどして殺害された。

〝行方不明者〟にはこれまで分かっているだけで日系人も二十人弱含まれており、その中には妊娠後期の女性もいた。お上に忠実な日系人には家族が「反体制分子」として摘発されたことを恥じる傾向があったため泣き寝入りするケースが少なくなく、日系人被害者の実数はもっと多かったのではないかと考えられているという。

だいぶ前のことだが、『オフィシャル・ストーリー』という一九八〇年代のアルゼンチン映画を衛星放送かなにかで観《み》た。アカデミー外国語映画賞を受賞した作品で、観終わった後、心が重くなったことを憶えている。今年の正月休みに埃《ほこり》をかぶった古い録画ヴィデオ・テープを整理していた際、一本のラベルにこの映画のタイトルを見つけた。ハードディスク・レコーダーにダビングして久しぶりに観直したところ、昔、観たとき以上にいろんなことを考えさせられた。年齢や経験を重ねたからだろう。

ビデラ軍事政権や「汚い戦争」に関するかなり詳細な知識は、映画を観直したことがきっかけで、三十数年前に地球の裏側にある国で起きたことをもっと知らなければと思い、ネット・サーフィン等で得たものだった。

記憶の抽斗の奥からそれらを次々に引っ張り出すことで、自己憐憫《れんびん》を強制的に振り払うことができた。

窓から目を離した。

牧場で藤田が語った話の続きを脳裡に再生した。

新幹線に乗ってから五回か六回目だった。

池永幸彦が死亡してから二日後の週明け月曜日、平日の通常態勢に戻った保土ケ谷署は、それまでよりも範囲を拡大して捜索を行い、軽ワゴン車が自過失事故を起こした地点を特定しようと試みた。

捜査報告書の体裁をもっともらしく整えるための作業だった。

保土ケ谷区峰沢町にある幸彦の自宅から直線距離にして約二百メートル離れた場所に立つ電柱に軽い衝突痕とみられるものが見つかった。

鑑識の職人連中に鑑定させたところ、電柱にこびりついていたシルバーの塗料が彼の車のものと完全に一致した。

つまり、事故現場は早い段階で判明していたわけで、この点でも保土ケ谷署は池永慎一に真実を語っていなかったことになる。

そして、その過程で実施された住民らを対象にした聞き込み捜査の結果、次のような目撃情報が得られたのである。

一月二十五日の午前零時ごろ、三ツ沢上町交差点に停車していた軽ワゴン車のそばから走り去る人影を見た。

近くに住む男子大学生が、刑事課の若い男性巡査にそのように証言したのだ。けれども、かなり酒を飲んだだけで成果ゼロに終わった合コンの帰り、おぼつかない足取りで歩いていた大学生がその人影を目撃したのは、交差点から百メートルぐらい離れた場所。従って、当該人物の人着《にんちゃく》（人相着衣）はもちろん、性別も不明だった。男子学生は子どもには見えなかったと話したが、それも、単なる印象にすぎなかった。

車の左側から小走りに道路を横断する黒っぽい人影をちらりと見ただけで、彼または彼女が、軽ワゴン車から降りて、道路を渡ったのか。あるいはそうではなかったのか。それすら不明とのことだった。

なんとも頼りない目撃証言ではあった。

けれども、もし仮に、当該人物が運転席から降りてきたのだとすれば、その人物が意識を失った池永幸彦を乗せた軽ワゴン車のハンドルを握っていたということになり、当然、事件性が強く疑われる。

しかし、この目撃証言は、署長の意を受けたと思われる西川警部補の手であっさり握りつぶされてしまった。

「この誰かさんは、ハザード・ランプを点灯させて交差点に停まっている車を不審に思って近づいただけだよ」

森下《もりした》という二十代の巡査を自分の机に呼ぶと、西川は肉厚な顔に薄笑いを浮かべながら言った。「車の中を覗いたらじいさんが倒れていた。で、びっくり仰天して車から走り去った。ただ、それだけ。この事案とは無関係だ」

藤田は、間近からその様子を見ていた。

森下巡査は西川をきっと睨んだ。「なにを根拠に、そう断定するんですか？　少なくとも、付近の防犯ビデオを急ぎ回収するとか――」

西川は右手を振って、森下を黙らせた。「おれがそう断定するから、そうなんだよ」

「しかし――」

なおも食い下がろうとする森下に向かって、西川は大きな声を出した。「この話は、これで終わり！」

もうこれ以上、県警にはいられないと思ったのは、あの瞬間でした。

藤田は、そのように語った。

もしかすると、池永幸彦は、電柱に車を衝突させた際に頭をフロントガラスにぶつけたのではなく、その人物によって頭をフロントガラスにたたきつけられたのかもしれない。

もしかすると、フロントガラスに頭をぶつけられたのは別の鈍器などで殴られた後のことで、幸彦は既に意識がなかったのかもしれない。

もしかすると、その人物はガラスにひび割れを生じさせることで、いかにも交通事故らしく見せかけようとしたのかもしれない。

もしかすると、電柱への衝突も事故を偽装するために運転席に坐っていたその人物が故意にやったことで、ただバンパーをへこませるのが目的だったのかもしれない。

もしかすると、その時点で幸彦は既に意識を失って助手席でぐったりしており、フロントガラスもひび割れていたのかもしれない。

想像が膨らんだ。

しかし、すべて〈もしかすると〉〈かもしれない〉だった。

ここで独り、あれこれ考えていても始まらない。

上の連中に働きかけて、正式に捜査を開始させるためには、もっと多くの事実、事件性を裏づける事実を積み上げることが必要だ。

横浜に戻ったら、池永慎一からもう一度、じっくり事情を聴かなければ。

まず、そこからだ。

フル回転する脳髄は、かなり疲労をきたしていた。

気分を変えるために、読書でもしようと思った。

本を読むことが、外岡のいちばんの趣味だった。それはつまり、仕事以外にはあまり打ち込むことがない、というよりそうした精神的・時間的な余裕がないということだ。そして、依子もまた読書好きだった。好みはやや異なっていたものの、純文学系はどうも苦手という点は二人とも共通していて、読むのはもっぱらエンタメかノンフィクション。二人で好きな本の話を始めると、話題は尽きることがなかった。しかし、彼女が突然この世を去ってからというもの、活字を目で追っても書物の中身はまったく頭に入ってこなかった。

今ならそれができそうな気がした。

そこで、隣の通路側の座席に置いた肩かけかばんから、ソフトカヴァーの単行本を取り出した。新幹線に乗る前に、ＪＲ盛岡駅一階の書店で買い求めたものだった。

依子と知り合ったのも本がきっかけだった。

単行本を手にしてから間もなく、そのことを思い出した。

所轄の刑事になってから数年たったある日。初夏のよく晴れた日曜日の昼下がりのことだった。

気持ちのいい天気に誘われて、近所の公園のベンチで木漏れ日を浴びながら、発売されたばかりのミステリー小説を読んでいた。プロローグを読み終えかけたところで、頭上から「その本、面白いですか？」という声がした。

ページから顔を上げた。

はっとするほど美しい女性が目の前に立っていた。

「……今、読み始めたばかりで」

うろたえて、口ごもった。

「ああ、これは、たいへん失礼しました」

上背のある女性は、艶やかな黒髪に手をやった。「ほんとにごめんなさい。びっくりさせてしまったようですね。さっき本屋さんで手に取って買おうかどうかさんざん迷って、結局買わなかった本をお持ちだったので、つい声をかけてしまいました」

謝罪の言葉とは裏腹に、きれいな歯並みを見せた女性の表情は、なんだかとても楽しげだった。

「かけてもいいですか？」

こちらがなにか返事をする前に、女性は隣に腰を下ろしていた。ブラウスの白さが目に眩《まぶ》しかった。

「川辺《かわべ》依子と申します」女性が言った。「で、あなたのお名前は？」

ひと目でその笑顔が好きになり、三十分後には彼女のことが好きになっていた。

回想の小径《こみち》にさまよい込んでいたのは、ほんの二、三秒間だったようだ。ぼやけていた目の焦点が周囲の事物に合ったところで、外岡は「いかん」とひと声つぶやき、またしても自己憐憫という名の罠《わな》にはまりそうな己を叱咤《しった》した。

そこで、手にした本に目を落とした。

『監禁——奪われた9年間の人生——』

それが題名だった。

著者の名前は朝井凜々子《あさいりりこ》。

なんでも、舞台を中心に活動している女優だそうだ。

彼女は十歳のときに見知らぬ男に拉致され、男の逮捕によって解放されるまでの約九年間、男の自宅に監禁された。

その間、男の子どもを妊娠・出産し、彼女が自分で育て上げたその娘は既に成人になっているという。

当然のことだが、マスメディアが性的被害者の氏名を報道することはなく、世間には伏せられていた。

朝井凜々子が自由の身になったのは約二十年前のこと。今の世なら、彼女が忽然《こつぜん》と姿を消した際に報道された氏名や写真が直ちにインターネット上に氾濫したことだろうが、一九九〇年代半ばにはそうしたことは起きなかった。

当時、日本の社会、とりわけ同じくらいの年齢の女児を持つ親たちに衝撃を与えた事件の被害者が実名で著した手記は、この三月に発売されると同時に大きな反響を巻き起こし、一ヵ月あまりで十万部を超すベストセラーとなっていた。

表紙のカヴァーは、愛らしい少女のカラー写真。おそらく、男に拉致される前に撮影されたものに違いない。

しばらくその屈託《くったく》のない笑顔を眺めてから、本を開いた。

カヴァーの見開きには、「著者近影」と記された、ブロマイドのような女優の写真が掲載されているのでは。

そんな予想に反して、写真はなかった。

著者に好感を抱いた。

芸能人なら、普通、それをやる。自分の顔を売るためなら、犯罪行為以外なんでもやる。

それが芸能人という人種だ。

おそらく周囲の人間たちは、こぞって彼女にそうするよう勧めたに違いない。ところが、朝井凜々子は敢《あ》えて現在の写真を載せなかった。

そういえば、彼女が自著の宣伝のためにテレビに出演したという記憶もなかった。ワイド・ショーあたりが放っておくはずのない格好のネタなのに……。

テレビはニュース以外あまり観るほうではないし、そもそも観る時間がないが、これだけ話題になっている人物のインタビューは繰り返し放映されるはずだ。彼女がテレビ出演したとすれば、一度や二度はその顔を目にしているに違いない。

本に現在の自分の写真を載せない。

テレビにも出ない。

それらは、手記を出版したのは決して売名行為ではないという、朝井凜々子の強いメッセージのように思えた。

もちろん、露出を極力控えることで自分を神秘化し、自分の商品価値を高める極めて巧妙な戦略という穿《うが》った見方もできなくはないが、穿ちすぎという気がする。

どうやら、彼女は〝普通の芸能人〟ではないようだ。

新幹線が仙台《せんだい》駅についた。

客が乗り降りする音が周囲でしていた。

ページをめくり、短い序文を読み始めた。


わたしの名前は朝井凜々子。

わたしが手記を書いた理由。それを、今この本を手に取ってくださっているあなたにお話ししましょう。

それは、ただひとつ。

どんなに辛い逆境にあっても、人は生き抜くことができる。試練が大きければ大きいほど、人は鍛えられて強くなる。

そのことを、どうしてもお伝えしたかったからです。

わたしは舞台の上で誰か、自分ではない人物の人生を演じることを職業にしています。ですから、電車に乗っているときも、街の中を歩いているときも、周囲にいる人々の会話やちょっとした仕草なんかに注意を向ける癖が身に染みついています。

そう、わたしは、とても鋭い観察者、いいえ窃視者《せっししゃ》なのです。

舞台でわたしが演じる人物が、あたかもそこに実在する者であるかのように演じるためには、そうした日常の窃視が不可欠だからです。

というわけで、わたしは世の中、あるいは時代の空気というものを、いつも鋭敏に感じ取っています。

そこからわたしが受ける印象を正直に申し上げれば、今の日本の人たちはあまり元気がない。

なんだか、みんな疲れているように見える。

毎朝、新聞を広げると、生活保護とか、非正規雇用とか、ブラック企業とか——心が重くなるような言葉ばかりが並んでいます。閉塞《へいそく》感というのでしょうか。そんなよどんだ空気が今の日本には蔓延《まんえん》している。

「生きづらい」

そう感じている人たち、特に若い人たちが、大勢いらっしゃるのも無理はないのかもしれません。

けれども、希望の光がまったくないように思えるときでも、いいえ、そんなときこそ、よく目を凝らしてごらんなさい。

そうすれば、希望は、いつもそこにあるのです。

たとえ、ほんのひと筋の光にすぎないとしても。

「そこ」とはどこか？　――ですって？

それは、あなたの心の中。

希望とは、内なる光なのです。

人間は決して弱い存在ではありません。

わたしは、自信を持ってそう言いきることができます。

わたしの名前は朝井凜々子。

過酷な体験を克服した「サヴァイヴァー」。

それでは、そろそろ、わたしの物語を語り始めまし……


「その本、面白いですか？」

頭上から声がした。

首をねじ曲げて、声の主に視線を向けた。

はっとするほど美しい女性が通路に立っていた。

「……今、読み始めたばかりで」

うろたえて、口ごもった。

「ああ、これは、たいへん失礼しました」

上背のある女性は、艶やかな黒髪に手をやった。「ほんとにごめんなさい。びっくりさせてしまったようですね。たった五冊しか売れなかった本の一冊。それをお持ちだったので、つい、子どもみたいに嬉しくなって」

あまりの既視感《きし》に、外岡は思わず口を半開きにした。しばらくなにも言えずにいたが、ようやく声を出した。「……つまりこのご本を、あなたが？」

「ゴースト・ライターが書いたんじゃないことは保証できます」

茶目っ気たっぷりな仕草で大きな目をぐるりと回すと、女性は言った。「朝井凜々子と申します。……で、あなたのお名前は？」

「外岡といいます」

凜々子がまた問いかけてきた。「ソトオカのソトは、外側の外ですか？」

深みのある低い声は、依子のそれとよく似ていた。

「そうですが……」

なんのための質問か、分からなかった。

「オカは岡山の岡？」

「ええ」

「下のお名前は？」

そう訊きながら、凜々子は、肩にかけたバッグから黒色のサインペンを取り出した。

「渉」

その段階で相手の意図をようやく察して、外岡は自分から進んで字解《じと》きをした。「サンズイに歩むと書きます」

「いいお名前ね。とても清々しい感じがして、あなたにお似合いだわ」

彼女は、手振りで本をよこすように催促した。

外岡から自著を受け取ると、凜々子は、カヴァーを外してそれを空いている通路側の座席に置いた。それから、立ったまま表紙の裏面にサインペンを走らせた。

「ありがとうございます」

返された本を見て、外岡は恐縮した声を出した。

薄青色をした表紙の裏面には横書きで〈外岡渉様〉とあり、その下には流麗な署名が。年月日も記されていた。「作家さんから直筆のサインをもらうなんて、これが最初で最後の経験になるかもしれません」

「わたし、作家じゃありません」

凜々子は、頰をぷっと膨らませた。

「済みません」

〈うっかりした〉と言うように、外岡は額に手のひらを当てた。「舞台で活躍されている女優さんでしたね」

「気になさらないで。本気で言ったわけではありませんから」拗《す》ねた子どものような表情から一転、凜々子は微笑んだ。「……東京の方ですか？」

「横浜です」

「奇遇《きぐう》ですね。実はわたしもハマっ子なんですよ」

「そうなんですか」

「ええ。そうだ、今度、わたしのお芝居を観に来てくださらない？　渋谷《しぶや》の公園《こうえん》通りにある劇場で演《や》りますから」

「都合がつけば、ぜひ」

「そう……きっと、お忙しいお身体なのね。もし来てくださったら、わたしの楽屋にご招待しますけど」

お互い、今、交わされている会話は単なる社交辞令であると分かっている。おそらく、ふたたび会うことはないと分かっている。

そんな大人同士のかけ合いだと、外岡は理解していた。

話を切り上げるころ合いだと見たのだろう。凜々子が右手を差し出した。「お会いできてよかったわ」

「わたしもです」

やんわりと握った指の長い手は冷たかった。

ところが、次の瞬間、凜々子は自ら差し伸べた手をさっと引っ込めてしまった。

その動作はあまりにも唐突であり、相手の冷淡な反応に驚いた外岡は、思わず彼女の顔を見やった。

目を伏せたその顔には、翳《かげ》りのようなものが差していた。

間もなく、さようならのひと言もなく歩きだした彼女の背中に向かって、外岡はとっさに声をかけた。

いつの間にか、名残《なごり》惜しい気持ちになっていた。「きっと、都合をつけますから」

凜々子は足を止めて振り返り、「ではまた、そのときに」と言った。それから、粒のそろった歯並みを見せてフフッと笑った。

「花束を忘れないでね」

そう言い残して、去っていった。


すらりとした後ろ姿が隣の車両に消えた後も、しばらくその残像が消えることはなかった。

亡き妻を彷彿《ほうふつ》とさせるのは、声だけではなかった。

睫毛《まつげ》の濃い目元や細く引き締まった体型もかなり似ていた。

けれども、それ以上に両者に共通しているのは、若く潑剌《はつらつ》とした輝きを失った代わりに——いや、「失った」という表現はまったく適切ではない。自ら進んで脱ぎ捨てたと言うべきだろう——、成熟した美しさを身に纏《まと》うことに成功したアラフォー女性という全体に漂う雰囲気だった。そして、それは、誰もが羨《うらや》むに違いない自分の美点を本人もよく意識していて、周囲に対して見せつけているという嫌味が微塵《みじん》も窺《うかが》えない、ごく自然でしなやかなものだった。

朝井凜々子の残像と依子の姿。それらがしだいに重なり合っていき、二つがほぼ完全に一致した途端、「あの日」の光景が呼び覚まされた。


十七年前に発生した未解決強殺《ごうさつ》（強盗殺人）事件のホシを追う捜査の結果を出すことができず、外岡は、苛立っていた。

神奈川県小田原《おだわら》市内で起きた事件では、質店を経営する老夫婦が鈍器で撲殺され、金品が強奪された。殺害現場には犯人のものと思われる手拭いが残されており、そこから汗の成分が検出されていた。

事件のホンボシと見て、外岡以下の特命二係の面々がシフトを組んで二十四時間態勢の行《こう》確《かく》（行動確認）をしていた容疑者のＤＮＡ型——男が居酒屋の席を立った直後に、二係の巡査が灰皿から男の唾液が付着した煙草の喫い殻を入手したのだ――が殺害現場に残されていた犯人のそれと一致しなかったのである。

未明に科捜研《かそうけん》（科学捜査研究所）からそうした報告を受けていたため、連日の寝不足も手伝って、目覚めた瞬間からひどく不機嫌だった。

ごく些細なことで、依子に当たり散らした。

冷蔵庫を覗いたところ、コーヒーに入れるクリームが見当たらなかった。たったそれだけのことで、依子を大人げもなく怒鳴りつけてしまったのである。

妻が用意してくれた朝食には一切、手をつけることなく席を立った。ドアをこれみよがしにバタンと閉め、戸外に飛び出した。

同じ日の夕刻、病院で再会した依子は亡骸になっていた。

横浜の繁華街で白昼に起きた暴走事故の犠牲になったのだ。

歩道に乗り上げてそのまま数十メートル走り続けた末、電柱にぶつかってようやく停まったワゴン車を運転していたのは、三十二歳の会社員。彼は会社に持病を隠して車を運転していた。営業で取引先を回っている途中、発作を起こして意識を失ってしまったのだ。

はねられたのは全部で五人。依子のほかにも十一歳の女子小学生が犠牲になり、残りの三人も重軽傷を負った。

顔を覆っている白布を、そっと持ち上げた。

依子はきれいなままだった。
それが、せめてもの救いだった。
「奥さん、これを手にしっかりと握られていたそうです」
白衣の男性医師が、霊安室の床に置かれた百貨店の紙袋を示した。
袋の中を見た。
リボンのかかった細長い箱が入っていた。
中身が早く見たくて、包装紙を乱暴な手つきでビリビリと破った。
箱に入っていたのは、イタリア製の美しいネクタイだった。
それと、カードが一枚。
そこには、達筆でこう書かれていた。

感謝の気持ちを込めて。
この十年間、本当にありがとう。
これからも、よろしくね。
クリームは切らさないようにするから。

途端に、両眼から悔恨の涙があふれ出た。

取り返しのつかないことをしてしまった。

十回目の結婚記念日だなんて、すっかり忘れていた。

その日の朝、依子が耳にした夫の最後の言葉。それは、〈何年、女房やってんだ！〉という罵声《ばせい》だったのだ。

昭和五十一年十一月十四日

なんて、すごい娘なんだろう！

ナディア・コマネチがまた、やってくれた。

モントリオールのオリンピックで完璧な技を披露して世界中の人々を驚かせた彼女が昨夜、名古屋《なごや》で開催された国際競技会でも十点満点を出した。

なんと、満点を出したのは今回で三十回目だという。

が、少し気になることがある。

まるで妖精のように可憐《かれん》な容姿をしているのだが、前日に十五歳の誕生日を迎えたばかりの少女にはまったくふさわしくないあの表情の乏しさ。

オードリー・ヘップバーン似の非常に整った顔が笑うことはなく、いつも氷のように冷えきっている。

ただ、体操をするためだけにつくり出された精密機械。国威発揚《こくいはつよう》のための道具――。そんなふうに感じるのは、わたしだけなのだろうか。

ルーマニアという鉄のカーテンの向こうにある国がどんな状況にあるのか、日本人はほとんど誰も知らない。

もちろん、わたしも含めてのことだが。

もしかすると、コマネチは、あの小さな胸にわたしたちが想像もつかないような深い悲しみを抱いて生きているのかもしれない。

わたしの娘には――最新の電子スキャンというもので性別は女であることが分かっている――できるだけ悲しみの少ない人生を送らせてやりたいと思う。

わたしのような人生ではない人生を。

テレビで繰り返し放映された、段違い平行棒を自在に操るコマネチの姿を観ながら、そんなことを考えた。

中国に長期出張している浩樹《ひろき》が昨日、国際電話をしてきた。

わたしの体調、というより胎児のことを気遣っていた。

わたしが浩樹と知り合い、結婚するに至った経緯はごく平凡で、とても映画やテレビ・ドラマの題材にはなりそうもない。

浩樹は東京に本社を置く中堅食品メーカーに勤務しており、わたしも同じ会社の受付嬢をしていた。浩樹に見初められたわたしは、何度かデートの誘いを断った後、お茶だけならと言って、会社帰りに一緒に喫茶店に入った。

わたしに不器用に言いよる浩樹の姿はどこか滑稽で、不覚にも母性本能のようなものをかき立てられてしまったのだ。

思えば、それが、すべての間違いの始まりだった。

交際期間中、優しかった浩樹は、猫をかぶっていただけだった。

その薄い皮の下には、わがままな暴君の素顔が隠されていた。

そのことを見破れなかった己の未熟さを、今さら悔やんだところで詮《せん》ないことだが。

結婚後わずか数ヵ月で、浩樹はその本性を露《あら》わにした。

わたしは自由を奪われ、家庭という名の牢獄の囚人となった。

昼間は家政婦、夜は夫の欲望を満たすための娼婦——。自分以外のことにはなにも関心がない、著しく人格のゆがんだ男との暮らしに〈愛〉という言葉は存在しない。

ときどき、この孤独が耐えがたく感じることがある。この先いつまでこんな生活が続くのかと思うと、どこまでも深い陰鬱の底へと沈んでいく。

けれども、器量が人並み以上に優れているわけでもない、なにか他人とは違った特別な才能があるわけでもない、手に職があるわけでもない、親が遺《のこ》してくれた莫大な財産があるわけでもない三十路《みそじ》の女が、ここから逃れる術《すべ》はない。

浩樹は、ほかのなによりも子どもを欲しがっていた。

しかし、わたしはなかなか子どもを宿さなかった。

そのことが、また、浩樹の暴君性を高めることになった。

酒に酔った浩樹から、おまえにこのまま子どもができなかったら離縁すると言い渡されたことは一度や二度ではない。

ひとり息子を溺愛《できあい》している姑《しゅうとめ》——あの女は三十六歳の浩樹のことを〈浩ちゃん〉と呼んでいる！——が、陰でわたしのことをなんと言っていたかも知っている。義理の両親は新潟の片田舎で暮らしているため、少なくとも当分の間は同居を強いられる恐れのないことは不幸中の幸いだが。

夫から離縁されたら、わたしは路頭に迷うことになる。

そうした事態に陥ることを回避するために、大学病院を訪ねて不妊治療を始めた。

それは早い段階でうまくいった。

クロミッドを服用しながら、ベストのタイミングを見計らって〝交尾〟——繁殖のみを目的とした男女の営みはいかにも動物的で、そう呼ぶのがふさわしいような気がする——した結果、妊娠することに成功したのだ。

もちろん、子どもを欲しがっているのは夫だけではない。

わたしも、ずっと子どもを待ち望んでいた。

きっと娘は、この不毛の地に潤いと恵みをもたらし、わたしが生きる唯一のよすがとなるに違いない。幼いときにはその汚《けが》れのない笑顔でわたしの孤独を慰め、成長した暁《あかつき》にはわたしのよき理解者、親しい友人となるはずだ。

なんとしても、この子は無事に産まなければならない。

第三章　夜逃げ男

外岡が東北の地を訪れた日から、四日後の午前十時すぎ。

「ここが〝捜査本部〟……？　信じられない」

部屋の中に入るなり、前山美佳が抗議の声を発した。

「確かに、ひどいところだな」

周囲を見渡した外岡は、巡査部長の言葉に同意せざるを得なかった。

専従捜査班の残りの二名も、啞然《あぜん》とした表情を顔に浮かべている。

広々とした部屋には、天井に届きそうなくらい背の高い金属フレームの棚がいくつも並んでおり、いずれの棚にも古い事件の証拠品を収めたとみられる段ボールの箱がところ狭しと積み上げられている。

おそらく、それらの箱が発生源なのだろう。

部屋には、カビの不快な臭いが漂っている。

窓から斜めの角度で射し込む太陽光線を受けて、室内に舞った埃の無数の微粒子が白くきらきらと輝いていた。

神奈川県警察野庭《のば》分庁舎。

住所は横浜市港南《こうなん》区野庭町。

犯罪の発生件数の増加や捜査の長期化に伴って、事件の証拠品を保管しておく場所がどうにもこうにも足りなくなった。そのため、二〇〇七年、それより四年ほど前に廃校になった県立野庭高等学校のグラウンドを利用して整備されたものである。鉄骨造りの建物は地上三階建てで、延べ床面積は約五千五百平方メートル。

捜査拠点として外岡らに宛がわれたのは、その分庁舎――いや、倉庫と呼ぶのがふさわしい――の一室だった。

そうした部屋のわずかなスペースに、会議なんかで使う脚が折りたためる長方形のテーブルが五つ並べてある。

うちひとつのテーブルの上には、警電と一般回線の固定電話がそれぞれ一台ずつ。警察無線の受信装置が二台。ファックス一台。二十一インチぐらいの液晶テレビが一台。ほかのテーブルの周りには、パイプ椅子が五脚。二つのホワイト・ボードとコピー機が一台、床に置かれている。

それで全部だった。

外岡は窓に歩みよった。

そこから見下ろすと、雑草が伸び放題の敷地には、青いシートで車体を覆われた車が数十台並んでいた。

いずれも県警に押収された事件関連車両だ。

〈殺風景〉という言葉を絵にすると、こうなるのだろう。

「そんなに、むくれるな」

しばらくして、折坂啓一警部が言った。「ここにいれば、ひとつだけいいことがあるじゃないか」

「いいことって、なに？」

前山がつっけんどんな口調で言った。

小柄な巡査部長の服装は、毎度おなじみの色気がまったくない黒っぽいパンツ・スーツ。これもまたいつものことだが、唇に紅も引いていない完全なすっぴんだった。

「ブン屋さんに気づかれる心配だけはないだろ」

五十男のどこか済まなそうな声を背中で聞きながら、外岡は、ここに至るまでの道のりを思い出していた。

岩手から帰った翌日、池永慎一の家を訪ねた。

幸彦の車から走り去る人物が目撃されていたことを話した。

幸彦が保土ケ谷署内で死亡していた事実は伏せた。

少なくとも今の時点では、そこまでは話せなかった。

藤田淳司の証言があるだけで、完全に裏が取れているわけではないから。

いや、それは言いわけだ。

池永に知らせれば、怒りに駆られた彼は、直ちにマスメディアに接触するに違いない。天地がひっくり返るような一大スキャンダルに発展して、県警幹部の首がいくつか飛ぶ事態になることは確実で、そこまでする度胸がなかったのだ。

そして、もうひとつ。

これも言いわけかもしれないが、そうなれば、三ツ沢上町交差点で目撃された不審な人物のことも明るみに出てしまう。

全国紙あたりが特ダネとして報じた後、現場周辺には報道各社の記者たちが殺到するに違いない。目撃者の大学生は自分が目にしたことをテレビ・カメラの前で、何度も繰り返し得意げにしゃべるだろう。

結果、犯人——池永幸彦が殴打されて殺害されたと仮定した上での話だが——は地下に潜ってしまうかもしれない。

極秘に捜査を開始して、殺しのホシを挙げることが先決だ。それこそが、池永慎一の気持ちに応《こた》える最善の道ではないのか。

そう言い聞かせて、自分を納得させた。

「お訊きしたいことが、いくつかあります」

ひととおり説明を終えた後、外岡が言った。

一階が蕎麦店になっている建物の二階が池永の住居だった。ダイニングを兼ねた広さ十二畳程度の居間。外岡はそこに置かれたテーブルについていた。

「どんなことでしょうか?」

正面に坐っている池永が、長い脚を組んだ。

「まず、お父さんの車。それは、今どこにあります?」

「両親の家です」

池永が答えた。「あれは、親父が死んでから二、三日後のことでしたか。わたしが保土ケ谷署に引き取りに行きました」

「車はそのときのままの状態ですか?」

「ええ。その後、一度も走らせていません。バッテリーが上がらないよう、たまにエンジンはかけていますが。おふくろは運転しませんし」

「車内を掃除したりとかは?」

池永は首を振った。

それは、とてもいい材料だった。

鑑識の連中に調べさせれば、毛髪や繊維片といったホシの特定につながる微細な物的証拠が出てくるかもしれない。

「うん。では、車を引き取ったときのことを思い出してください。なにか不審な点に気づきませんでしたか？　例えば、なにか、普段は目にしないようなものとか。……漠然と違和感みたいなものを感じたことでもけっこうです」

「そうですね……」

池永は額に手を当てて考え込むような表情をした。しばらくして、テーブルの天板に向けられていた視線を上げた。「ああ、そうだ」

「なにか、ありましたか？」

「ええ、ひとつ気づいたことがあります。運転席のシート。それがかなり前に出されていました。あの世代の人間にしては、親父はかなり大柄だったんですが」

「身長はあなたと同じぐらいありました？」

「ええ、若いころよりはいくらか縮んだようですが。それでも、百七十八センチぐらいはありました」

「だとすると……車は軽ワゴンですし、運転席のシートはほとんど目いっぱい、後ろにずらしていたはずですね」

「そうです。ところが、そのときは前に出ていたんです。で、後ろにずらしました。間違いありません」

「ちょっと失礼します」

片手を軽く上げ、外岡は席を立った。

窓際に行き、上着の内ポケットから携帯を取り出した。

藤田淳司の携帯に架電した。

相手は三度目の呼び出し音で出た。

短く先日の礼を口にした後、外岡はすぐに本題に入った。〝事件〟当夜、保土ケ谷2号に乗務していた巡査部長が誰だったのか憶えているかどうか尋ねたのである。

〈いきなり、そんなこと言われても……〉藤田が困惑したような声を出した。〈ちょっと待ってください〉

頰に当てた携帯から、のんびりとした牛の鳴き声が聞こえてきた。

三十秒ほどすぎたところで、外岡は焦《じ》れたように言った。「憶えていないか？」

〈……思い出した。高尾《たかお》ってやつです〉

「そいつ、どんなやつだ？」

外岡はたたみかけるように質問した。

〈どんなやつって、ごく普通の——〉

「済まん。おれが今知りたいのは、その高尾ってやつの背丈。それだけなんだ。身長はどれくらいある？」

〈先輩と同じぐらいじゃないかな〉

外岡の身長は百七十七センチだった。

「そうか……。一月二十五日のことをもう少し思い出してくれないか。君は、軽ワゴン車と現場周辺の実況見分をした。そういう話だったよな？」

〈確かに〉

「実況見分が終わった後、当直員の誰かが車を運転して保土ケ谷署の駐車場まで移動させたんじゃないかと思うが。車の損傷はたいしたことなかったわけだから、レッカー移動する必要はなかったはずだ」

〈わたしが運転しました〉

ツキがあった。

それなら話が早い。

藤田の身長は百七十センチあるかないかだった。

「そうだったのか。で、君は軽ワゴンに乗ったとき、運転席のシートを動かしただろうか？」

〈いえ、そうした憶えはありません〉

「ありがとう」

外岡は見えない相手に向かって頭を下げた。無意識の、いかにも日本人らしい自動的な仕草だった。

〈この一連の質問は、なんのためだったんですか？〉

「今はまだ話せない。勘弁してくれ」

〈分かりました。……こんなこと言っちゃあ本当に失礼かもしれませんが、先輩、この間ここで話をしたときよりもずっと元気そうだ。声が弾んでいる〉

「ああ、刑事の血が騒いでいるんだ」

〈そんな声を聞くと、なんだか、こっちも古巣が恋しくなってきました〉

「やめとけ」

〈話せるときが来たら、必ず話してくださいよ〉

「そのことは約束する。君のおかげで、ほんとに助かった。今度、牧場にビール券でも送るからな」

〈了解！〉

席に戻った外岡に、池永が問いかけた。「なにか分かりましたか？」

「お父さんの車を交差点から自動車販売店の前まで移動させたＰＣ……パトカーの巡査部長。そいつの背丈を確認しました」

「で？」

「お父さんと同じぐらいだそうです。ですから、そいつが運転席のシートを前に出したとは考えられません。窮屈に感じたんじゃないかと思いますが、シート位置の調節はしなかったんでしょう。幹線道路の交差点から路肩まで、せいぜい十メートルぐらいの距離を運転するだけですから、別におかしくはありません。また、今、その当人と話したんですが、車を現場から保土ケ谷署まで移動させた刑事も運転席のシートは動かさなかったそうです」

「小柄な人物が、親父の車を運転していた」

池永は短い髪をかき上げた。「その誰かの脇で、親父は意識を失って倒れていた。つまり、そういうことですか？」

「その疑いが濃厚になった、ということです」

慎重な言い回しで質問に答えると、外岡は話題を転じた。「実はわたし、お父さんのことのほかに、お母さんのこともかなり気になっていましてね。お父さんが死亡してから、わずか一ヵ月後の出来事ですから。お母さんが亡くなられたときの状況。それを、できるだけ詳しくお聞かせ願えませんか」

「……あれは、そう、昨年の二月二十一日のことでした――」

少し間を置いてから、窓のほうに視線を向けた池永が話し始めた。「時刻は朝の九時か九時半か、そこらだったと思います。よく憶えていませんが、おふくろになにか急ぎの用事があって、何度か電話したんです……」

母親の君恵が固定電話にも携帯にも出ないため、心配になった池永は、マイカーを飛ばして保土ケ谷区の実家を訪ねた。

インターフォンを何度か鳴らしたが、反応がなかった。玄関のドアは施錠されていたため、合い鍵を使って中に入った。

三和土《たたき》には、母親が近所に出かける際にいつも履いている靴があった。

なんだか、嫌な予感がした。

「母さん、いないの？」

二階の居間には、母親の姿はなかった。

夫が死んでからというもの、ふさぎ込んでいた君恵が外出するのは食料品の買いものぐらい。ほとんどの時間を家ですごしていた。

同じ階にある寝室を見た。

ベッドはきれいに整えられていた。

携帯は側卓の上にあり、外出はしていないようだった。

トイレを覗いたが、空《から》だった。

一階にある浴室に向かった。

曇りガラスのドアを押し開けた瞬間、思わず息を呑んだ。

母親は、水が張られた浴槽の底に沈んでいた。

全裸で、両膝を折り曲げた仰向けの姿勢だった。

「母さん！　ああ、なんてことだ！」

抱き起こした母親は、既にすっかり冷たくなっていた。

救急車を呼んでも無駄だ。

そう、思った。

死後硬直が全身に及んで硬く強《こわ》ばった母親の遺体を浴槽の中から出し、隣の脱衣場の床にそっと横たえた。

死斑というのだろうか。

母親の背面は紅色に染まっていた。

それは本当に鮮やかな色だった。

死体が長時間、水に浸《つ》かっていた結果、表皮血管の血中ヘモグロビンが酸化ヘモグロビンに変化したことによる発色だが、無論、池永はそんなことは知らなかった。

濡れた母親の身体を乾いたタオルで丁寧に拭いだ。

母親の突然の死に大きなショックを受けたことは言うまでもない。が、それ以上に、老いた彼女の裸を目の前にして、なんともやりきれない気分になった。見てはいけないものを見てしまったような後ろめたさを感じた。

急ぎ二階に上がり、寝室にあった毛布を取ってきた。

それで母親の裸身を覆った。

それから、一一〇番通報した。

三十分ぐらいして、保土ケ谷署の捜査員が三人やって来た。

いずれも初対面の刑事で、一行は検視の道具が入ったバッグとカメラ、それにハンディタイプの投光器を携えていた。

池永から遺体発見時の状況をひととおり聴くと、三人の中でいちばん年齢が上の寺内《てらうち》という刑事が「お母さん、血圧が高かったんじゃありませんか？」と訊いてきた。

「ええ。ですが、医者から降圧剤を処方されていました」

「飲み忘れることは？」

「たまにはあったかもしれません」

「うん。いわゆる『ヒート・ショック』ってやつでしょうな。寒い脱衣場でぶるぶる震えながら服を脱いでから、急に四十度以上ある熱い湯の中に首まで浸かる。血圧が上昇した後に、今度は逆に急激に下がる。その結果、頭からすーっと血の気が引いて、意識を失ってしまうんです。で、ずるずると浴槽の中に沈んでいき、一巻の終わり。だけど、本人は少しも苦しくないし、いちばんきれいな逝《い》き方かもしれない。家族には、ほとんど迷惑がかかりませんからね。なんせ、遺体を清める必要がないんですから」

池永の不快そうな表情に気づいたのだろう。

寺内は、ほんの一瞬、〈まずかったか〉という顔をしたものの謝罪の言葉は口にすることはなく、話を続けた。「この時期、ほんとによくあるんです。こんなふうに、風呂場でお年よりが亡くなる事故って。一般にはあまり知られていませんが、交通事故よりよっぽど多い。ヒート・ショックによる死者は交通事故の三倍以上に上ってるというデータがあります。……さてと、それじゃあ、ちょっと写真を撮《と》らせてもらいましょうか」

しばらく、外してください。

そう指示されて廊下に佇んでいた池永の耳に、〈ったく、くそ忙しいのに〉〈文句を言わずに、さっさとやれよ〉――などといった刑事たちの声が聞こえてきた。

母親がひとりの人間としてではなく、単なる厄介な物体として扱われている。

そんな気がした。

警察官が検察官の代わりに行う代行検視は、一時間程度で終わった。

「事件性はありません。しかし変死事案に該当しますから、一応、監察医に検案してもらう必要があります」

三和土《たたき》で靴べらを使って革靴を履くと、寺内が振り返った。「後で、葬儀屋の車をよこしますから、ここでお母さんと一緒に待っていてください」

その後、タクシーで駆けつけた妙子と二人で母親に苦労してパジャマを着せ、一階の部屋に敷いた布団に寝かせた。

昼すぎになって、父親の葬儀で世話になった葬儀社の井上専務がやって来て、君恵の遺体を監察医の元へと搬送した。

「検案の結果、死因は溺死《できし》ということでしたか？」

外岡が訊いた。

「そうです」と池永。

その検案もまた、木村が死体の外表をざっと見ただけで、五分もかけずに済ませたのに違いない。

「死亡推定時刻は憶えていますか？」

「前日、二月二十日の午後七時から八時ぐらいだったのではないかと思います」

「分かりました。今までお聞きした限りでは、不審な点はないようですね」

外岡は、池永の妻妙子が先ほど出してくれたコーヒーをひと口飲んだ。

それは、すっかり冷めていた。

「お父さんの件に話を戻しましょうか。もう少し、記憶を呼び覚ましてください。今になって気づいたことは、ほかになにかありませんか？」

いるようだった。

池永は、下唇を親指と人さし指で引っ張ったり離したりを繰り返した。どこか神経質な感じで、見ている者を落ちつかない気分にさせる動作だったが、そうやって一生懸命に考えているようだった。

一分ほど経過したところで、池永が口を開いた。「そういえば――」

「なにか、思い出されました?」

「ええ」池永がうなずいた。「日めくりカレンダーのことです」

「日めくりカレンダーのこと?」

外岡は、語尾を上げた口調で相手の言葉を鸚鵡《おうむ》返しにした。

「ええ」

そこで、池永は下唇を前歯で噛んだ。それから、また窓のほうに目をやり、話し始めた。

「両親の家。そこの居間の壁には、日めくりのカレンダーがかかっていました。一枚ずつ破って捨てる、今じゃあ、ほとんど目にすることがなくなったやつです。夜、床に就く前に破って、今日も一日、無事に終わった。明日から、また頑張って生きていこう。そんなふうに考えるためのものだったのかな」

相手の視線がこちらに向けられていないことには気づいていたが、外岡は首を小さく上下させた。〈日めくりカレンダー〉という言葉から連想された、とっくの昔に他界した祖父母の古い家。その紗《しゃ》がかかったような光景が瞼の裏に浮かんだだけでなく、縁側の日向《ひなた》のいい匂いまでが鼻腔に感じられて、とても懐かしい気持ちになった。

気がつくと、池永の話が続いていた。

「……あの日の夜、親父の遺体が家に帰ってくるのを待っていたときのことです。旅先から戻ったおふくろのほか、親族、それに近所の人たちも何人か居間に集まっていました。時間がたつにつれて、だんだんと話すこともなくなってしまって、みんな押し黙っていました。ときおり、誰かが溜息を吐いたりして……。それは、とても重苦しい雰囲気でした。で、気分を変えようと思って席を立ち、台所で冷たい水を一杯飲んだ。居間に戻ってきて、ふと、電話台の上の壁を見上げました。すると、カレンダーの日付は前日の二十四日のままになっていた。その数字を見た途端に、目頭が熱くなりました。警察署で親父の変わり果てた姿を見ても、不思議と泣かなかったのに。……親父には、今日という日は訪れなかったんだな。カレンダーの日付から、そのことが実感されたんでしょうか」

外岡は池永を促した。「で、そこにはなにか?」

「ええ。カレンダーの余白に、ボールペンで佐々木《ささき》と記されていたんです」

「漢字で?」

「いえ、アルファベットの大文字で〈SASAKI〉——と。最初の二文字はかなりかすんでいましたが、確かに〈SASAKI〉と読めました。その下には三角形みたいなもの。それに〈SASAKI〉の横には〈10PM〉と」

言葉による説明だけでは、イメージがよくつかめなかった。

そこで、外岡は、手帳を池永に渡した。「どんなふうに書かれていたのか。それを、ここに再現してみてください」

池永はボールペンを走らせた。

返された手帳のページには、こう書かれていた。

「一月二十四日の午後十時、お父さんは佐々木という人物と会う約束をしていた――」
それをしばらくじっと見つめてから、外岡が言った。「そんなことが考えられます。……お父さん、その日は旧友の葬儀に参列するために秋田に行かれて、帰りはかなり遅かった。

確か、そういうお話でしたね？」

「ええ」

「通常、葬儀は昼ぐらいに始まりますから、焼き場まで行かれたとしても、終わるのは午後の三時か四時。葬儀が執り行われたのが秋田市内だと仮定すれば……横浜には夜の九時か遅くとも十時には戻れますね」

「その友人は秋田市に住んでいました」と池永。

「うん。カレンダーは電話台の上にかかっていた。さっき、そうおっしゃいましたね？」

「ええ」

「とすると、朝、家を出る前に、その佐々木という人物から電話がかかってきたのか。あるいは、お父さんのほうから電話をかけたのか……」

テーブルの天板を指先でコツコツとたたきながら、外岡は肝心なことを訊いた。「佐々木という名前に心当たりはありますか？」

「あります」

「どんな人物ですか？」

「佐々木安雄《やすお》という男です」

外岡は池永に字解きを求めて、その氏名を手帳に記した。それが終わると、こう訊いた。

「お父さんとはどんな関係？」

「遠縁の親戚です。わたしの母方の祖母、その年齢の離れたいちばん下の妹の息子かなにか。詳しくは知りません」

池永が答えた。「佐々木がまだ学生だったときに、彼の両親が相次いで死にましてね。そんなこともあって、昔からわが家にも出入りしていました。年齢は、わたしより四つぐらい上だと思います。親父は何年か前、佐々木に会社を譲り渡したんですが、それがうまくいかずにトラブルになったんです」

「お父さんは、どのようなお仕事を?」

「中南米、主にアルゼンチンの装飾品とか衣料品、民芸品、雑貨類――それらを輸入販売する小さな会社を経営していました。横浜駅近くにある雑居ビルに『サンタ・エビータ』という名の店舗を構えて」

「サンタ・エビータ、ですか。聖なるエビータ。あのエバ・ペロンの愛称をお店の名前にしたんですね」

エバ・ペロン。一九四〇年代にアルゼンチンの大統領を務めた男の妻。女優上がりの美貌の持ち主で三十三歳の若さで病死したファースト・レディは、死後半世紀以上がたった今もなおアルゼンチン国民の間で人気が高い。その波乱に富んだ生涯は、マドンナの主演でハリウッド製ミュージカル映画にもなっている。

「よくご存じですね」

池永は感心したように微笑んだ。「……親父は早稲田《わせだ》の商学部を出てから、中堅の商社に勤めていました。大学でスペイン語を少し学んだこともあって、入社してからしばらくして、アルゼンチンの駐在員になったんです。なんでも、おふくろは東京の大学を卒業した後、同じ時期にブエノスアイレスの私立大学で日本語の教師をしていたそうです。『ひょんなことから、そうなっちゃったのよ』――。おふくろは、そんな言い方をしていました。父方の親戚に当たる人が向こうに住んでいたみたいで。海軍の将校だったとか。おそらく、移民の子孫でしょう。そんな関係もあったんだと思います。両親が向こうでどんなふうにして知り合ったかについては、親父からも、おふくろからも、話を聞いたことは一度もありません。子どもって普通、親にそんなことは訊きませんよね。なんだか、気恥ずかしくて。……二人が死んでから、自分は親について、それほど多くのことを知らなかったんじゃないかって思うことがよくあります。でも、それを言ったら、親がわたしという人間のことをどれだけ知っていたか。たぶん、それほど多くのことを知らなかったのではないかと思います。お互いにほかの誰よりも近しい存在であるはずなのに――親子ってほんとに難しいですね。だからこそ、文学とか映画とかの永遠のテーマになっているんでしょうが」

「確かに。……いずれにしろ、お二人はアルゼンチンで恋に落ちて、所帯を持った。要約すると、そういうことでしょうか」

「ええ。親父が一時帰国した際に、アルゼンチンでの教師の仕事を終えて日本に戻っていたおふくろと目白《めじろ》の椿山荘《ちんざんそう》で結婚式を挙げたそうです。駐在員勤務が終わった後、親父はすぐに商社を辞めて、独立しました。三十歳ぐらいの若さで『AJリンクス』という会社を立ち上げたんです。〈A〉はアルゼンチンの頭文字。〈J〉はジャパンの頭文字。二つの国の架《か》け橋になりたい。そんな親父の思いが込められた社名だったみたいです。駐在員時代に築いた人脈を活用すれば、食うに困らないくらいはやっていけるだろう。親父はそう判断したらしい」

「一国一城の主になる道を選んだというわけだ」

「うん。仕事は最初から割とうまくいったみたいです。親父には商売の才覚があったんでしょう。景気のいいときには、デパートなんかにも商品を卸していましたからね」

「その順調だった事業を佐々木安雄に譲り渡した理由。それは？」

「歳を取ったからですよ」

池永が答えた。「馬車馬のように働くことに、もうくたびれた。もう十分やった。残りの人生は別のことをしたい。自分のためじゃなくて、なにか、少しでも人のためになるようなことをして。親父はそんなふうに話していました」

そこで、池永は遠い目をした。「……親父は、その言葉をきちんと実践していました。会社経営から退いた後、地元にあるNPO法人の協力会員になりましてね。外出することが難しい脚の不自由なお年よりや身体障害者をマイカーで自宅から病院や役所まで送り届ける。

そんなボランティアをやっていたんです」

「例の軽ワゴン車で？」

「ええ」

「感心ですね」

そう言うと、外岡は、会話の軌道を修正するために問いかけた。「それで、事業譲渡のトラブルとは？」

「済みません。話が少し脱線してしまいました。……佐々木は事務機器メーカーかなにかに勤めていた。けれども、些細なことで上司と衝突して、会社を辞めてしまったんです。その前にも仕事を転々としていて……。なにをやっても長続きしない、こらえ性のないやつでしたから。生活に困った佐々木は、親父に力になってくれないかと泣きついた。親父は不安を感じながらも、佐々木に会社を譲ることにした。ちょうど、引退したいと思っていたところでしたから。見ず知らずの人間に譲るよりは、出来の悪い親戚に譲ったほうがいいと考えたんでしょうか……。親父にとっては、それが災難の始まりでした」

「災難、ですか？」

「ええ」

「具体的には？」

「わたしも骨身に染みて知っていますが、商売ってものは、人が思うほど簡単じゃありませんよ。そんなに頭がいいわけじゃないし、それ以上に、努力ということをまったくしない。そんな男に会社の経営なんて、所詮、無理です。スペイン語なんて全然できないから、向こうでの商品の買いつけも人まかせ。時代のトレンドって言うんですか。そういうものを機敏に読んで人を惹《ひ》きつける商品を途切れることなく提供していかなきゃならないのに、佐々木は、ただ、オフィスでふんぞり返っているだけ。……結果は、火を見るより明らかでした。わずか半年ほどでＡＪリンクスはがくんと傾き、会社の譲渡代金の支払いが滞るようになった」

「譲渡代金はどのように支払うという契約だったんですか？」

「毎月の売り上げからの分割決済。破格の条件でしょ？」

「そうですね」

「それでも、親父は『そんなことは、後に回してもかまわないから』――と言って、従業員の給料とか店舗のテナント料の支払いを先になんとかしろと佐々木に伝えていたみたいです。どこまで人がいいっていうのか……。ところが、そうこうしているうちに、あいつは、いなくなってしまったんです」

「いなくなった？」

「完全なバックレ。夜逃げですよ」

池永は顔をしかめた。「介護関係だったと思いますが、佐々木は別会社を興《おこ》してほかの事業にも手を出しましてね。それが大失敗して、借金の泥沼に呑まれてしまったんです。佐々木が住んでいたマンションの部屋には、家財道具や服の大半が残されたまま。何度、携帯に電話しても〈電源が入っていないか、電波の届かない……〉というあれです」

「佐々木に家族は？」

「いましたよ。奥さんと、まだ小さい息子がひとり。二つか三つぐらいだったと思いますけど。佐々木は、家族三人で失踪してしまったんです」

「なるほど。それで？」

「それで……それからしばらくして、親父の元にＡＪリンクス関係の請求書が届き始めた。最初のうち親父は、自分には関わりのないことだ、佐々木から回収してくれ——と突っぱねていました。けれども、やがて、そうはいかなくなった」

「それは、どうして？」

「会社の譲渡手続きに問題があったからです」

「顧問弁護士とか、そういった専門家にやらせなかったんですか？」

「赤の他人に譲り渡すのなら、そうしたんでしょうが。相手は子どものころからよく知っている親戚でしたから。インターネットで調べた情報といったものに基づいて、当人同士だけで契約書を交わしてた。それにいくつか穴があったんです。この契約書じゃ、債権者から訴訟を起こされたら負けますよ。弁護士からそう言われて、親父は蒼くなった。結局、かなりの額のカネを払わされる羽目になった」

「それは、いつごろの話ですか？」

「三年以上前のことです」

「それ以降、お父さんは、佐々木の行方をずっと捜していた。どうにかして、それをつかみ、佐々木を呼びつけた……？　例えば、自宅に。それが、昨年一月二十四日の午後十時だったのかもしれない」

「そして、親父は佐々木を強い口調で責めた――」池永が後を引き取った。「カネを返せと迫ったんでしょう」

「佐々木は小柄ですか？」

「ええ」池永が答えた。「背丈は百六十五センチぐらいです」

「うん……。逆ギレした佐々木は、お父さんに殴りかかった。頭をなにか、例えばテーブルの角にでもぶつけたのか。お父さんは意識を失った。その際、目に見える傷は負わなかった。お父さんの身体を揺り動かしても、ぴくりともしない。とんでもないことをしてしまった。佐々木は、呆然としたことでしょう。……やがて気を取り直した佐々木は、お父さんをガレージに停めてあった軽ワゴン車に運んだ。交通事故に見せかけることを思いついたからです。運転席にお父さんを坐らせると、頭をフロントガラスに激しくたたきつけた。ガラスのひび割れはその際に生じたものでしょう」

そこで、池永が疑問を呈した。「ですが、親父の頭部には傷はありませんでしたよ」

「おそらく、お父さんはその時点でニット帽をかぶらされていたんです。帽子のせいで、お父さんの頭には外傷が残らなかったんだと思います。佐々木がそうした理由は分かりません。ですが、大きな罪を犯した人間が、普通の人間の理屈では説明できないようなことをすることはそれほど珍しくありませんから」

「うん」池永は首を上下させた。

「それから佐々木は、お父さんを助手席に移した。運転席に坐ると、佐々木はシートの位置を調節した。前にずらしたんです。キーを回して車を発進させ、夜道を二百メートルばかり走らせたところで、適当に目についた電柱に車を軽くぶつけた。バンパーをへこませるためで、それもまた偽装の一環でした。そのまま道なりに進み、路地を右折して県道13号に出ると、三ツ沢上町交差点の右折車線上で車を停めた。停止線の数メートル手前でした。佐々木は助手席でぐったりとしているお父さんの身体を自分のほうに引っ張って、その上半身を運転席に移した。サイド・ブレーキを引き、ハザード・ランプを点灯させてから、佐々木は車を降りた。深夜だったため人通りはほとんどなく、その姿は酒に酔った大学生に目撃されただけだった。道路を横断した後、佐々木はおそらく、市営地下鉄ブルーラインの三ツ沢上町駅へ向かい、電車に乗った。午前零時といえば、まだ終電に十分、間に合う時刻ですからね」

「そして、どこかへ消えた……」と池永。

「ところで、お父さんは例のシルバーの軽ワゴン車に何年ぐらい乗っていましたか？」

「六年ぐらいでしたか」

「お父さんは、佐々木安雄を軽ワゴン車に乗せたことはありましたか？」

「さあ、それは……。少なくとも、わたしは親父と佐々木が一緒に車に乗っている姿を見たことはありません。ですが、その可能性は十分にあるでしょうね。ＡＪリンクスが傾く前は、親父と佐々木の関係は悪くなかったわけですから」

だとすると、仮に車の中から佐々木の毛髪等、彼のＤＮＡ型と一致する微細な証拠が出てきても、佐々木が犯行当日、車の中にいたという証明にはならないか。

外岡は、そう思った。

「それから一ヵ月後の、お母さんのこと」

しばらくして、外岡が言った。「ほんとに事故死だったんでしょうか？」

「そういえば――」

何秒かがすぎた後、池永が口を開いた。「ひとつ、思い出したことがあります。風呂場でおふくろを見つけた前日のことです。記憶は定かではありませんが、なにか用事があって――ああ、そのことは、先ほども申し上げましたね。で、おふくろの携帯に電話をしたんです。夕方か夜に、そっちに行ってもいいかな？　と。すると、おふくろは『今日は、ちょっと都合が悪いから明日にしてくれない』って言いました」

「理由は？」

「来客があるから。そんな話でした。わたしは、誰が訪ねてくるのかと訊きました。親父が死んでからというもの、おふくろは、ずっとふさぎ込んでいました。尾道に一緒に旅行した高校時代の友達が慰めに来てくれる。そんな答えが返ってくるんじゃないかと思いました。ところが、そうじゃなかった」

「お母さんは、どう答えたんですか？」

「『長いこと会っていない人が訪ねてくるのよ。あんまり会いたくないんだけど、会わないと……』。おふくろはそんなことを言った」

「長いこと会っていない人――か」

「佐々木だったのかもしれませんね。おふくろは何年間かは彼に会ったことはなかったでしようから。佐々木の名前を出したくなかったから、わたしにそんな言い方をしたのか。佐々木が来ると知っていたら、わたしは頭に血が上昇して、おふくろの家に押しかけていたでしようから」

「かもしれません。……ところで、検視のためにやって来た捜査員には、今のお話はしなかったんですか？」

「してません」

「なぜ?」

「おふくろの前日の様子について、刑事たちは誰もわたしに訊かなかったからです。気が動転していたんでしょう。そのときは、電話のことなんて頭から完全にすっ飛んでいましたし。訊かれれば、きっと、ああそうだ、こんなことがありましたと話したんでしょうが。……ヒート・ショックが原因の事故。ずっとそう思っていましたから、おふくろと最後に交わした会話のことは、今の今まで一度も思い出しませんでした」

どうやら、保土ケ谷署にはまともな刑事はほとんどいないようだ。

「なるほど」

外岡はテーブルに視線を落とした。「お母さんの家に行った際、玄関は施錠されていたそうですが、鍵は家の中にあったんですね?」

「ありました。玄関の靴入れの上に置かれていました」

「横浜駅周辺の繁華街まで出れば、合い鍵は五分もあればつくれるな」外岡は独語するようにつぶやいた。

「あっ、そうだ」池永が両手を小さく打った。「それから、もうひとつ」

「どんなことですか?」

「浴槽の中にビーズ玉みたいなものが、そう、三十粒ぐらい沈んでいました」池永が答えた。

「中糸に使われていたゴムもありました。ブレスレットでした」

「数珠《じゅず》みたいなタイプのブレスレット。そのゴムが切れて、ばらばらになった玉が沈んでいた。そういうことですね？」

「ええ」

「そのことに、刑事たちは気づかなかったんですか？」

「浴槽の水には、入浴剤が入っていました。お湯がバラ色に染まるやつで、ブレスレットの玉も同じような色をしていた。イチゴにミルクをかけたようにところどころ白い筋模様が入っていましたが。……そんなわけで、わたしも刑事たちが帰った後に、ブレスレットを見つけたんです」

保土ケ谷署の連中は、どこまで無能なんだ。

「それを見つけて、あなたはどう思いました？　つまり、お母さんが身につけていたものだと思ったんですか？」

「ええ」池永は首肯した。「浴槽に沈んだおふくろが無意識にもがくうちに、ゴムが切れて腕から外れたのだろう。そう思って、別に不審を覚えることはなかった」

「お母さんは、普段からブレスレットを？」

「もちろん、いつもってわけではありませんでしたが、親父の店で売っていたものを腕に通すことはありましたね。あのブレスレット、サンタ・エビータの店先に並んでいるのを見たような気がします」

「まだ、それをお持ちですか?」

「持ってます。わたしにとって、おふくろの遺品みたいなものですから。宝飾店に持ってい
って、ゴムを通してもらいました」

「持ってきてもらえますか?」

数分後、池永からブレスレットを受け取った。粒は直径五、六ミリと小さかったが、品質は悪くないと思った。

しばらく預からせてくださいと断り、外岡はそれをかばんの中に収めた。

それから、顔を上げて池永に視線を向けた。「その日、お母さんの元を訪ねてきたのが佐々木だと仮定して、佐々木の目的はいったいなんだったのだろうか。それが、まったく分からないのですが」

「……例えば、こんなことが考えられるんじゃないでしょうか。佐々木は、親父を殺してしまったことを後悔していたのかもしれません。おふくろにすべてを告白して、許してもらおうと思ったんじゃないのかな。両親を早くに亡くしたせいもあるんだと思いますが、佐々木は、おふくろのことを母親のように慕っているところがありました。息子のわたしがこう言うのもなんですが、おふくろはとっても優しい性格で、お世辞にも出来がいいとは言えない佐々木のことをずいぶんと可愛がっていましたからね。いつまでたっても大人になりきれない男っているでしょう? 口にくわえた親指をしゃぶっている五歳の甘えん坊が、そのまま

大きくなったような男。なにか失敗をしても、決して自分の責任だとは考えない。すべてを自分以外の誰かのせいにする。佐々木ってやつは、そういう男でした。親父を死なせてしまったのは、事故のようなもので仕方がなかったんだ。泣いて謝れば、おふくろはきっと自分のことを許してくれるに違いない。佐々木がそんなとんでもない勘違いをしたとしても、わたしは、それほど意外な感じはしませんね」

「『ぼくちゃんは、ちっとも悪くないのよ』。お母さんが、そんなふうに自分を慰めてくれると思った？　ところが、予想に反してお母さんから激しくなじられ、またしても逆ギレ。そして……」

喉から出かかったところで、外岡がぐっと呑み込んだ言葉を、池永が口にした。「おふくろを風呂の中に沈めた」

あり得ない話ではない。

外岡は、そう思った。

二日前。

神奈川県警本部庁舎の刑事部長室。

「で、車の中からなにかブツは出たのか？」

深沢《ふかざわ》刑事部長がどっしりとした机の向こうから言った。

階級は警視長。年齢は四十五。東大法学部卒のばりばりのキャリア警察官僚だ。この三月まで一年半ほどインドネシアに派遣されて、国家警察の指導に当たっていた。東南アジアの強い日射しを浴びた顔は、いまだに黒光りしている。〈ゴルフ灼《や》けじゃないからな〉というのが本人の言だが、周囲の人間は誰も信じていない。なぜなら、深沢は東大ゴルフ部のキャプテンだったからだ。

外岡のような下々の者にも、そんな話が漏れ伝わっていた。

岩崎《いわさき》捜査一課長が答えた。「はい。本人や家族以外の毛髪がいくつか」

たたき上げの警視は、まったく風采《ふうさい》の上がらない小男だった。課長補佐と一緒に外部の人間に会うと、相手は十中八九、補佐のほうに最初に恭《うやうや》しく名刺を差し出す。しかし、〈愚鈍〉という言葉を具象化したような外貌《がいぼう》とは裏腹に、岩崎の頭脳は極めて明晰《めいせき》であることを外岡はよく知っていた。

ほかに、その場にいる面子《メンツ》は、折坂係長と外岡。

応接セットのソファで今後の対応を協議するものと思ったが、深沢が坐るように促さないため、三人は机の前に突っ立っていた。

両腕をだらりと脇に垂らした深沢は、そこで折り目がぴしっとついたスラックスの両脚を机の上に載せた。

一見して高級品と分かる黒い靴の革底がこちらに向けられた。

その爪先が傷だらけで縫い目が摩耗しているのを見て、外岡は、ゴムを当てて補強すればいいのにと、一瞬、そんなどうでもいいことを思った。

「で？」深沢が一課長に鋭い目を向けた。

「はい」岩崎が答えた。「現在までに身元が判明していない毛髪が十一名分」

「なぜ、そんなに数が多い？」

岩崎は、池永幸彦が高齢者や身障者をマイカーで送迎するボランティア活動をしていた事情を説明した。

小さくくしゃみをすると、深沢が言った。「NPO法人には当たったのか？」

「当たりました。しかし、他界してしまった者や転居先が不明な者もいて、今のところ、池永が車に乗せた全員の試料を集めることはできていません」

深沢は、卓上の箱からティッシュを二枚抜き出した。音を立てて洟《はな》をかみ、丸めたティッシュを床のゴミ箱にぽいと放り投げた。「いつまでたっても花粉症が治らねぇ。……毛髪から性別が分かるな？」

「はい。性別の内わけは男性が七名。女性が四名」

「うん。で、その佐々木ってやつの居場所は見当もつかないのか？」

「今のところは」

「携帯の電波は？」

電源がオンになった携帯電話は、常時、微弱な電波を発している。周囲にある基地局との間で電波情報をやり取りしているのだ。そのため、検証許可状を示して電気通信会社に要請すれば、三角測量して瞬時に位置をある程度絞り込むことが可能だ。携帯に米国の軍事衛星を利用したＧＰＳ（全地球測位システム）の機能が備わっていれば、数メートルも誤差がないピンポイントで電話の場所を特定できる。

「ウォッチしていますが、電波は発信されていません。ずっと電源を切っているのか。あるいは、破棄したのか」

「Ｎは？」と深沢。

〈Ｎ〉とは、警察当局が高速道路や一般幹線道路に数多く設置しているＮシステム（自動車ナンバー自動読取システム）のことだ。通過全車両のナンバーや車内の人物を無人カメラで自動的に撮影し、コンピューター・データとして記録・保存するシステムで、事件捜査の強力な武器になっている。設置場所を秘匿するために、最近では、なんと信号機に内蔵されたものも登場しているという。

「佐々木の車が三年以上前に、横浜から広島方面に向かったことは確認できました。その後、大阪、神戸等、主に関西地区でＮヒットしております。しかし、一年ぐらい前からはヒットがありません」

「車を廃棄したのか？」

「いえ、廃車処分された形跡はありません」岩崎が答えた。「……基調《きちょう》（基礎調査）はまだ完全には終わっていませんが、佐々木はＡＪリンクスとは別の会社を設立して訪問介護ビジネスに参入し、失敗していたとのことです。傾いた本業の損失を挽回しようと、別の事業に手を広げる。その結果、ますます傷口を大きくしてしまうという、よくあるパターンです」

「負のスパイラルってやつだな。失敗の原因は？」

「訪問介護の業界は今や供給過剰、過当競争になっています。利用客の獲得がうまくいかなかった上、なんとかつかんだ利用客も信頼を寄せていたサービス提供責任者に奪われてしまった。そんな情報を得ています」

深沢が無言でうなずいた。

「そんなわけで、佐々木が抱える負債は相当な金額に上っていたようです。……Ｎヒットが途絶えていることに話を戻しますと、二つの可能性が考えられるのではないかと思います。債権者らの追跡から逃れるために、どこかにじっと身を潜めているというのが可能性のひとつ。また、車に偽造ナンバーのようなものを装着している可能性も考えられます。債権者の中にはその筋のかなりやばい連中もいるようですから。佐々木は、捜査当局からＮ関連の情報が流出するのではないかと危惧《きぐ》したのかもしれません。そんなことは、実際には起こりえないのですが」

「要するに、佐々木の居場所は皆目、分からない。そういうことだな？」

「残念ながら……」岩崎は足元に目を落とした。

「ブレスレットについて分かったことは？」

「アルゼンチン産のロードクロサイト、別名インカローズという石で出来たものです」岩崎が答えた。「スリーAというかなり品質のよいものでした。インカローズは〈バラ色の人生〉を象徴する、いわゆるパワー・ストーン。幸運をもたらすお守りみたいなものです。詳しく計測したところ、ブレスレットの内径は十六・五センチ。女性のLサイズに当たりますが、中糸はシリコンゴムですから、それほど腕が太くない男性なら十分、はめることができます。色合いは、男がするには若干、乙女《おとめ》じみていますが」

「佐々木の店で扱っていたものだったのか？」

「ええ。一万八千円程度で売っていたそうです。元従業員に確認しましたところ、佐々木が腕にしているのを見たことがあるという話でした。『これで、ツキを呼ぶんだ』。佐々木はそんな言葉を口にしていたとのことです」

「分かった」深沢が言った。「態勢を取って捜査を開始しよう」

「態勢はどのように？」と岩崎。

「特命二係の四名を専従捜査に充《あ》てる」

外岡は、思わずぽかんと口を開けた。

ちらりと見ると、岩崎も折坂も同じような顔をしていた。

刑事部長がふっと含み笑いをしたのを、外岡は見逃さなかった。それは、部下たちの反応を面白がっているような表情だった。

深沢は誰も見ずに語を継いだ。「まさか、おれが捜査本部を立ち上げると思っていたわけじゃないだろう？　これは極秘の捜査だ。少数精鋭でいこう」

一課長も、折坂もなにも言わなかった。

椅子の背もたれに上体を預けた深沢が、欧米人のような仕草で手のひらを上向きにした両腕を広げて見せた。「Any questions?（なにか質問は？）」

「保土ケ谷署の幹部はどうなりますか？」

刑事部長室に入室してから初めて、外岡が声を発した。

とっさに、口から出てしまった言葉だった。

池永慎一に対して、なにがしかの負い目を感じていたからだろう。

折坂が〈おい、やめろ〉と言うように、外岡の上着の袖を引っ張った。

「うん？」

深沢が初めて外岡に目を向けた。「今、なにか言ったか？」

年齢は外岡の四つ上なだけだが、深沢の階級は外岡より四つも上だった。ほとんど雲の上の存在である。軍隊同然の組織では、上官に楯突くようなまねは許されない。

だが、外岡は怯《ひる》まなかった。「保土ケ谷署の幹部はどうなりますか？　わたしは、そう申し上げました」

深沢は、不快そうにそっぽを向いた。

横を見ると、岩崎も、折坂も凍りついていた。

重苦しい沈黙が部屋を支配した。

三十秒ほどすぎたところで、深沢が天井を見上げた。

それから、いきなり哄笑《こうしょう》した。

いかにも気持ちよさそうな笑い声が、刑事部長室の壁に反響した。それが、しばらくの間続いた。

ようやく笑いの発作が治まったところで、深沢が外岡に目を戻した。「……どうやら、神奈川県警にも骨のあるやつがいるようだな」

「それで、質問に対する答えは？」

深沢は、机上にだらしなく載っけていた両脚を下ろした。

椅子に深く腰かけ直すと、深沢は外岡の顔を直視しながら話し始めた。「無論、保土ケ谷署の幹部には、県警を去ってもらう。いや、去ってもらうだけではなく、刑事事件の被疑者として検挙することになるかもしれない。放置しておけば、ガン細胞はどんどん増殖して身体全体を冒してしまうからな。……おれは大学時代に司法試験に合格して、弁護士の資格を持っている。だから、いつだって警察は辞められる。たとえこの身に火の粉が降りかかってきても——おそらくそうなるだろうが——、今回の件は厳正に処理するつもりだ。しかし、その前に、まずホシを挙げてくれ。そうすれば、県警へのダメージはかなり相殺される」

外岡は口を挟んだ。「捜査態勢が十分とは思えませんが」

折坂が、また外岡の上着の袖をぎゅっと引っ張った。

「そのことは、よく分かっている」

深沢が応えた。「けれども、さっきも言ったとおり、これは極秘に進めなければならない捜査だ。事情を知る捜査員の数はごく少数に限定する必要がある。おまけに、二つの死体は既に灰となって墓石の下に眠っている。仮にホシを挙げても自供が得られなければ——いや、自供が得られても立件することは相当に難しいだろう。また、特命二係が追っている強殺事件をこのまま諦めるわけにはいかない。犯行現場に遺留されたホシの体液とDNA型が一致しなかったようだが、おれはあの男は依然として有望だと思っている。三つもある〝コールド・ケース捜査班〟は、今までさしたる成果を挙げていない。その中で、あの強殺だけが頼りだ。そんなことをあれこれ考えた上で、おれなりに出した結論だ。……外岡、実は昨日、おまえさんの人事記録をじっくり読ませてもらった。極めて優秀な刑事だ。困難な捜査だが、おまえさんが班長を務めるのなら、少人数でもやれる。おれは、そう確信している」

そこでいったん言葉を切った深沢は、背筋をすっと伸ばして居住まいを正した。「……それから、これは最後になって申しわけないが、奥さんのことは本当にお気の毒だった。心からお悔やみを申し上げる」

この部屋に入ったときと比べて、深沢刑事部長の印象はずいぶんと違っていた。信頼に値する上級指揮官だと思った。

大局的な見地から、この事案にどう対処するべきかを真剣に考えている。その男が、自分の名前を認識しているばかりか、高く評価してくれていることを光栄に思った。

外岡は直立不動で言った。「分かりました」

「頼んだぞ」深沢が言った。「結果を出せ。それも、早急に」


「みんな、適当に坐ってくれ」

折坂の声で、われに返った。

外岡は窓際から離れ、パイプ椅子に腰を下ろした。

ほかの三名の捜査員も席についたところで、折坂が言った。「では、初回の捜査会議を始めるとするか」

重要参考人と思料される佐々木安雄の所在をつかむことに全力を傾注する。

当面の捜査方針は、最初から決まっていた。

数年前の佐々木の姿を写したスナップ写真のコピーが数枚、捜査員に配られた。外岡が池永慎一から入手したものだった。

「見るからに意思の弱そうな男ね」

写真から目を上げると、前山が的確な感想を口にした。

これまで同じ面子で行った予備的な調べで、佐々木の大学時代の友人——軽音楽クラブのロック・バンド仲間だった——が広島市に住んでいることが判明していた。N記録から三年前の一月、佐々木の車が広島方面に向かったことが分かっていたため、二名がその友人をとっかかりに佐々木の行方を追うことになった。

「山中《やまなか》、若宮《わかみや》。君ら二人に、それをやってもらう」

折坂の指示に、両名は異存はないという顔で首を上下させた。

山中智宏《ともひろ》巡査部長は三十九歳。

特命二係に配属される前は、同じ捜査一課の強行三係にいた。普段はまるで路傍《ろぼう》の石ころのように寡黙で必要以上のことは一切口にしないが、酒が入ると人が変わったように饒舌《じようぜつ》になり、少々残酷趣味のユーモア感覚を披瀝《ひれき》する。決して仕事に手を抜かない刑事であり、それがどんなに困難な課題であっても与えられた課題に真摯《しんし》に取り組み、必ず平均点以上の結果を出す。所轄の交通課に勤務する姉さん女房と五歳の娘をこよなく愛する男でもある。

もうひとりの若宮憲一《けんいち》巡査は、弱冠二十八歳。

所轄の刑事課から捜査一課に上がって、まだ半年ほどのルーキーだ。

独身でかなりお洒落《しやれ》。イタリア製のジャケットに合わせるスラックスは、やはりイタリアもの。全体に細身のつくりでダブルに仕上げた裾がすぼまっているため、脚が実際以上に長く見える。見てくれに気を遣う男が、今もっとも心配しているのは頭髪の行く末のようだ。生来、髪が細くて腰がない上に早くも額の生え際が後退し始めており、トイレの鏡に映った己の顔に向かって溜息を吐く彼の姿が、同僚によってしばしば目撃されている。そんな若宮だが、いったん仕事となると集中力を発揮し、経験不足を補うかのように若さにまかせてエンジン全開で突っ走る。別な言い方をすると、ちゃんとした乗り手が手綱《たづな》を持たないと、どこへ行ってしまうか分からない暴れ馬のような危うさがあるということだ。けれども、折に触れて老いが迫りつつあるのを実感することが多くなった外岡にしてみれば、二日連続で徹夜してもけろりとした顔をしている若宮のことが眩しく見えるのも、また事実だった。

「二人には今から一緒に広島に行ってもらうが、なんせ、この少ない戦力だ。その後は、おそらく単独で行動してもらうことになるだろう」

警察の捜査活動は、通常、ペアを組んで行う。異例のことだが、山中と若宮は、ほぼ同時に「了解」とだけ短くつぶやいた。

「外岡と前山には、横浜で動いてもらう」

折坂が話を続けた。「まず、佐々木が池永幸彦から引き継いだ店。そこから始めようじゃないか。今はどうなってるのか分からんが、なにか手がかりがつかめるかもしれん。今日の上がりは午後八時ということで。原則としてこれから毎日、その時刻におれはここに来る。

捜査会議というほど大げさなものじゃないが、そこで、その日の捜査の成果について検討しよう。広島組の二人には、こっちから電話する。とりあえず以上だ。……なにか質問は？」

誰からも質問は出なかった。

「よろしい」

四名の部下たちをさっと見渡すと、折坂が言った。「それでは、各自、捜査に全力を尽くしてくれ」


〈至急！　至急！　警視庁から各局、田園調布《でんえんちょうふ》管内、大田区《おおたく》南雪谷《みなみゆきがや》一丁目七番地の路上でＰＭ（警察官）一名が倒れているとの一一〇番通報。詳細、現在入電中。近い局、急ぎ現場へ向かえ！〉

大田区内の中原《なかはら》街道で「密行」と呼ばれる担当区域を車で流すパトロール任務に就いていた警視庁第一機動捜査隊の覆面ＰＣの車内に、通信指令本部無線指令台の極めて緊迫した調子の声が響き渡った。

機動捜査隊、通称「機捜《きそう》」は殺人や強盗、傷害といったいわゆる強行犯事件の初動捜査に当たる部隊で、警視庁には担当方面別に第一から第三まで三つの隊がある。都内の各地に置かれた分駐所から出動する機捜の覆面ＰＣが、都民の安全を守るために四六時中、東京の街を走り続けているのである。

「近いな」

助手席に坐った巡査部長はそうつぶやくと、螺旋《らせん》になったコードのついた無線のマイクを手にした。「機捜125から警視庁、中原街道洗足池《せんぞくいけ》から現場へ向かう」

車の後部ガラスにはテレビのアンテナを偽装した無線送受信アンテナが埋め込まれており、巡査部長の声はそこから電波に乗って桜田門《さくらだもん》に送信された。

〈警視庁、了解〉

巡査部長は、運転席の巡査に向かって言った。「ぶっ飛ばせ！」

盛大にサイレンを鳴らすと、巡査部長はパワー・ウインドウを下げた。上着の袖に黄色い文字で〈警視庁　一機捜〉と書かれた小豆《あずき》色の捜査腕章をしている左腕を伸ばして、底部に磁石が装着されている赤色灯を白いセダンの屋根に置いた。

それから、助手席のサンバイザーに取りつけられた「フラットビーム」と呼ばれる赤色ＬＥＤ点滅警告灯を押し下げた。

「緊急車両が通過します。緊急車両が通過します」

拡声器を使って周囲のドライヴァーたちに注意喚起の呼びかけをしながら、赤信号を無視して行く。

マイクを置くと、巡査部長は、上着の下に装着したショルダー・ホルスターからセミ・オートマティックを引き抜いた。

欧州製のシグ・ザウエルP230という日本警察仕様の小振りな拳銃だ。銃口を助手席の床に向け、左手でスライドを引いて初弾を薬室に送り込む。32口径弾の雷管をたたける状態でロックされたハンマーに指を添え、それを静かに元の位置に戻した。

公安委員会規則の規定で以前は、弾倉には五発しか実包を入れることが許されなかった。けれども二〇〇一年末にその規定が撤廃されたため、現在では弾倉に八発の実包がフル装塡《そうてん》されている。米国のように警察官が予備の弾倉を携行するところまではいっていないものの、日本の治安情勢が悪くなっている証左なのかもしれない。

安全装置をかけてから、拳銃をホルスターに収めた。

両手でハンドルを握って車を疾駆させている巡査が、ちらりと巡査部長に目を向けた。

巡査部長は言った。「念のためだ」


二分ほどで、現着した。

巡査部長と巡査は、セダンから飛び出した。

外壁が砂色をした四階建てマンション前の路上に、制服姿の警察官が俯《うつぶ》せの姿勢で倒れていた。

その数メートル手前には、ひしゃげた白い自転車が横倒しになっている。

二名の捜査員は、野次馬を押しのけて制服の男に駆けよった。

「おい、しっかりしろ！」

巡査部長が抱き起こしたところ、制服は苦しそうにうーん、とひと声うめいた。若い石川《いしかわ》台《だい》ＰＢ（交番）の巡査だった。

意識はなかった。

見ると、腰のホルスターにあるはずの回転式拳銃がなかった。「革帯」という装備品装着用ベルトと拳銃の銃把《じゅうは》底部に取りつけられた輪っかをつないでいる螺旋状のコードは切断されていた。

「くそっ、たいへんだ！　報告急げ！」

隣の巡査が、携帯無線機のマイクに向かって声を張り上げた。「機捜125から、警視庁！」

〈機捜125、警視庁〉

「機捜125、現着！　ＰＭ一名は意識不明！　拳銃が奪われている！」

奪われたのは、米国製のスミス＆ウェッソンM37という銃身長二インチ（約五センチ）の軽量リヴォルヴァー。レンコンに似た形をしたシリンダーには、38口径スペシャル弾が五発装塡されていた。

現場にいた通報者らの話から、ＰＢ員の巡査は車にひき逃げされていたことが分かった。

巡回連絡のために訪れたマンションから出て自転車に乗った巡査を、黒っぽいセダンが背後からはね飛ばしたのだ。

運転席から出てきた男は巡査に近づいた後、車に乗って走り去った。

それは、わずか三十秒ぐらいの間の出来事だった。

男は黒っぽい服装で、遠目にも大柄ではなかった。

中原街道から少し入った住宅街は日中でも人通りが多い場所ではなく、得られた証言はそれだけだった。

都内全域に緊急配備が発令された。

街のそこら中に警察車両のサイレンの音が鳴り響いた。

事件が起こる少し前、現場から数百メートル離れた世田谷《せたがや》区東玉川《ひがしたまがわ》二丁目の環状八号線に面したコンビニの駐車場から、紺色のセダンが盗まれていたことが分かった。

運転していた会社員の男性は、突然、我慢できない便意を催し、トイレを借りるためにコンビニ店内に駆け込んだ。

イグニッションのシリンダーにキーを差し込んだまま。
二、三分して店外に出ると、車が消えていた。
そんな話で、目撃者はいなかった。

第四章　舞台女優

廃校になった小学校の体育館を改装した稽古場の空気はこの季節らしく乾いており、外に比べると少しひんやりとしていた。

時刻は午前十時五十分。

ほかに誰もいない閉鎖空間は、ほぼ完全な静寂の中にある。

「今日も、いちばん乗りね」

わたしは、ささやくように独語した。

いまだに自宅マンション以外の閉鎖された空間はとても苦手だが、これぐらいの広さがあれば過呼吸等のパニック発作に襲われることはない。

かなり前に読んだので一字一句正確な文言は憶えていないが、コンスタンチン・スタニスラフスキーは『俳優の仕事』という著書の中で「開始時刻の二時間前には稽古場に入るように」と書いていた。

それ以来、十九世紀のロシアに生まれた偉大な演出家で俳優でもあった彼の言葉に従うことを心がけている。

稽古場に最初に入る最大のメリットは、ある程度、心の準備が整うまで、共演者やスタッフが発する〝波動〟を感じないでいられることだ。

指定された時刻近くになって稽古場に足を踏み入れると、たとえ先着している役者が二、三人しかいなくても、そこには既になにかしら波のようなものが生まれている。

それになじめず、戸惑いを覚えてしまうのだ。

その感覚は、照明が消されて本編の上映が始まっている映画館の客席にいきなり坐らされた観客になった感じ——とでも表現したらいいのか。

うまい譬《たと》えなのか、よく分からないが。

そんなわたしには、誰からも邪魔されない孤独な時間の中で身体をゆっくりと伸ばしながら、自分の中で芝居への集中力を高めていく必要がある。

そうこうしているうちに、わたしの耳に〈おはようございます〉という声が聞こえてきて、凪《なぎ》のような状態にあった稽古場に波が生じる。その波は、最初のうちはごく小さなさざ波のようなものなのだが、だんだんと波高を増していき、ついには大きなうねりとなって稽古場全体を包み込む。

そのころには、わたしは、手練《てだ》れのサーファーのように自由自在にボードを操って波に乗れるようになっている。

と、まあ、そんな具合だ。

だから、わたしは、稽古場で独りすごすこの時間をなによりも大切にしている。

今回の芝居は、長い間疎遠《そえん》になっていた姉と妹が父親の重い病気をきっかけに再会し、当初は激しく反発し合いながらも互いの確執《かくしつ》を乗り越えて家族としての絆を取り戻していくというヒューマン・ストーリー。

テーマはかなり重いのだが、肩の凝らないコミカルな場面も多く、全体に都会的で洗練された傑作と言える。

わたしが演じるのは姉で、準主役。

全三幕ほぼ出ずっぱりだ。

姉も妹も、思ったことをずばずばと口にせずにはいられない女性という性格設定で、主演女優との丁々発止《ちょうちょうはっし》のかけ合いが小気味よい。

正確には、〈小気味よくなるはずだ〉――と言うべきか。

そうならないかもしれないという不安が、多少ある。

なぜかと言えば、歌舞伎俳優の娘でテレビや映画で活躍している主演女優が〈大根役者〉という言葉を絵に描いたような存在だからだ。

けれども、彼女のネーム・ヴァリューのおかげで多くの観客動員数を見込めるのだから、一介の舞台女優にすぎないわたしが文句を言ったところで始まらない。

それがショー・ビズというもの。

いつも真っ赤なポルシェのオープンカーを運転して稽古場にやって来る彼女のことは、単なる人よせパンダだと思って割り切っている。

父親の威光だけで芸能界入りを果たしたと言っても過言ではない彼女の演技力不足をわたしが巧みにカヴァーして舞台を終始リードすれば、第一幕では、二人の機関銃のような台詞《せりふ》の応酬に観客が腹を抱えて大笑いすることだろう。そして、第三幕の終了間際には、どの観客の目にも感涙が浮かんでいるはずだ。

いや、わたしの力で必ずそうしなければならない。

とても気に入っている役柄でもあるため――オリジナルの台本にはいくつか、どうしても感情移入できない台詞があるのだが、それらはこれから直させればいい――、今回は普段以上の気合で稽古に臨んでいる。渋谷の劇場では、自分の力を百二十パーセント出しきった完璧な演技をして客席を唸らせるつもりだ。


朝井凜々子は、動きやすい稽古着に着替えた。

木製の床に腰を下ろし、両脚を広げてストレッチを始めた。

けれども、いつもと違って無心になることができなかった。

あの男が、再審請求をした。二人の被害者のうちひとりについては殺すつもりはなかったとして。

朝刊にごく短い、幅五センチほどの記事が出ていた。

再審請求ってなんだろう？

もう一度、裁判をやり直してくれ――とお上に頼むこと。

たぶん、そういうことなのだろう。

あの男は、学校帰りのわたしを拉致し、約九年間わたしを自宅に閉じ込め、その間わたしをレイプし続けた。長い間、刑務所に入れられた男は、出所後、母親とその内縁の夫の二人をナイフで刺して死なせた。

ふたたび逮捕された男は、死刑判決を言い渡された。

その後、あの男は二度にわたって上級裁判所に救いを求めたものの、最高裁判所で上告というのを棄却された。

つまり、死刑になることが決まったはずだ。

再審請求――。

それはつまり、あの男が、刑を減じられて生きながらえる可能性がごくわずかでもあるということなのか？

法律のことはよく分からないが、心が乱れた。

活字になった男の名前が、またしても脳裡に甦《よみがえ》った。

その途端、男の映像が浮かび上がった。

それは彼女の周囲で太陽光線を受けた埃のように白く光り、凜々子はたちまち二十八年前の十月に引き戻された。


「じゃあ、始めましょうか」

放課後の教室で、桑原《くわばら》先生が言った。

桑原先生が担任だったら、どんなによかっただろう。

若くて美人で、お姉さんのように優しくしてくれる。それに、いつもお風呂上がりみたいに石鹸《せっけん》のいい匂いがする。

担任の鈴木《すずき》先生とは大違い。

あの〈いじわるばあさん〉――クラスメートはみんな、彼女のことを陰でそう呼んでいる――はいつも不機嫌で、ちょっとしたことですぐにガミガミ怒る。

昨日なんか、どうでもいい宿題を忘れた男子が何人か、掃除当番が帰った後の教室で三十分間も正座させられた。その間中、ばあさんは、かわいそうな男子たちに向かって怒鳴り続けていたという。

今日、ばあさんの声が嗄《か》れていたのは、きっとそのせいだ。

これは今年の三月の話だけど、三学期の成績表を配り終えたばあさんが〈新学年からは別の先生が担任になります〉と告げたら、そのクラスの全員から〈やったー！〉という大きな歓声と拍手が起きたそうだ。

どうやら本人は、教え子たちが目に涙を浮かべて別れを惜しんでくれると思っていたようだが、丸々、当てが外れてしまったみたい。

さすがにそれからしばらくの間、ばあさん、しゅんとしていたらしい。……で、わたしたちのクラスがその貧乏くじを引かされたってわけ。

まったく、ついてない。

「いい、まずハンカチの角を中心に合わせて折るの。こんなふうによ」

桑原先生の声で、手元に注意を戻した。

手芸クラブのメンバーは、わたしを含めて十二人。

今日の課題は、クリアフォルダーを芯にしたハンカチバッグづくりだ。

正直、気が重い。

わたしには難度が高すぎる。

「出来上がった角を中心に合わせたら、その半分を折り返してね。その位置を人さし指で押さえておき、目印にするの」

周りの女子たちはみんな、先生の指示を易々とこなしている。

けれども、手先が器用じゃないわたしは、早くも混乱している。

元々男の子っぽい性格で、ちまちました作業がなによりも苦手なのだ。手先を動かすことよりも、身体を動かすことのほうがずっと性に合っている。ほんとは手芸なんかより、男子と一緒に校庭で野球をしたい。バットを思いきり振り回して、ボールをかっ飛ばしたい。だけど、何度頼んでも〈女はだめだ〉〈ゴム縄跳びでもしてろよ〉といった答えが返ってくるばかりだった。

「そしたら、今度は人さし指のところにハンカチの角を合わせて」

ああ、もうだめ。

ついて行けない。

手芸なんて大っ嫌い。

そうは言っても、桑原先生と週に何時間か一緒にすごせるのは楽しい。

針と糸を使うことにはまったく興味がないわたしが手芸クラブに入った理由は、ただそれだけだった。

「朝井さん、できた?」

先生が、心配そうな顔で訊いてきた。

その言葉を待ってました!

甘え声で言う。「先生、手伝って」

「しょうがないわね」

小さく溜息を吐くと、先生は椅子から立ち上がった。

いつものように、本来わたしのやらなくちゃならないことを、先生がほとんどすべてやってくれた。

おかげで、今日もひどいことにならずに済んだ。

「大好き」

桑原先生の耳元でささやいた。

「まったく、しょうがない子ね」

先生は頭を優しく撫でてくれた。


クラブ活動が終わった後、仲のいい女子三人と校庭に出た。

同じクラスの男子たちが野球をしていた。

「わたし、ちょっと観ていくから」

「また?」

近所に住む女子のひとりが、あきれ顔で言った。「仲間には、絶対入れてもらえないわよ」

「それでもいいの。先に帰って」

滑り台の近くに佇んで、男子たちが白いボールを追う姿を眺めた。

おい、今日も朝井がいるぜ。

もの欲しそうな顔で、おれらのことを見ている。

野球に興じている面々が、わたしのことをそんなふうに認識していることは間違いない。

連中の同情心をかき立てるため、今日も、できるだけもの欲しそうな表情をするように心がけた。

しばらくそうしているうちに、こちらにちらりと目を向けた男子が、仲間になにか言葉をかけた。

この九月に東京の学校から転校してきた彼は、わたしのことを気にかけてくれている。無口な彼とはあまり口を利いたことがないが、そのことが分かる。

彼、けっこう格好いい。

いいえ、ほんとのことを言うと、すごく格好いい。

男らしい顔立ちで、「シブがき隊」のモックンに雰囲気がよく似ている。おまけに頭がよくて、スポーツ万能ときている。

クラスの女子が彼のことを話題にすると、嫌な気分になって、ぷいっと席を立ってしまうのはなぜ？

ほかの誰かに彼を取られちゃうんじゃないか。

そう思っているから？

もしかして〈恋〉っていうもの……？

その彼が、またこちらに目を向けた。

それから、また仲間になにか話しかけた。

きっと、あの子をゲームに参加させてやったらどうかと言ってくれたのだ。

リーダー格の太った男子――『ドラえもん』のジャイアンみたいに不愉快なやつだ――が首を左右に振った。

がっかり。

だけど、こうして無言のアピールを粘り強く続けていれば、いつかきっと報われる日が来るに違いない。

人間、なにごとも諦めないで続けることが肝心なんだ。「継続は力なり」。お母さんが最近教えてくれた言葉で、けっこう気に入っている。

やがて日が落ち、野球をしていた男子たちは帰る準備を始めた。

モックンに似た彼も、仲間とともに体育館のほうに行ってしまった。


暗がりの中、家までの道をひとりで歩いた。

前から一台の車が来た。

車内からこちらに向けられた視線のようなものを感じて、反対車線を通りすぎていく車を目で追った。

すると、車は二十メートルほど行ったところで急に停まった。

それから、Uターンしてこっちに戻ってきた。

黒っぽい車は、わたしの横でぴたりと停まった。

運転席の窓が開いた。

左ハンドルの外国車だった。

見知らぬ男が、窓から顔を出した。

男は猫撫で声で言った。「お嬢ちゃん、道を尋ねたいんだけど」

周りには、ほかに誰もいなかった。

本能が、危ない、すぐにこの場から逃げろ——と告げていた。

「いえ、わたし……」口ごもった。

次の瞬間、男の手が窓からさっと突き出された。

手にはなにか黒いものが握られていた。

その黒いものが身体に触れた。

バシッ！　という音がして、激しい衝撃を感じた。

ここから、早く逃げないと。

けれども、身体がしびれたようになってまるで言うことを聞いてくれず、一、二歩後退《あとじさ》るのが精いっぱいだった。

ふたたび、バシッ！　という音。

激しい衝撃を感じて、その場にくずおれた。

車のドアが開く音がした。

道路脇には、こんもりとした茂みがあった。

そこに向かって這い進もうとしたが、身体はまるで言うことを聞いてくれなかった。

両脚を強い力で引っ張られた。

地面に両手の爪を立てたが、身体がずるずると後ろに引きずられていく。

大声で叫んだ。「やめて！」

男が怒鳴った。「黙れ！」

「やめて！」

「黙れ！」

「やめて！　やめて！」

「黙るんだ！」

「やめて！　やめて！　やめて！」

またしても、バシッ！　という音。

意識が遠のいた……。

気がつくと、車に乗せられていた。

上から毛布のようなものをすっぽりかぶせられているため、なにも見えなかったが、エンジンの音や振動で、それが分かった。

なにも見えないのは、毛布のようなもののせいだけじゃない。

目と口にはテープが貼られていた。

背中に回された両手には、硬い金属の輪っかがかけられている。

身体が燃えるように熱い。

息が苦しい。

ひどく気分が悪い。

もう少しで吐きそうだ。

でも、吐いたら、喉がつまって死んでしまう。

必死に吐き気をこらえた。

いつの間にか、お漏らしをしていた。

パンツがおしっこでぐっしょり濡れていた。

お願い、誰か助けて！

助けて！

永遠にも思われた苦痛に満ちた時間が、実際にはどれほどの長さだったのか。それは分からない。

車が停まり、男の声がした。「さあ、ついたぞ」

両手を拘束され、視界をさえぎられた状態のまま、少し歩かされた。

ドアが開く音がした。

履いていたスニーカーを脱がされた。固い床の上を数歩進んだところで、柔らかいソファのようなものに坐らされた。

目からテープがはがされた。

男の顔を見るのが怖くて、瞼は閉じたままでいた。

男から強い口調で命じられたので、言われたとおりにした。

「おい、目を開けろ」

わたしの前で男が片膝をついていた。

初めてちゃんと見た男は、意外にもごく普通の大人のようだった。

それに、けっこうハンサムだ。

いくつぐらいなのか、分からない。

小学五年生のわたしにとっては、高校生より上の人は男も女もみんな、ただ大ざっぱに〈大人〉という言葉でくくられる存在でしかない。もちろん、この人、とても歳を取っているなとか、きっとまだ学生だな――くらいの区別はつけられるが、正確な年齢を言い当てることは難しい。

けれども、見た感じからすると、どうやら男がお父さんより若いことは間違いなさそうだった。そして、桑原先生よりも年齢が上であることも。つまり、二十五歳より上で、四十六歳よりは下ということだ。

睫毛の長い目がきれいで、なんだか、田ノ上《たのうえ》さんに似ていると思った。

田ノ上さんというのは近所の酒屋のご主人で、毎朝、お店の前で登校途中のわたしの姿を見かけると、〈凜々子ちゃん、行ってらっしゃい！〉と元気よく声をかけてくれるいい人だ。その田ノ上さんに〈行ってきまぁーす！〉と、同じように元気よく挨拶を返すことがわたしの日課になっている。

……明日も、そして、きっと明後日《あさって》も、田ノ上さんと言葉を交わすことはない。お母さんやお父さんとも会えないんだ。

突然、そのことが分かり、とっても悲しくなった。

でも、泣かなかった。

涙を見せたら、男を怒らせると思ったからだ。

目を閉じて、自分に言い聞かせた。

今、ここで起きていることは現実ではない。

わたしは、ここにはいない。

悪い夢を見ているだけで、目が覚めたらピンクの壁紙が貼られた子ども部屋でベッドに敷かれた布団の温《ぬく》もりに包まれている。

やがて、下の階から〈凜々子、いつまで寝てるの〉というお母さんのくぐもった声が聞こえてくる。

お母さんは、なんでもお見通しだ。まるで子ども部屋の壁にお母さんの二つの目がついているみたい。お母さんの目は、わたしの心の中もすべて見通してしまう。あのモックン似の男子のことが気になっていることも、すぐに言い当てられてしまった。お母さんは、わたしのことをすべて分かってくれている。

そんなお母さんが、わたしは大好き。

わたしがなおもベッドの中でぐずぐずしていると、お母さんが〈起きないと遅刻するわよ〉と、今度はさっきより少しだけきつい口調で呼びかけてくる。

そんなふうにして、また、いつもの朝が始まるんだ……。

「絶対に大きな声を出すな。約束できるか？」

男の声で、現実に引き戻された。

男は、わたしの口を覆ったテープに手を伸ばした。「約束すれば、こいつも取ってやる」

わたしは、うなずいた。

「約束だからな」

ベリッという音がして、テープがはがされた。

「息が楽になっただろ？」

わたしはまた、うなずいた。

約束どおり、声は出さなかった。

「それはよかった」男は微笑んだ。

意外にも優しそうな笑顔だった。

ほんの少しだけ恐怖心が治まって、周囲を見回した。

そこは、物置のようなところだった。

広さは、うちの居間と同じくらいで、窓はひとつもない。

壁際には組み立て式の安っぽい木製ラックがいくつも並んでいて、それらは本で埋まっていた。明かりは、裸電球がひとつ、電気コードで天井からつり下げられている。床はフローリング。家具と呼べるものは、本だらけのラックを除けば、今、坐っているあちこち破けたソファと、布団が敷かれた簡易ベッドだけ。ベッドの脇に置かれているのは、洋式のポータブル便器のようだった。

背中に回されていたわたしの両手から金属の輪っかを外すと、男が言った。「粗相《そそう》をしてるじゃないか。身体をきれいにしよう」

スニーカーを履かされて、十メートルぐらい離れた母屋に連れていかれた。二階建てのすごく大きな家だった。

裏口から家の中に入り、一階の暗い廊下を歩かされた。間もなく、洗濯機が置かれた脱衣場についた。

スイッチを押して明かりを点《つ》けると、男はわたしに服を脱ぐよう命じた。

「いや」

わたしは首を振った。

「脱ぐんだよ」

「いや」

わたしは、また首を振った。

「自分でできないのなら、おれがやるしかないな」

男の大きな手がわたしの服を脱がしにかかった。

棒みたいに突っ立ったまま、男のなすがままになるよりほかに道はなかった。恐怖と恥ずかしさで身体ががたがた震えた。

怯《おび》えた子猫みたいに。

いいえ、わたしは怯えた子猫以上に無力だった。

わたしを裸にすると、男は自分の服を脱いだ。

男の身体を見ないように、足元に目を落とした。

背中を押されて、浴室に入れられた。

男はシャワーの栓を捻《ひね》った。

お湯が出始めると、その下に立たされた。

石鹸を手にした男は、背後からわたしの身体を洗い始めた。

最初は腕、次に背中、それから胸、おなか……。男の手が、石鹸を塗りたくられたわたしの身体の上を這い回った。

わたしは、さっき以上にがたがたと震えていた。

相変わらず男の手が、身体の上を蛇のように這い回っている。その感触の気色悪さは言葉では表現できないほどで、うつむいて耐えるしかなかった。

……ついに、恥ずかしいところに男の手が触れた。

思わず、ぎゅっと目をつぶった。

男の指が窪みをなぞる。

何度も何度も。

我慢の限界を超えたのだろう。

それまでずっとこらえていた涙が、堰《せき》を切ったように両眼から次から次へとあふれ出た。

それらは、シャワーヘッドから降り注ぐお湯と一緒になって頬を流れ落ちていく。

それでも、血が滲《にじ》むほど唇をきつく噛んで声は出さなかった。
田ノ上さんに似た男は、普通の大人なんかじゃなかった!
〈変態〉という言葉が頭に浮かんだ。
わたしは、ここにはいない。
これは悪い夢だ。
目覚めたら、子ども部屋の自分のベッドにいる。
そのうち、お母さんの声がして、いつもの朝が始まる。
さっきよりも、もっと強く、自分に言い聞かせた。
やがて男の両手がわたしの肩に置かれ、後ろを向かされた。
また、現実に引き戻された。
男はわたしの右手をつかみ、それを自分の両脚の付け根に無理やり持っていった。
柔らかいものが指先に触れた。
指先が触れたものは、極力見ないようにした。
男が言った。「握れ」
「いや!」
「握れ!」
「いや!」

だが、結局、言うことを聞くしかなく、声を殺して泣きながら、それを握った。

男が言った。「手を動かせ」

男はわたしの手に自分の手を添えて、前後に動かした。「こんなふうに」

声を殺して泣きながら、右手をゆっくり前後に動かした。

「もっと強く」

声を殺して泣きながら、言われたとおりにした。

「その調子だ」

声を殺して泣きながら、右手を動かし続けた。

柔らかかったものが、硬くなった。

「いいぞ、その調子だ」

声を殺して泣きながら、さらに右手を動かし続けた。

十歳のわたしは、悟った。

今日という日で、子ども時代は終わったのだ——と。


ＪＲ横浜駅の相鉄《そうてつ》口から西に向かってまっすぐ国道16号線の岡野《おかの》交差点まで約四百メートル続くパルナード通り。

横浜駅周辺ではもっとも賑やかな繁華街の中にある雑居ビルの一階にあった「サンタ・エ

ビータ」は、現在では「カサ・ラティーナ」と名前を変えていた。

店内に入ると、アルパカのセーターやポンチョ、マフラーといった衣料品のほか、原色をふんだんに使った大小のタペストリー、天日塩といった、いずれもラテンアメリカのものらしい商品がところ狭しと並んでいた。

その中から、外岡は、素焼きの人形を手に取った。

それは、高さが三十センチ以上ある大きなものだった。毛糸の帽子をかぶった笑顔の男は両手を大きく広げていて、よく見ると、米ドル紙幣やハート、農作物の種、綿花、葦《あし》といったものを身につけている。

「エケコ人形というんですよ」

背後から、涼やかな声がした。

外岡は振り返った。三十歳ぐらいの女性店員が立っていた。彫りの深いエキゾティックな顔立ちをした美しい女性で、複雑な刺繡《ししゅう》を施された色鮮やかなベストが、やや浅黒い彼女の肌によく似合っていた。

「エケコ人形？　初めて目にしました」

そう言った外岡の耳には、先ほどから警察車両のものと思われるけたたましいサイレンの音が聞こえていた。

それも、一台や二台ではない。

なにか重大な事件が発生しているのかもしれない。

「福を呼ぶ人形で、日本の招き猫みたいなものです」

「なるほど」外岡は首を上下させた。「人形が身につけているものには、それぞれなにか意味があるんですか？」

「ハートは愛と健康の象徴。ドル札や農作物の種などは富の象徴です」そこで、女性店員は笑った。「かなり欲張りですね。そう思いません？」

「ほんとに」

「さて、ここからは、セールストーク」

彼女はまた白い歯を見せた。「うちで扱っているのはすべてペルー南部、アンデス山中にあるプカラ村という海抜四千メートルほどの高地でつくられたアイマラ族の伝統を受け継ぐ正真正銘の本ものです。わたしがお約束します。この人形を玄関先に飾れば、あなたの元に幸福が訪れることは間違いありません」

「ははっ」

彼女の立て板に水の口上に、外岡は笑った。「……でも、海抜四千メートルの高地でつくられることと、この人形の品質との間になにか関係がありますか？」

「ありませんね」女性店員はこともなげに答えた。

「で、お値段は？」

「定価は消費税を含めて八千六百四十円ですが、この際、特別に値引きして差し上げます。八千円ジャストでいかがです?」

「うーん」

「ねえ、これ見てください」

二人から数メートル離れたところで、前山美佳が声を上げた。

そちらに目をやると、巡査部長がアルパカの真っ白なぬいぐるみを掲げていた。「なんとも言えないこの手触り。ふわっ、ふわっ」

「……では、小さいサイズのものはいかがです?」

前山を無視して、女性店員は棚に置かれた別の人形を手で示した。「こちらもスペシャル・プライスで提供して差し上げますよ」

前山がまた声を出した。「ほんとに、ふわっ、ふわっ」

「残念ですが、また今度にさせてください」

外岡は二つ折りの警察手帳を提示した。

少し遅れて、前山も同じように手帳を示した。

外岡がちらりと見たところ、彼女はまだアルパカのぬいぐるみを抱えていた。

「えっ、警察の方?」

女性店員はほんの一瞬、怯んだものの、まだ諦めなかった。「……わたしたち横浜市民の安全を守るために日夜、危険と隣り合わせの生活を送っていらっしゃる警察の方にこそ、このエケコ人形を――」

「あなたのプロ意識には心を打たれましたが、ここには公務で来ました。経営者の方に会わせていただけませんか」

「……そうですか」

女性店員は心底がっかりしたように溜息を吐いた。

彼女に好感を抱いた外岡は、ちょっと後ろめたい気がした。

「社長は奥におります。少々、お待ちください」


「神奈川県警がわたしになにか？」

名刺交換が終わったところで、小島《こじま》という社長が訝しげに言った。「やましいことはなにもしていませんよ」

小島の服装は、紺色のブレザーに薄青色のボタンダウン・シャツ。ネクタイはしていない。年齢は四十代半ばくらいだった。

オフィスにいるのは、小島と二人の刑事だけだった。

「いえ、ご心配には及びません」

勧められたソファに腰を落ちつけると、外岡は顔前で手を振った。「以前、ここは『サンタ・エビータ』という名前の店でした。今日、伺ったのはその店のことでして、小島さんとは直接なんの関係もありません」

「そうでしたか」

顔に安堵の表情を浮かべた小島は、下唇を指先でつまんだ。

その指先がわずかに震えているのを、外岡は見逃さなかった。

おそらく、所得隠しでもしているのだろう。

相手のやや過剰な反応に、そんな想像をした外岡だった。

何秒かして、その小島が言った。「サンタ・エビータのオーナー――確か佐々木っていう男でしたが――、傾いた会社を立て直そうとして、無計画にほかの事業にも手を出して多額の借金を抱えていたようで……。そいつが、夜逃げしたんですよ」

「そのことは知っています」

外岡の隣にいる前山が言った。「で、小島さんは、売りに出されていたＡＪリンクスを買い取られた」

「そのとおりです」

小島はうなずいた。「どうやら、ここへは、かなりお調べになった上でいらっしゃったようですな。……あれは、そう、三年以上前のことでしたか。噂を小耳に挟んで、わたしがここを見に来たときには、商品もそのまま店内に陳列された状態でした。その当時、わたしは東京の郊外に店舗を構えていたんですが、あまり交通の便がいいところじゃありませんでした。こっちのほうがはるかにロケーションがよかった。ごらんのとおり、横浜駅前のメインストリートみたいな通りに面してますからね。それで、思いきって、倉庫の在庫も含めてすべて買い取ることにしたんです。わたしも商売人ですから、もちろん、買いたたきましたけれども。うちは主にペルーのものを輸入販売していますが、アルゼンチンも同じラテンアメリカということで、ＡＪリンクスとは方向性がそれほど違いませんでしたから」

「よく分かりました」

外岡は相槌を打った。「ところで、これまでに佐々木安雄と連絡を取られたことはありませんか？」

「ありません」

「向こうからも連絡はありませんね？」

「ありません」

「店の中は手つかずの状態だったということですが、事務所のほうも？」

「同じでした」

「サンタ・エビータの顧客名簿のようなものは残されていませんでしたか？」

「いえ、まあ、それは……」小島は口を濁した。

「なかったということですか？」

「ですから、それは――」

「いいですか、小島さん。個人情報の取り扱い云々――をここで問題にするつもりは毛頭ありません」

外岡は相手の警戒心を解くために言った。「われわれは、そうしたことには少しも関心を持っておりません」

「そうですか」とつぶやくと、小島はコーヒー・テーブルに置いた外岡と前山の名刺に目を凝らした。「捜査一課……ですか。つまり、殺人事件の捜査とか？」

「捜査の中身についてはお話しできませんが、ご安心ください。先ほども申し上げたように、小島さんとは直接関係がないことですから」

「分かりました」

「で、顧客名簿は？」

「ありました」

「今もここに？」

「ええ」小島は首肯した。「セールなんかをやるときに、利用させてもらってます。葉書を出すと、意外なことにけっこう反応があるんですよ。サンタ・エビータが扱っていたのはほとんどが――」

外岡は小島を黙らせた。「名簿を拝見させてください」

数分後、外岡は、青い表紙のファイルに綴《と》じ込まれたサンタ・エビータの手書きの顧客名簿に目を通し始めた。

自分のデスクに戻った小島は、パソコンに保存してある名簿のデータをプリンターで印字する作業をしている。

先ほどから聞こえていたサイレンの音が、ますます大きくなっていた。街中で多数の警察車両が緊急走行しているのだ。

外岡は前山に顔を向けた。「気になるな」

「一課に問い合わせてみます」

そう言うと、前山は部屋を出ていった。

名簿を数ページめくったところで、外岡は目を細めた。「うん?」

最近、偶然知り合った人物の氏名が載っていたからだ。

そこへ、前山が戻ってきた。

「なにか、分かったか?」

外岡は名簿から顔を上げた。

「東京の大田区でPMがひき逃げされて、拳銃を奪われたそうです」

小島の耳に入らないように、前山が声をひそめて言った。「それで、県内全域にも緊配《きんぱい》

（緊急配備）が発令されました」

「そうか」

「襲われたのはＰＢ員です。奪われたのは38口径のスミス」

「銃身の短いやつだな」

「ええ。もちろん、実包が五発装塡されていました。それで、こっちはなにか収穫がありましたか？」

「ああ」外岡は首をわずかに上下させた。「ちょっとばかりな」


「現在の自分をたやすく受け容れるな！　一センチでも二センチでもいいから、己の限界を超えて常に高みを目指せ！　いつもそう言ってるだろうが！」

同じ日の午後二時すぎ。

東京都豊島《としま》区の西巣鴨《にしすがも》にある稽古場に足を踏み入れた瞬間、怒声が外岡の鼓膜を震わせた。

そこは小学校の体育館を改装したもので、高い天井から吊り下げられた蛍光灯の明かりの下で、動きやすい服装をした数人の役者が凍りついたように突っ立っていた。

「向上心のないやつは、お呼びじゃないんだよ！」

見ると、大きな声を出しているのは著名な演出家だった。

芸能界にはほとんど興味のない外岡も、その顔は知っていた。

世界的な名声を博している男で、確か昨年だったと思うが、本場のロンドンで披露した歌舞伎仕立てのシェークスピア劇が非常に高い評価を受けたという。

初老の演出家は大股で歩を進めると、若い男優に向かって人さし指を二度三度と突きつけた。「おまえのことだぞ！」

おそらく、演出家が主宰する劇団に所属している役者のひとりなのだろう。背の高い男はうなだれた。

しばらくして、男優は上目遣いでこう言った。「先生、わたしの演技のどこが悪かったんでしょうか？」

「……それが分からない？」

相手の不服そうな口調に、演出家は大きく両手を広げて見せた。いかにも当てつけがましい仕草だった。それから、押し殺したような声で続けた。「もし本当に、それが分からないのなら、さっさとこの場を去ってくれ」

男優は、さらに深くうなだれた。

演出家は体育館のフロアをさっと見渡し、稽古場に見学に来ている役者の卵らしい若者を指さした。「おい、そこの！」

板張りの床に膝を抱えて坐っている何人かが、互いに顔を見合わせた。

演劇界の重鎮《じゅうちん》、雲上人《うんじょうびと》の目に留まった幸運な者が自分なのかどうか、判断がつかずに戸惑っているようだった。

演出家は苛ついた声を出した。「黒いシャツを着ているおまえだよ！」

「わっ、わたしですか？」

ひとりの若者が自分の鼻先に人さし指を当てた。

「そうだ！」

若者は、バネ仕かけのびっくり人形のように立ち上がった。

「早くこっちに来い！」

若者が演出家の元へ駆けよった。

演出家が言った。「台詞、頭に入ってるか？」

若者が弾んだ声で答えた。「はい！」

「名前は？」

「杉江《すぎえ》といいます！」

面罵《めんば》した男優のほうに顎をしゃくってから、演出家は若者に目を戻した。「杉江、こいつの役、演ってみろ」

「はい！」

「今の場面、最初からもう一度！」

演出家のかけ声で、瞬時に解凍されたように俳優たちが動きだした。

ひどい言葉を浴びせられた男優は、相変わらずうなだれている。

しばらくの間、外岡は無言で立ち稽古の様子を眺めた。

この演出家が何人かの無名俳優に役を競わせて、その中から自分がベストと思う人間を選び、残りは容赦なく切り捨ててしまう——という話は、以前、雑誌かなにかの記事で読んだような気がするが……。

スポット・ライトで照らされた華やかな舞台の裏では、舞台で演じられる人間ドラマ以上に激烈な人間ドラマが演じられている。

演劇という世界の厳しさを垣間《かいま》見た思いがした。

ものをクリエイトするという作業は、人が想像するほどたやすいことでもなければ、きれいなことでもないのだ。

それは、高品質の製品を完成させるために血と汗の滲むような労働をコツコツと積み上げていく作業なのであり、役者や演出家、その他のスタッフにとって、稽古場というのは油臭い場末の町工場のようなものなのだろう。

演劇という芸術に携わる人間たちの仕事も、地を這いずり回ってドブ板の下を覗き込む刑事のそれと、さほど変わらないのかもしれない。

結局のところ、同じ人間のやることなのだから。

ただ、演劇人には作品という具体的な形をしたものが残る。

そして、その作品は多くの人の心の中に残り、傑作と呼ばれるものは後世まで長く語り継がれていく。

そのことに羨望《せんぼう》を覚えた。

わが身を振り返った。

刑事の仕事には、いったいなにが残るのだろうか？　――と。

ホシを挙げ、百パーセント有罪に持ち込めるだけの証拠をそろえて検察送致できたという達成感？

己の周囲にささやかな社会正義をなすことができたという満足感？

それだけ？

ちらりと横を見ると、前山美佳が小さな口を半開きにしていた。

もしかすると、彼女もまた自分と同じような感慨を抱いているのかもしれない。


「よし、いいぞ。とてもいい」

数分後、立ち稽古をじっと見ていた演出家が、抜擢《ばってき》した杉江という若者を褒めた。「今、この瞬間から、おまえが悠子《ゆうこ》ちゃんの弟だ」

杉江は目を輝かせた。「ありがとうございます！」

「悠子ちゃん……」前山が眉根を寄せた。「ひょっとして、松木《まつき》悠子が主演なのかな」

「マツキユウコ?」と外岡。

「えっ、知らないんですか?」

前山が目を見開いた。「まったく、芸能オンチなんだから。歌舞伎俳優の娘で、テレビ・ドラマによく出ている女優ですよ」

重そうなダッフルバッグを肩にかけた若者が、よろけるような足取りで二人の刑事の横を通りすぎていった。

役を降ろされた男優だった。

その背中を見送りながら、外岡が言った。「……ああ、松木孝次郎《こうじろう》の娘か。去年、大ヒットしたアニメ映画で歌っていた、あの?」

「そうです」前山が前を向いたまま答えた。「噂をすればなんとやら、松木悠子ご本人のお出ましですよ」

いつの間にかセットが変わってベッドが運び込まれた〝舞台〟に目を戻すと、さすがに外岡も知っている人気女優の姿があった。

ノーメイクで地味な稽古着に身を包んでいるが、スター独特のオーラのようなものを周囲の空間に放っている。

そして、松木悠子の隣には東北新幹線の車内で出逢った女性が立っていた。

その姿を視線の先に捉えた瞬間、心が騒いだ。

あのときの印象と同じように、その姿や全体的な雰囲気は失われた妻に似ていたが、今、朝井凜々子の顔にはあのときの柔らかな笑みはなく、その表情はきりりと引き締まっている。それは、間もなく海岸線に到達する上陸用舟艇《しゅうてい》の上から、沖合に展開する味方艦船の援護《えんご》射撃で着弾した砲弾が椰子《やし》の木をなぎ倒していく小島にじっと目を凝らしている兵士のように真剣そのものだった。

そうした朝井凜々子の、その名のとおり凜《りん》とした美しさは、松木悠子に少しも引けを取らなかった。

前山が外岡に顔を向けた。「あの女《ひと》が朝井凜々子?」

「ああ、そうだ」外岡は首肯した。

「きれいな女ですね。それも、そんじょそこらにある、ただの美しさじゃない。凄《すご》みがあっていうのか……他人がどう思おうが、わたしは、ただ、わたしの道を歩んでいくだけ。うまく表現できないけど、そんな毅然《きぜん》とした意思の強さのようなものを感じます」

的確な表現だと思った。

「悠子ちゃん、始めようか」

演出家が、先ほどとは打って変わった優しい口調で言った。

「それが、そのぉ……」

松木悠子が甘えたように言った。「先生、テレビ・ドラマの撮影が終わったばかりで、わたし、まだ台詞が十分には」

「分かってる。分かってるって」演出家が右手を振った。「ここ二、三日は、台本持ってやればいいから」

「済みません」

外岡には、少しも済まなそうには聞こえなかった。

それは、周囲に侍《はべ》る臣下たちが自分の要求を呑むことはしごく当然だと思っている女王さまのお言葉のようだった。

松木悠子から目をそらした演出家が、ふっと小さく溜息を吐いたように見えたのは気のせいだろうか。

その彼が松木悠子の隣に佇んでいる女優に向かって言った。「凛々子ちゃん、あなたはそういうわけにはいきませんからね」

「心配しないで」

演出家の冗談めかした口調に、朝井凛々子がぴしゃりと応えた。「こっちは、いつだって完全に準備ができてるわ」

「おおっ、恐っ！」

演出家は大げさに肩をすくめて見せた。

朝井凛々子がこの著名な演出家にタメ口を利いたことに、まず驚いた。そして、どうやら演出家が彼女に敬意を払っているらしいことにも。

おそらく、両名は過去に何度か一緒に仕事をした経験があり、強い信頼関係で結ばれているのだろう。

稽古が再開された。

なにかしらの事情があって長い間、疎遠《そえん》だった姉と妹が、重い病の父親を見舞うシーンのようだった。

ベッドで布団にくるまっている父親役の俳優あるいはその代役は、仰向けの姿勢で目を閉じている。眠っているという設定なのだろう。

「これが、今のお父さん」

手にした台本に視線を落とすと、松木悠子が言った。「姉さんが、十五年ぶりに会うお父さんよ」

ほとんど棒読みだった。

「お父さん、ごめんなさい」

父親役の老人の手をそっと握った凜々子が、情感豊かな声で言った。「わたしは、いい娘ではなかったわ」

やがて、〝病室〟を出た後の二人の場面が始まった。

松木悠子が言った。「なぜ、急に来る気になったの？」

凛々子がそっぽを向いたまま答えた。「自分の父親が重病だと知らされたら、誰だってそうすると思うけど」

「じゃあ訊くけど、その〝孝行娘〟が母親の葬式をすっぽかした理由は？」

「言ったでしょ。あのときは、取材で海外にいたからどうしても――」

「言いわけはやめて！」

台本から目を上げた松木悠子が叫んだ。「姉さんは、わたしたち家族を見捨てたのよ！　作家になるという自分の夢を追い求めるためには、家族という存在が重荷になると思ったから。姉さんはそうやって、今までずっと、自分勝手に生きてきたのよ！　だけど、そんな姉さんにはいったい、なにが残った？」

「孤独……かしら」

その台詞を吐いた次の瞬間、凛々子は苛立った声を出した。「ああ、だめ、だめ！　全然、だめ！　彼女がこんなこと言うはずがない！」

演出家が困惑した顔つきをした。「どこがお気に召さない？」

「いい――」

ひと呼吸置いてから、凛々子が話し始めた。「彼女はそれなりに成功したミステリー作家なの。今は落ち目で、ほとんど誰からも顧みられなくなっているとはいえ。作家の世界については詳しくないけれど、わたしも四百ページの本をこの手で書いたことがあるから、もの書きの気持ちはほんの少しだけ分かる。十万部も売れた本の著者なんだから、それくらい言っても罰《ばち》は当たらないわよね。……作家っていうのは、そもそも、とてつもなく孤独な存在だと思うのよ。机に向かって自分独りでものを考え、自分独りでひたすら物語を紡《つむ》いでいく。長編小説を書くという作業は、たぶん、四十二・一九五キロのフルマラソンを走るようなものだわ。途中で何度も何度も障害に直面する。心臓破りの丘とか、三十五キロ地点をすぎてからの急速な体力消耗とか——といった具合に」

演出家は、両手を腰に宛がった姿勢で足元に目を落としている。

「……けれども、どんな障害にぶち当たっても、作家は誰にも相談することはできない。編集者という知性豊かな相談相手がいるじゃないか——と思うかもしれないでしょうが、それは大きな間違い。出版社の編集者なんて、ただ出来上がった原稿にケチをつけるだけ。作家は孤独の時間の中に生き、カンナで材木の表面を削るようにわが身を少しずつ削っていきながら、最後はほとんど執念だけで物語を完成させる。きっと、そんな存在なんだと思う。日ごろから孤独に慣れ親しんでいる、いいえ、孤独がいちばんの親友みたいな人間が、こんな温《ぬる》い台詞を口にするはずはないのよ」

「だけど、彼女が、現在の自分を孤独だと感じていること。それは間違いないだろ？」顔を上げた演出家が反論した。

「それは、そうよ」

「なら、このままでいいじゃないか」

「どうやら人の話をちゃんと聞いてなかったみたいね」

「とにかく、今現在の彼女は独りぼっちなんだよ」演出家は語気を強めた。「だから、この台詞は生かそうじゃないか」

「だめよ。わたしが今言ったように――」

「台詞を直している暇はない」

「こんな台詞を言わせたら、彼女が薄っぺらな人間に見えて――」

「分かってるだろ？　今回は公演まで時間がないんだ。悠子ちゃんのスケジュールがタイトだったから」

「納得できないわ」

凛々子は演出家をきっと睨みつけた。「台詞に感情が込められなければ、きちんとした演技ができない」

見ると、松木悠子が両手の指を組んでうーっと大きな伸びをしたところだった。

それはまるで、日溜まりの中で心地よい午睡から目覚めたシャム猫のようで、自分の周囲で交わされている議論はどこ吹く風といった様子だった。

「頼むから、おれを困らせないでくれ」

演出家は、首を何度も振りながら体育館の高い天井を仰ぎ見た。それから何秒か置いて、こう言った。「凜々子、たかが芝居じゃないか」

それはサスペンス映画の巨匠アルフレッド・ヒッチコック監督が『山羊《やぎ》座のもとに』という映画の製作中、彼が採用した長回しの撮影手法が気に入らず、あれやこれやと文句をつけてきたイングリッド・バーグマンに向かって投げかけた「Ingrid, it's only a movie（イングリッド、たかが映画じゃないか）」という言葉に倣《なら》ったものだった。

「それじゃあ、『レベッカ』を演ったらどう？」

凜々子が即座に切り返した。「大道具の連中にマンダレー屋敷のセットを超特急でつくらせて。どうせ最後には音を立てて焼け落ちる代物だから、すぐに出来上がるでしょ？　わたしの役はもちろん、行方知らずになっているマキシムの先妻を崇拝しているあの薄気味悪い家政婦長、ダンヴァース夫人で決まりね。なんなら、『サイコ』だってかまわないわよ。その場合、わたしは、ベイツ・モーテルの隣に立つ屋敷の地下室で干からびたミイラと化したアンソニー・パーキンス演じるノーマンの母親役がいいわ。椅子がゆっくりと回転して客席のほうを向くと、眼窩《がんか》が空洞になっているわたしの頭には長い黒髪が残っていて――」

そこで顔に浮かべていた皮肉な笑みを消し去り、凜々子はこう言い放った。「演ってられないわ！」

「勘弁してくれよ」

小さなつぶやき声は、体育館の入り口付近にいる外岡の耳には到達しなかった。けれども、口の動きから、ぎゅっと目を閉じた演出家がそう言ったように思えた。

やがて、演出家は疲労の滲んだ声で言った。「三十分、休憩！　みんな、ここらで少し気分を変えよう！」


肩を怒らせてこちらに向かって歩いてきた朝井凜々子と視線が合った。

凜々子は歩を止めた。彼女の濃い睫毛に縁取られた両眼が大きく見開かれた。「……ああ、外岡、外岡渉さん？」

「ええ」外岡はにっこり笑った。「わたしの名前を憶えていてくださったとは光栄です。先日はご著書へのサインをありがとうございました」

「信じられない！」

小走りでやって来た凜々子は、外岡の一メートル手前で立ち止まった。「またお会いできるなんて思わなかった」

彼女が笑うと、目尻に細かい皺が刻まれることに初めて気づいた。それは、なんとも魅力的なものだった。

「わたしもです」

外岡は右手を差し出した。

その手を軽く握ったものの、凜々子はすぐに自分の手を離してしまった。

東北新幹線の中で示した反応と同じだった。

目を伏せて気まずそうな表情をした彼女は、ごく小さな声で言った。「いまだにこういうことが苦手……」

語尾は聞き取れなかった。

それから彼女は、ふたたび外岡に視線を向けた。「だけど、どうして、わたしがここにいることを？」

「ちょっと、調べさせてもらいました」

「そう……」

怪訝な顔つきになった凜々子に向かって、外岡は軽い口調で言った。「ごめんなさい。花束をお持ちするのを忘れました」

「花束？」

「お忘れですか？　あなたがおっしゃったんですよ。もちろん、それは劇場の楽屋にという意味でしたが」

「そんなずうずうしいこと、わたし、言いました？」

凜々子は色白の顔を赤らめた。首筋や左右の耳たぶまで瞬時に真っ赤に染まった。「このわたしが？　新幹線の中で偶然、出逢っただけのあなたに？」

相手の思いがけない狼狽《ろうばい》に、外岡は議論を手早く終息させることにした。「おそらく、わたしの記憶違いだと思います」

「きっと、そうだわ」凜々子はほっそりとした首を上下させた。「……そういうことにしておきましょう」

彼女は、あのとき自分が口にした〈花束を忘れないでね〉という言葉を憶えていた。いや、そうではないのかもしれない。

もしかすると、おれから指摘された瞬間、脳裡に甦ったのかもしれない。

そのいずれかだ。

そして、彼女はそのことに恥じらいを覚えている。

では、彼女がこれほどまでに恥じらう理由とは……？

ようやく顔から赤みが引いたところで、前山にちらりと顔を向けた凜々子が言った。「お連れの方？」

外岡がなにか答える前に、前山がチャコールグレーの上着のポケットから警察手帳を取り出した。二つ折りのそれを開くと、右腕を伸ばして自分より七、八センチ上背がある凜々子に提示した。「神奈川県警捜査一課の前山と申します」

少し遅れて、外岡も同じ動作をした。

凜々子は、大きな目を何度かしばたたいた。「……刑事さんだったなんて。びっくりさせないでください」

その顔からは、完全に笑みが消えていた。つい先ほどまでの顔色が嘘のように、血の気がすっかり引いて真っ白になっている。

「申しわけありません」

外岡は頭を下げた。「警察の人間がいきなり訪ねてきたら、誰だって驚きますよね。ですが、どうかご心配なさらないでください。われわれがここへ来たのは捜査上ほんの参考程度のことをお訊きするためですから」

凜々子は弓形の眉をひそめた。「どんな事件の捜査なんでしょうか？」

「それは申し上げられませんが、あなたには直接関係がありません」

「分かりました」

凜々子はようやく穏やかな表情を取り戻した。「それで、このわたしにお訊きになりたいことというのは？」

「ここではなんですから、外に出ましょうか」

「そうですね」

外岡の言葉にうなずいた凜々子は、演出家のほうに視線を投げた。

演出家は両腕を激しく振り回しながら、早口でスタッフになにか言っている。おそらく凜々子から指摘された台詞の問題を協議しているのだろう。

そんな演出家の様子にふっと含み笑いをすると、凜々子が言った。「彼の顔なんかしばらく見たくもないし」

外岡と前山は声を上げて笑った。

何秒かして、外岡が訊いた。「でも、あんなこと言って、大丈夫なんですか？　正直、傍《はた》目《め》にもはらはらしました」

「あれくらいが、ちょうどいいの」

凜々子は真珠色をした歯並みを見せた。「そんなふうには全然見えないでしょうけど、彼って本当はものすごく気が小さいの。ノミの心臓の持ち主。『役者は不幸じゃないとだめだ。満ち足りている役者には、人間の感情が分からない』。それが彼の口癖なんだけど、わたしが、あんたは本当の不幸がどういうものなのかを知っているの？　不幸がなんたるものかを知っているの？　――と強い口調で言い返すと、沈黙してしまう。わたしと彼との力関係というのは、だいたいそんな感じ」

「なるほど」外岡はまた笑った。「なんとなく、分かりました」

「見ててごらんなさい。わたしの要求は必ず通るから」

小学校の校庭だった敷地から見上げる都会の空はこの時季らしく少しだけ霞んでいたが、雲ひとつなく晴れていた。

外岡は頭上を仰いだ。「ああ、実に気持ちのいい天気だ」

「本当にそうね」凜々子が眩しそうに目を細めた。「こんな青空を長い間見ないですごしたことがあったわ」

見知らぬ男に拉致され、男の自宅にあった物置小屋に監禁されていたときのことを言っているのに違《ちが》いない。

本人を目の当たりにした後では、そこに書かれている内容はあまりにも痛ましくてページをめくる手が止まり、『監禁——奪われた9年間の人生——』はまだ二十ページぐらいしか読み進めることができていなかった。

けれども、確か序文の中で凜々子は、自分のことを過酷な体験を克服した「サヴァイヴァー」だと力強く宣言していた。

その言葉とは裏腹に、実のところ、彼女は、いまだに完全にはそれを克服できていないのではないか。

東北新幹線の車中でもそうだったが、つい先ほど握手をした際に彼女が見せた、すぐさま手を引っ込めるというちょっと普通ではない反応。よく聞き取れなかったが、本人の口から漏れた、おそらく男性との肉体的な接触がいまだに苦手だという意味の言葉からも、そのことが強く窺える。

ボッティチェリが描いたシモネッタ・ヴェスプッチの肖像画に似た優美な曲線を描く横顔を見つめながら、外岡はそう思った。

「それで？」

凜々子がこちらに顔を向けた。

外岡が答えた。「ここへ来たのは、朝井さんに、佐々木安雄さんという人をご存じかどうかを伺うためです」

「佐々木安雄……ああ、サンタ・エビータという店の経営者のことですか？　正確には経営者だった——ですけど」

「そうです」外岡はうなずいた。「サンタ・エビータの顧客名簿に、朝井さんのお名前が記載されていたので」

「わたしの名前が載っていても不思議はありませんね」

「つまり、お店に行かれたことがある？」

「ええ」凜々子は首肯した。「あの店には、日本ではなかなか手に入らないようなものが置いてあったので。特にネックレスとかブレスレットとか、そういったアクセサリー類が割と気に入ったものですから、一時期、けっこう頻繁に通っていました」

「佐々木さんが現在、どこにいるかご存じありませんか？」と前山。

「いいえ、知りません」

凜々子は首を左右に振った。「サンタ・エビータがつぶれて、今は別の店になっていることは知っていますが。……佐々木さん、どこかへ姿を消してしまったそうですね。夜逃げみたいにして。そんな話を耳にしました」

無言でうなずくと、外岡は問いかけた。「佐々木さんの電話番号。それをご存じではありませんか？」

「スマホを見れば分かると思います」凜々子がさらりと答えた。「しばらく前に、彼から電話がありましたから」

「えっ？」外岡は思わず眉を吊り上げた。「本当ですか？」

ここへ来たのは、どうやら大正解だったようだ。

凜々子は少々むっとした口調で答えた。「わたしが嘘をつかなければならない理由が、なにかあります？」

「これは、失礼しました」外岡は恐縮した声を出した。「意外なお答えだったものですから、つい……」

「いえ、気になさらないでください。彼から電話がかかってきた経緯、それをわたしの口から少しご説明したほうがいいかもしれませんね」

「ええ、ぜひともお願いします」

「分かりました。……あの店に通ううちに、佐々木さんとは少しお話をするようになって、メルアドを交換したんです」

凜々子が話し始めた。「彼、会社の経営が思わしくなくて、そのことで悩んでいるようでした。向こうからメールが来て、それがきっかけで、何度か喫茶店でお茶を飲みながら、相談に乗ったことがあります。といっても、わたしは商売のことなんてまったく分かりませんから、自分の辛い体験を話して聞かせたりして、もっと努力しなさい、そうすれば必ず道は開けるから――などと励ますことぐらいしかできませんでしたが」

「そうでしたか」

そこでふたたびよく晴れた空を眩しそうに見上げてから、凜々子は後を続けた。「佐々木さんには、わたしのことを血を分けた姉みたいに頼るところが見受けられました。年齢はわたしのほうが三つかそこら下なんですけど。そのことには、わたし、正直なところ、かなり戸惑いを覚えました。彼、ご両親をまだ学生のときに亡くされて、家庭的に恵まれなかったからでしょうか……。それに、こんなことを言ってはなんですが、彼はあまり性格が強い人間ではありません。それはおそらく、生来のものだと思います。そして、年齢の割に成熟していないところもありました。決して悪い人ではないんですけど」

池永慎一が口にした言葉を思い出して、外岡が言った。「いつまでたっても、大人になりきれない男？」

「うん」凜々子は、そよ風になびいた黒髪を耳の後ろにさっとかき上げた。「確かにそんな言い方もできるかもしれませんね」

「佐々木さんとのそうした一種の交友関係。それはどれくらい続いたのでしょうか？」

「そうですね、半年ぐらいでしょうか。……そうこうしているうちに、向こうからぱったり連絡が来なくなり、こっちから何度かメールをしても返事は来ませんでした。それで、心配になって、しばらく足が遠のいていたお店に行ってみたところ、『カサ・ラティーナ』という別の店になっていた。それが三年ぐらい前のことだったと思います。……ところが、ずっと連絡が途絶えていた彼から、先日、電話があったんです」

「それは、いつごろのことですか？」

「半月ぐらい前でしたか」

「どんな電話でした？」

「お答えする前に、こちらからもひとつ質問させてください」

右手で外岡を制すると、凜々子は薄く笑った。「質問ばかりされることに、そろそろ飽きてきたので」

外岡は目を細めた。「どうぞ」

真顔に戻った凜々子が言った。「佐々木さん、なにかたいへんな事件を起こしたんでしょうか？」

「それは、まだ分かりません」

外岡は率直に答えた。彼女に捜査協力を求めるためには、ある程度事情を説明しなければならないと考え、言葉を続けた。「ですが、佐々木さんは二人の人間が相次いで亡くなったことについて、なんらかの事情を知っている可能性があります。そのため、彼から早急に話を聴く必要がある。われわれは、そのように考えております。そういうしだいですから、ぜひとも、あなたのお力をお借りしたいのです」

「二人の人間が相次いで亡くなった……」

凜々子は眉根を寄せた。「それは、つまり、自然死ではないという意味でおっしゃっている。そう、理解してよろしいのですか？」

「そのとおりです」

「分かりました」

凜々子は得心したようにうなずいた。

「で、どんな電話でした？」

「ああ……相当に酔っ払っていたみたいで、まったく要領を得ませんでした。おれはもうおしまいだ、なにもかも終わりだ——とか言って、子どもみたいに泣いたかと思うと、急に大きな声で笑ったりして……。あのときの彼は、明らかに普通の精神状態ではありませんでした。今、どこでなにをしているの？　わたしはそう尋ねてみましたが、彼はなにも答えずに電話を切ってしまいました。その後、こちらから何度かＳＭＳでメールをしましたが、返事はありませんでした」

「電話番号は以前と変わっていませんでしたか？」

「ええ、前の番号とは違いましたね」

「スマホは今、お持ちですか?」

「バッグの中に入っていますから、取ってきます」


「佐々木安雄が現在、持っていると思われる携帯電話は、本人名義のものではありません」

野庭分庁舎の一室に置かれた〝捜査本部〟で、外岡が言った。

時刻は午後六時前。

佐々木の居場所の特定につながる重要な手がかりが得られたことから、捜査会議の開始時刻は当初の予定より二時間ほど繰り上げられた。

折坂係長がつぶやいた。「飛ばしの携帯だろうか?」

「おそらくは」外岡は首肯した。「地裁から検証許可状が出ましたので、携帯電話会社への要請は済ませました。しかし、今のところ携帯から電波は出ていません。従って、佐々木の居場所を絞り込むことはできていません」

いわゆる通信傍受法では、傍受できる通信は銃器や薬物の不正取引、組織的な殺人事件、集団密航の四つの犯罪に限られており、ほかの捜査方法では犯人の特定や犯行状況を明らかにすることができない場合にのみ可能——と規定されている。さらに、通話の傍受は、裁判官が発付した傍受令状に基づいて立会人の下で行われることになっている。

しかし、携帯電話の位置情報については、携帯へのGPSの急速な普及に対応を迫られて二〇一三年九月に改正された総務省の「電気通信事業における個人情報保護に関するガイドライン」でも、個人のプライヴァシーとして強く保護するべき必要性はあるものの、「通信の秘密」には該当しないとされている。このため、捜査当局は傍受令状に比べて裁判所から取得するハードルがずっと低い検証許可状を呈示するだけで、NTTドコモ、KDDIといった事業者から情報を得ることができる。

捜査当局による個人のプライヴァシー侵害を危惧した日本弁護士連合会は、「ピンポイントでの位置情報提供をガイドラインの改正等で可能にすることには大きな問題がある。刑事訴訟法の改正が必要」と主張していたが、無視された格好だ。

「携帯にGPS機能は？」

「ありません」

「そうか」

折坂は机に載せた両手を握り合わせた。

GPS機能がないということは、付近に基地局が多数ある都会でも携帯の位置は数百メートルの範囲までしか絞り込めないということを示している。

「朝井凜々子に佐々木の携帯に数時間おきに架電またはメールを送るよう依頼したところ、彼女は承諾してくれました」と前山。

折坂が言った。「彼女には、ある程度、事情を説明したのか？」

外岡が答えた。「佐々木が殺人事件に関与している可能性がある。表現は少しぼかしましたが、そのように説明して協力をお願いしました」

「うん」折坂はくたびれたスーツの腕を組んだ。「……あとは、佐々木が携帯の電源を入れてくれることを期待する以外にはないか」

外岡が言った。「その口調からすると、広島組は収穫なし？」

「だめだった」

折坂が答えた。「佐々木が、一時期、広島に住んでいたことは確認できた。が、大学時代の友人から借りた三百万ほどの金を踏み倒して、どこかへ消えてしまったそうだ。一切の痕跡を残さずにな。二度目の夜逃げってわけさ」

前山が訊いた。「友人というのは、ロック・バンド仲間だった男性ですか？」

「そうだ」折坂は首を上下させた。「安藤《あんどう》って男で、広島で運送会社を経営している。そいつから佐々木の居場所にたどりつけるのではないかと思ったが、糸はぷっつりと切れてしまった。そういうわけだから、おれの判断で広島に派遣した二人は引き揚げさせることにした。山中と若宮は今夜遅く、横浜に戻ってくるだろう。ただでさえ少ない戦力だ。彼らに、このままあてのない旅を続けさせるわけにはいかないからな」

妥当な判断だと思いつつ、外岡は話題を変えた。「ところで、都内でＰＢ員が襲われた拳銃強奪事件はどうなりました？」

「本部を出る直前に、新しい情報が入った。世田谷にあるスーパーの駐車場で、犯行に使われた疑いがある盗難車が見つかったそうだ」

「拳銃は発見されていないんですね？」

「ああ」

「PB員の容態は？」

「意識不明の状態が続いている」折坂が答えた。「ひき逃げの現場ではまともな目撃証言が得られず、黒っぽい服装のやや小柄な男という以外、犯人の人着は不明ということだ」


夕方、大田区南雪谷一丁目の警察官ひき逃げ事件現場から約二キロ離れた大型スーパーマーケットの駐車場で見つかった盗難車は事件が起きる少し前に世田谷区東玉川二丁目のコンビニ駐車場から盗まれたもので、前部左側のバンパーがへこんでいた。警視庁の鑑識が急ぎ鑑定した結果、夜になってそこに付着していた白色の塗料は石川台PBの巡査が乗っていた自転車のものと矛盾しないことが判明した。

警視庁が当該車両のN記録を調べた結果、盗まれてから後にNヒットはしていなかった。従って、盗難車を運転していた人物の画像は得られなかった。車が盗まれた現場で会社員男性が車を停めた場所は駐車場の端っこで、出入り口をカヴァーしているコンビニの防犯カメラも車を盗んだ人物を捉えていなかった。車が乗り捨てられていたスーパーマーケットの防犯カメラも同様だった。

盗難車の中からは、実包五発が装塡されたスミス&ウェッソンM37という回転式拳銃は発見されなかった。

昭和五十一年十一月二十六日

このところ、散歩を日課にしている。

姉から身体を動かすように強く勧められているからだ。そうしたほうが、お産が楽になるのだという。

毎日、二時間は歩きなさい。

姉は命令口調でそう言うのだが、おなかに大きな荷物を抱えて歩くのは、決してたやすいことではない。

いや、はっきり言えば、苦行《くぎよう》以外のなにものでもない。

身体を左右に揺らしながら、平底の靴を履いた足でのろのろと歩むわたしの姿は、きっと傍から見れば、さながら酒に酔った乗組員が舵《かじ》を操る過積載の石炭運搬船といったところではないだろうか。

それでも、今日は頑張って横浜の繁華街まで足を延ばした。

ベビー用品店に立ちより、いくつか買いものをした。

生まれてくる娘に着せる衣類は既に十分そろっているのだが、かわいらしいものを目にすると、つい手が伸びてしまう。

店の外に出ると、乳母車を押している母親がこちらに顔を向けた。

見たところ、年齢はわたしと同じくらいで、とても珍しい柄のストールを身に纏っていた。

わたしが微笑むと、向こうも笑みを返してきた。

母親と、おそらくあと数日で母親になる女同士の、どこか共犯者めいた無言の意思疎通——とでも言うべきか。

毎度おなじみとなった、〈予定日は?〉という問いかけから、歩道上での立ち話が始まった。

乳母車の中を覗き込んだところ、女児がすやすやと寝息を立てていた。

まだ生後二週間だという。

愛くるしいお子さんですね。

わたしがお世辞ではない言葉をかけると、母親はまんざらでもない様子だったが、少し遅れて、彼女の表情が翳りを帯びたようにも見えた。

ただ単に、わたしの気のせいかもしれないが。

そこで、子どもの話題から離れて、彼女のストールを褒めた。

日本ではめったにお目にかからない柄ね、と。

すると、南米のものだという答えが返ってきた。

彼女の話によると、旦那さんが南米、特にアルゼンチンの衣料品や装飾品、雑貨を輸入販売する小さな会社を経営しているとのことで、横浜駅のすぐ近くにあるビルの一階にお店を構えているのだという。

彼女自身も以前、アルゼンチンで暮らしていたそうだ。

なんでも彼《か》の地に海軍将校をしている親戚が住んでいる関係で、ブエノスアイレスの私立大学で二年ほど、日本語の教師をしていたという。

立ち話もなんだからと、近くの喫茶店に誘われた。

注文を取り終えたウェイトレスがテーブルから離れるのを待って、彼女が言った。「実は、この子も向こうで生まれたんですよ」

聞けば、この夏、旦那さんと一緒にアルゼンチンに渡航し、一週間ほど前に帰国するまでの数ヵ月間、向こうに滞在したのだという。

結局、彼女と二時間も話し込んだ。

言ってみれば、夫婦の感傷旅行のようなものだったのかもしれません。もちろん、それだけじゃなくて、夫は商品の買いつけのために、あちこち忙しく走り回っていましたが。わたしが日本語の教師をしていたころ、夫は商社員としてブエノスアイレスに駐在していましてね。わたしたち、日本人会のパーティーで出逢ったのがきっかけでおつき合いを始めて、結婚したんです。式を挙げたのは、目白の椿山荘でしたけど。夫が一時帰国したときに、親戚や友人たちを大勢呼んで。教師を辞めたわたしは夫よりも先に日本に戻っていたんです。あれは、盛大でとてもいい祝宴でした。娘が二人の思い出の地で生まれたことにも、なんだか運命みたいなものを感じます。あちらにもすごくいい産婦人科の病院がありますし、スペイン語にはまったく不自由しませんから、異国でお産をすることには少しも不安はありませんでした。その娘を生後間もなく、日本に連れて帰ってきたんです――。

わたしがほとんど聞き役に回った会話の中で、彼女はそうした話をした。

彼女が初対面の妊婦に対し、長々と自分の身の上話を語って聞かせた理由。それはなんだったのだろう？

彼女には、なにか後ろめたいことがあるのかもしれない。

おそらく、彼女は聞き役を替えて同様のことを繰り返しているのではないか。

女の勘で、そんな気がした。

もしかすると、彼女はわたしのような見ず知らずの人間に語ることによって、自分の中でつくり上げた嘘を真実に変えようとしたのではないだろうか？

繰り返しつく嘘は真実になる。

ナチス・ドイツの宣伝役だったゲッベルスという男は、そんなことを言っていたはずだ。ゲッベルスが残した言葉を正確に知っているわけではないが、少なくともそういう趣旨のことを言っていたという記憶がある。

では、彼女の話のどこに嘘があったのか。

それを想像してみた。

もちろん、全部が嘘という可能性は決してゼロではない。けれども、その可能性は極めて低いと考えていいのではないか。

なぜなら、嘘というものは、真実の中に巧みに混ぜ込むことによって、より本当の話のように聞こえるものだからだ。

彼女が語ったことは、大まかに二つのパートから成り立っている。夫や自分に関するパートと、子どもに関するパートから。

嘘が含まれているのは、前者ではないような気がする。

わたしが乳母車の中で眠っている乳飲み児を褒めたとき、彼女の顔に差したわずかな翳りのようなもの。

どうしても、あれが心に引っかかる。

と、そこまで想像したところで、自分のしていることがばかばかしくなってやめた。おそらくもう二度と会うことのない女の話をあれこれ詮索《せんさく》してみたところで、暇つぶし以外の意味がない。

そのことに気づいたからだ。

それはさておき、彼女と別れた後、アルゼンチンに行ってみたいと思った。

広い世界のことを、もっと知りたい。

おそらく、死ぬまで海外旅行などすることはないだろうが。

彼女から名刺をもらったので、出産が無事済んだら、「サンタ・エビータ」という店に行ってみよう。せめて、そこでアルゼンチンという国の空気に触れてみたい。

彼女が首に巻いていたストールがとても素敵だったから。彼女が描写したブエノスアイレスの街並みに憧れたから。互いの身体を絡ませながらタンゴのステップを踏む美男美女の官能的な姿を思い浮かべたから。

けれども、飛行機に丸一日以上も乗らないとたどりつけない南半球の国がいい国なのか、悪い国なのか、わたしは少しも知らない。〝満点娘〟のナディア・コマネチが暮らすルーマニアという東欧の国のことを少しも知らないのと同じように。

コマネチのあの無表情が、また額の裏に浮かんだ。

もしかすると、親戚が向こうの軍人——海軍の将校というのは、要するに支配階級に属する人間ということではないか——だという彼女が語るどこまでも美しいアルゼンチンは、その国のある一面だけを切り取ったものにすぎないのかもしれない。

すべての人間に光の部分と影の部分があるのと同様に、どんな国にも明るい面と暗い面がある。あまり世間のことを知らないわたしだが、それくらい分かる。

そんなことを考えながら、家に戻った直後のことだった。

激しい痛みに襲われた。

それは本当に我慢できないくらい激しい痛みで、玄関の廊下にうずくまって丸くなるしかなかった。

いよいよ、始まった。

そう、確信した。

なんとか居間まで這っていくと、電話に手を伸ばして姉に連絡し、すぐに来てくれるように頼んだ。

独りでいることが心細くて、姉がタクシーを飛ばしてやって来るまでの時間がひどく長く感じられた。

ところが、姉が駆けつけてくれたときには、まるで嘘のように痛みは治まっていた。

姉がわたしのおなかを強く圧迫しても、痛みは二度と起きなかった。

いわゆる前駆陣痛に間違いないとのことで、姉がこう言った。「つまり、赤ちゃんが生まれるのは、もう少し先ってこと」

姉が帰った後、ベッドに横たわって夕刊を広げた。

三面に載っていた記事によると、世界の人口増加率が最近、急激に下がり始めているのだという。最大の原因は世界人口の二割を占める中国における出生率が、国を挙げての産児制限で著しく減少していることらしい。先進国でも異常なほど出生率が下がっていて、アメリカでは昨年の数字が過去最低、イギリスでも戦後最低を記録した。

厚生省の専門家が記者のインタビューに答えていた。その専門家によると、人口増加が頭打ちになっている大きな理由は「女性の地位向上」なのだという。女性が職場に進出して男性と同等にやっていくためには、どうしても家事や育児に費やす時間を減らさなければならない。女性の高学歴化で晩婚傾向が強まっていることや女性の間に合理的な考え方が浸透したことも、子どもの数が減っている一因だとか。

女性の地位向上――。

そんな言葉を目にして、ただ笑うしかなかった。

少なくとも、わたしが縛りつけられているこの荒涼とした家庭とはまったく縁のない言葉ではないか。数ヵ月前まで姑から嫁が〈石女《うまずめ》〉などという前時代的・差別的な言葉で呼ばれていたこの牢獄とは。

今日はあれこれ長々と書いてしまった。

このへんで、筆を置くことにしよう。

第五章　三十九年前の二つの事件

翌日は、野庭分庁舎でひたすら待機だった。

〝捜査本部〟の中には相変わらず、周囲の棚に積み上げられた段ボール箱が発生源と思われるカビの不快な臭気が漂っている。

窓から見える横浜の空は、今日も晴れていた。

外岡は白いワイシャツの袖を少しずらして腕時計に目をやった。

午前十一時五十八分。

一時間ほど前、朝井凜々子の携帯に架電した。

〈反応はありません。何度か電話してみましたし、メールも送ったんですが〉

今日も西巣鴨の稽古場にいるという彼女からは、そんな言葉が返ってきた。

それから、彼女と少しだけ会話を交わした。

訊いたところ、やはり、あの台詞は変更されたそうだ。

〈わたしの言ったとおりだったでしょ？〉

少し砕けた口調で言うと、凜々子はフフッと鼻で笑った。

ほんとに。

外岡も笑いながら答えた。

一瞬遅れて、稽古中だと気づき、彼女にそのことを詫びた。

すると、凜々子は〈大丈夫。昨日はあれから日付が変わるまで続いたから、午後一時からなの〉と言った。

では、なぜこんな早い時刻に稽古場に？

外岡の質問に、凜々子が短く答えた。〈プロだから〉

そのひと言で、外岡は納得した。

演じることはイコール、彼女の人生そのものなのだ。

〈その沈黙からすると、わたし、ちょっと、格好つけすぎちゃったみたいね〉

何秒か間を置いてから、凜々子が言葉を続けた。〈わたしを見ていれば分かると思うけど、役者ってみんな変わり者で、とっても個性……と言うよりエゴが強いの。そうじゃない人は、厳しい競争の中で自然に淘汰《とうた》されてしまうから。芸能界で生き残っていくのは、決して簡単なことじゃないのよ。稽古場にいちばん乗りすれば、しばらくの間、そんなほかの役者の影響を受けないでいられる。そうやって静寂の中で独りの時間をすごすことで、しだいに自分のペースをつかめるようになるっていうのか。わたしの言いたいこと、少しは分かってもら

える?〉

分かるような気がします。

そう答えた外岡は、そろそろこのへんでと断り、電話を切った。

彼女のことをもっと理解したい。もっと知りたい。

強くそう思った。

このところ、依子のことを考える時間が少なくなり、それに反比例して凜々子のことを考える時間が多くなっている。

まだ、四十九日の喪も明けていないというのに。

そのことに初めて気づき、罪悪感を覚えた。

もしかすると、おれは朝井凜々子に依子の姿を重ね合わせているのかもしれない。それだから、凜々子に惹かれるのだろうか?

彼女はおれの胸にぽっかり空いた穴を埋めるための存在?

亡き妻の代用品?

簡単に答えの出ない問いだった。

そこで、外岡は目の前にある事件捜査に意識を戻した。

山中智宏巡査部長と若宮憲一巡査の二人は、昨夜遅く日付が変わりかけたころ、広島から横浜に戻ってきた。

パイプ椅子に浅く腰かけている山中はさすがに眠そうで、目をしょぼつかせていた。土踏まずに疲労が重く溜まっているのだろうか。さっきから革靴から抜き出した靴下の足を揉みほぐしている。折坂係長以下、ほかの四人と一緒に朝の七時からここにつめているが、その間、彼が発した言葉は〈おはようございます〉だけだった。

一方、山中とペアを組んでいた若宮は、元気いっぱいだ。

ひょっとして、こいつ、シャブでもやっているんじゃないかと勘ぐりたくなるほど。いつものようにイタリア製のジャケットに細身のスラックスという颯爽《さっそう》とした出《い》で立《た》ちで、さっきから部屋の中をゆるやかな8の字を描くようにしてせわしなく歩き回っている。まるで巣箱の中の蜜蜂みたいに。

「ねえ、ちょっと、少しは落ちついたらどう?」

そんな若宮に向かって、前山美佳が苛ついた声を出した。「あんたがそうやって動くと、床に降り積もった埃が舞うのよ」

「済みません。こうしてただ待ってることに耐えられなくて」

少しも済まなさそうではない声で答えると、若宮は、机から取り上げたリモコンでテレビの電源を入れた。

ちょうど、NHKの全国ニュースが始まったところだった。

〈昨日、東京・大田区で起きた拳銃強奪事件で、車にひき逃げされた二十六歳の警察官は依

然として意識不明の重体となっています。警視庁の捜査本部は引き続き、百五十人態勢で犯人の男の行方を追っています〉

男性のアナウンサーが、バターのようになめらかな声で言った。〈それでは、捜査本部が置かれている田園調布署から中継でお伝えします〉

画面が切り替わり、マイクを右手に握った社会部の女性記者がテレビ・カメラのレンズに向かってしゃべり始めた。〈捜査本部が置かれている田園調布署です。警視庁への取材によりますと、昨日ひき逃げされた谷川《たにかわ》毅《たけし》巡査は、依然として意識不明の重体が続いているということです〉

女性記者がカメラの視界から外れた手元の原稿に目を落とし、画面の映像はスーパーマーケットの駐車場に替わった。

〈捜査本部のこれまでの調べによりますと、昨日夕方五時すぎ、世田谷区内にある大型スーパーの駐車場に乗り捨てられているのが見つかった盗難車は、拳銃を奪われた谷川巡査をひき逃げしたものとほぼ断定されました。盗難車のバンパーに付着していた白色の塗料が、谷川巡査の乗っていた自転車のものと一致したということです。しかし、車の中からは拳銃は発見されておらず、捜査本部はスーパー及びその周辺から回収した防犯カメラの映像を解析するなどして、犯人の男の割り出しに全力を挙げています。ひき逃げ事件の現場で目撃された男は比較的小柄で黒っぽい服装をしていたという以外……〉

「進展なしか」折坂係長がつぶやいた。

「盗難車がN（システム）で引っかかっていれば、ホシの面は割れていたんでしょうが」外岡が言った。「おそらく、幹線道路を走らなかったんでしょう」

ニュースが終わり昼すぎのゆるい番組になったところで、前山がリモコンを操作して音量をゼロまで下げた。

証拠品保管倉庫の一室に沈黙が降りた。

外岡はパイプ椅子から尻を上げ、ふたたび窓際に向かった。

そこから見下ろすと、当然のことだが、昨日と同じように青いシートで覆われた押収車両が何十台も並んでいた。

昨夜遅く、県警本部捜査一課の刑事部屋に立ちよった。机の上に茶色い封筒がひとつ置かれていた。

宛名はワープロで記されており、裏返してみたところ、そこには差出人の氏名も住所も書かれていなかった。

消印は横浜中央郵便局のもので、いかにも隠微な感じがした。

その場で封を破った。中からコピー用紙が一枚出てきた。

そこに縦書きでワープロ打ちされた文章は、たったの四行。

過去と現在はつながっている。

人は決して過去から逃れることはできない。

三十九年前の大罪がI・Yとその妻Kの死を招いたのだ。

そして、二人は二十四年前にも罪を犯している。


〈I・Yとその妻K〉

それらが池永幸彦と君恵を指しているのは明白だった。

時計の針は午後十一時を回っていたが、ほかには誰もいない部屋で固定電話の受話器を手に取り、池永慎一の携帯を鳴らした。

相手は二回目の呼び出し音で電話に出た。

携帯の番号から、佐々木安雄の行方がつかめるかもしれない。これまでの経過を手短に報告すると、池永は喜んでくれた。

ひと通りの説明を終えた外岡は、池永に向かって言った。「ところで、昔のことをお訊きしたいのですが」

〈どんなことですか?〉

「三十九年前、即《すなわ》ち一九七六年にご両親になにかありませんでしたでしょうか?」

〈一九七六年……昭和五十一年か……わたしが生まれる二年前ですね〉
それからしばらく沈黙が続いた後、池永が言った。〈そういえば、昔、母親からわたしには姉がひとりいたと聞かされたことがありました……〉
池永はその出来事があった正確な日付までは記憶していなかった。
通話を終えてから机のノート・パソコンを開いてネット検索をした結果、十二月三日の出来事であることが分かった。

二時間ほど前、外岡は〝捜査本部〟を独り抜け出し、徒歩で同じ町内にある横浜市港南図書館を訪ねた。

予想したとおり、小さな図書館にはそんなに古い新聞の縮刷版は置かれていなかった。

二つ折りの警察手帳を提示して、係員に調べさせた。

その場でしばらく待った。やがて、ファックスが届いた。

一九七六年、年号では昭和五十一年。その年十二月四日付の全国紙朝刊の社会面には、四段の見出しで次のような記事が掲載されていた。

店先で乳児連れ去りか
乳母車ごと不明

母親が買いもの中
横浜のショッピングセンター

三日午後零時半ごろ、横浜市西《にし》区南幸《みなみさいわい》二丁目の「横浜西口ショッパーズプラザ」本館一階の食料品売り場で、同市内に住む会社社長（三六）の長女（生後半月）が乗っていた乳母車ごといなくなったと、母親（三三）から店員を通じて近くの交番に届けがあった。戸部《とべ》署の調べによると、母親は長女を乳母車に乗せ、店舗の入り口付近に置いたまま店内で買いものをした後、五分ほどして戻ったところ、長女は乳母車ごといなくなっていたという。

神奈川県警捜査一課と同署は、長女が何者かに連れ去られた疑いが強いとみて、同日深夜、匿名のまま略取事件として公開捜査に踏み切った。県警によると、これまでのところ不審者の目撃情報は得られていないという。公開捜査にした理由として、県警は自宅に身代金を要求する電話などがないことを挙げている。

県警は長女の氏名を公表していないが、身長五十センチぐらいで、ふっくらした顔立ち。白地にピンクの花柄模様がちりばめられたベビー服を着用していた。乳母車は紺色地で、背もたれにキリンとパンダの柄が入っている。

現場は横浜駅西口の繁華街にある大型ショッピングセンター。スーパー大手のダイエーがサンコーの店舗を増築して一九七二年四月にオープンした。

　ほかの面々に背を向けたままふたたび記事を読み終えると、外岡は、記事に添えられた女児の写真に目を向けた。

　ファックスで届いた縮刷版の記事は図書館で拡大コピーしてもらったが、それでも円形の写真は小さかった。しかも、ほとんど黒くつぶれてしまっていて、赤ん坊がどんな顔をしていたのかは分からなかった。

　外岡はコピー用紙を上着の内ポケットに入れた。

　池永慎一の話では、結局、長女は見つからなかったという。

　一九七六年当時、防犯カメラなどというものは、まだほとんど普及していなかった。現在なら、ビル内や駅周辺のあちこちに設置されたカメラのレンズが、ベビーカーを押す不審な人物を捉えていたことだろうが……。

　事件が起きた昼すぎの時間帯、ショッピングセンターには多くの人が訪れていたに違いない。けれども、ベビーカーを押していたのが母親あるいは父親に見えるような人物だったとしたら、たとえその姿を目にしたとしても、日常のごくありふれた光景として買いもの客らの記憶には残らなかっただろう。

　君恵が咲子《さきこ》というその長女を産んだのは、夫とともに滞在していたアルゼンチン・ブエノスアイレスの病院だったそうだ。

〈両親は数ヵ月、向こうに行っていたらしいです〉

昨夜遅く、池永が受話器の向こうから言った。〈商品の買いつけを兼ねた、思い出の場所を訪ねる夫婦の感傷旅行みたいなものだったようです。親父とおふくろがブエノスアイレスで知り合ったという話は以前、外岡さんにしましたよね〉

三十九年前の大罪がI・Yとその妻Kの死を招いたのだ。


つまり、匿名で手紙を送りつけてきた人物は、池永慎一の両親が長女の連れ去りに関与していたということを言いたいのか。

振り返り、部屋にいる四人の顔を順繰りに見渡した。

おれがこの〝事件〟を捜査していることを知っている人間は、両手の指で数えられるほどの少数に限られている。

おそらくこの中の誰かが、あの投書をしたのではないか。

もちろん、刑事部長、捜査一課長といった幹部連中のひとりということも考えられるが、直感的にその可能性は低いように思えた。

そいつは誰だ？

そして、その意図は？

仮に池永幸彦と君恵の二人が長女の連れ去り事件に関わっていたとして、〈そして、二人は二十四年前にも罪を犯している。〉という投書の文言は、いったいなにを意味しているのだろうか……？

そこで、携帯が鳴った。

「はい、外岡」

〈彼から、メールが届いたわ〉

いきなり朝井凜々子の声が言った。

「佐々木から？」

〈もちろん〉

「どんなメールですか？」

〈そのまま読むわね〉

「お願いします」

〈凜々子さん、いろいろとお世話になり、ありがとうございました。おれは自分の人生に決着をつけるつもりです〉

「自分の人生に決着をつける？」

外岡がつぶやいた次の瞬間、〝捜査本部〟の外線電話が鳴った。

一回目の呼び出し音が終わらないうちに、前山が固定電話の受話器を取り上げた。「はい、捜査班」

相手の言葉に数秒間耳を傾けてから、前山が弾かれたように立ち上がった。「佐々木安雄の携帯から電波！」

「位置は？」

大きな声を出しながら、折坂も立ち上がった。

受話器を手で覆った前山が叫んだ。「横浜市南区吉野町《よしのちょう》付近！」

「近いぞ！」と山中。

「わたしが運転します！」

若宮が部屋を飛び出していった。

外岡は「朝井さん、ありがとう！」とひと声出して、一方的に電話を切った。

近いなんてもんじゃない！

ここから、直線で五キロぐらいしか離れていなかった。

五人の捜査員は、一台の捜査車両で吉野町に急行した。なぜかと言えば、捜査班に宛がわれた覆面PCは一台しかなかったからだ。

助手席に坐った山中巡査部長が、〈緊急車両が通過します。緊急車両が通過中〉と拡声器で呼びかけながら周囲の車を蹴散らしていく。

吉野町の二キロほど手前まで来たところで、山中はサイレンを切り、セダンの屋根に載せたマグネット式赤色灯を車内に入れた。

「吉野町といっても、広いな」

後部座席で、折坂が真ん中に坐っている外岡に顔を向けた。その表情は〈どうする?〉と問いかけていた。

係長をちらりと見ると、外岡が応えた。「佐々木は、以前、吉野町のマンションに住んでいましたよね」

外岡の左隣にいる前山が、上着のポケットから取り出した手帳を開く。「佐々木がいたのは、吉野町三丁目です」

「朝井凜々子に佐々木からメールが届いたそうです」外岡が言った。「いろいろお世話になりましたという彼女に対する礼の言葉に続いて、佐々木は『おれは自分の人生に決着をつけるつもりです』と書いてきた」

「うん? どういう意味だ?」折坂が唸った。「……ひょっとして、佐々木は自殺することをほのめかしているのか?」

「その可能性はあるでしょうね」

前山がうなずいた。「控えめに言っても、佐々木が人生に行きづまっていることは間違いないですから」

「佐々木には奥さんと子どもがいたはずだ」と外岡。「彼は二人と行動をともにしているんだろうか？」

前山が眉をひそめた。「もしかして、一家心中とか？」

顎に手をやりながら、折坂が言った。「それは分からんが、〈人生に決着をつける〉前に、自分が昔住んでいた街並みを目に焼きつけておきたい。そんな感傷的な理由から、佐々木が吉野町を訪れたということは考えられるな」

「ほかにあてはないし……」とつぶやくと、外岡はハンドルを握っている二十八歳の巡査に命じた。「若宮、吉野町三丁目の交差点で停めろ！」

「了解！」

リアヴュー・ミラーにちらりと目をやった若宮が威勢のいい声で応えた直後、折坂係長の携帯が鳴った。

佐々木の携帯をウォッチしている携帯電話会社の担当者からだった。

今日は早朝から〝捜査本部〟につめているが、万一、そこの外線がつながらない場合はこの番号にかけてくれ。折坂は、担当者にそのように指示していた。

まさか、指揮官の自分までが現場に飛び出すような事態になるとは、折坂は夢にも思っていなかった。

十数秒間、相手の話を聞くと、折坂は「引き続きよろしくお願いします」とだけ言って、通話を終えた。

それから、四人の部下たちにこう伝えた。「佐々木の携帯から、電波の発信が途絶えたそうだ。電源が切られたようだ。三角測量で得られた最後の位置は吉野町付近で変化なし。やつはまだ近くにいるぞ！」


数分後、五人が乗った捜査車両はタイヤをきしませて停車した。

交差点の真下にある横浜市営地下鉄ブルーライン吉野町駅の地上出入り口付近、国道16号線上だった。

片側二車線の通りの両側にマンションや店舗が立ち並ぶ街角で、五人の捜査員は車から降りた。

「ここからは、見当たり捜査みたいなものだな」

山中が独語するように言った。

見当たり捜査とは、事前にいくつもの写真と睨めっこして、逃走している指名手配犯らの顔貌を頭にたたき込み、大都会の繁華街の雑踏の中からその顔を見つけ出す捜査手法のことだ。それは特殊な才能に恵まれた捜査員だけがなし得る職人芸であり、〝素人〟が簡単にできることではない。

「写真もあるし、最初からターゲットは分かっているんですから──」先輩巡査部長の言葉に、前山が応えた。「見当たり捜査ほど難しくありませんよ」

それは、佐々木が外を歩いていることを前提にした話だった。佐々木が建物の中にいたら、彼を発見する術はない。

僥倖《ぎょうこう》頼りか。

外岡は胸の内でつぶやいた。

誰もなにも口にしなかったが、ここにいるほかの者全員も同じ思いであることは間違いなかった。

「佐々木を見つけても、不用意にバンはかけるな（職務質問はするな）」

一拍置いて、折坂が指示を出した。「その場合、携帯で全員を集めろ。そのことを徹底してもらいたい。いいな？」

四人の首がほぼ同時に上下した。

「よろしい。配置だが、佐々木が以前入居していたマンションの近くにひとり必要だ。それは、外岡、おまえさんに頼む」

外岡は短く応えた。「了解」

「あとは……臨機応変《りんきおうへん》にということで。おれたちみんなの目だけが頼りだ。全部合わせても十個しかないが。じゃあ、早速始めよう」

折坂の声で、各自、佐々木安雄の写真を手にした捜査員たちは散開した。

それから十五分がすぎたが、なにも起こらなかった。

外岡は、八階建てマンション近くの歩道上に佇んでいる。

吉野町三丁目の交差点から三十メートルほど東、国道16号線に面した築三十年ぐらいのマンションで、そこの六〇三号室に佐々木一家は以前、住んでいた。先ほど、さりげなく確めたが、エントランスが自動ロックになっていない古いタイプのマンションだった。つまり、人が自由に出入りできる。

と、ガラス張りのドアが開いて、四十歳前後とおぼしき男がひとり、マンションの中から出てきた。

外岡は手のひらに載せたスナップ写真に視線を落とした。

似ているような気がした。

顔を上げて、ふたたび男を見た。

いや、違う。

佐々木にしては背が高すぎる。佐々木の身長は百六十五センチぐらい。男は百七十二、三センチはあった。

なにも起きないまま、さらに十五分が経過した。

歩道を向こうからやって来た男に目が吸い寄せられた。

両眼のレンズをズーム・アップ。

手のひらの写真と近づいてくる男を見比べた。

かなり似ているような気がした。

年齢は四十見当。

身長も概ね一致。

色の濃いサングラスで顔貌は判然としないが、頬から顎にかけてのラインが佐々木のそれと酷似していた。

それに、サングラスがいかにも怪しかった。

けれども、目をきょろきょろさせて歩道を行き交う人々を見ているうちにしだいに頭が混乱してきて疑心暗鬼《ぎしんあんき》に取り憑《つ》かれ、身長と年齢といった特徴が佐々木と矛盾しない男は、みな佐々木のように思えてきたのも事実だった。

靴先に目を落として男をいったんやり過ごしてから、半袖のポロシャツにジーンズという服装の男の後を追った。

前を歩く男から五メートルほど間隔を空けて追尾した。

そのまま二百メートルほど東に行ったところに、若宮がいた。

外岡は足を止めた。

見ると、若い巡査の視線は不動産仲介会社の店舗前に佇んでいる男の背中にじっと注がれている。

紺と白の縦縞模様が入った軽いジャケットに濃灰色のスラックスを穿《は》いた男は、背丈が百六十五センチぐらい。

その顔は、賃貸マンションやアパートの物件情報がべたべたと貼られた窓ガラスに向けられている。

後ろ姿から受ける印象は、若くもなければ年よりでもない。三十歳から六十歳の間のどこかということぐらいしか分からない。

そこで、若宮が外岡の存在に気づいた。

〈なにかあったか?〉。外岡は目だけでそう問いかけた。若宮は、後ろ姿の男のほうに顎をしゃくった。

しばらくして、男がこちらを振り向いた。

思わず息を呑んだ。

佐々木安雄がそこにいた。

佐々木の視線は、まっすぐにこちらに向けられている。

とっさに目をそらした。

誰かを追尾する際には、絶対に相手と目を合わせてはならない。

それが鉄則だ。

だが、そうしたところで、もう無駄だ。

佐々木は物件情報を見ていたのではない。店舗の窓ガラスに映り込んだおれたち二人の姿を観察していたのだ。

そして、彼は間違いなく、おれたちが警察の人間だと認識している。

数秒後、佐々木がゆっくりとした足取りで歩きだした。

その背中に向かって、若宮がいきなり声をかけた。「佐々木さん、佐々木安雄さんですよね？」

佐々木は無言で遠ざかっていく。

「やめろ」

反射的に若宮の腕をぎゅっとつかむと、外岡は押し殺した声で命じた。

もはや、手遅れだと思いつつ。

「やつは気づいていた！　逃げられてしまいます！」

身をよじって外岡の手を振りほどいた若宮が、舶来もののジャケットの裾を翻して佐々木に駆けよった。

それから、相手の上着の右肩にさっと右手を伸ばした。「佐々木さん、ちょっと待ってください！」

佐々木が振り返った。

信じられなかった。

その右手には、銃身の短い回転式拳銃が握られていた。

それから目の前で展開された光景は、あたかも高速度撮影された映像を見ているかのようだった。

リヴォルヴァーの銃口が若宮の胸に押しつけられた。

くぐもった銃声がした。

若宮は、よろよろと数歩後退った。

こちらに向けられた巡査の顔は、驚愕《きょうがく》で口を大きく開いている。

若宮がなにかつぶやいた。

その声は小さく、また不明瞭だったが、唇の動きから〈どうして？〉と言ったようだった。

やがて若宮は歩道にがっくりと両膝をつき、そのまま俯せの姿勢で倒れた。

ポイントブランク（ゼロ射程）で発射された銃弾が貫通したライトグレーの上着の背中に、真っ赤な染みが花を開かせていく。

若宮の身体が、断末魔《だんまつま》の痙攣《けいれん》で震え始めた。

拳銃を持った右手を前方に目いっぱい伸ばした佐々木が、こっちに向かってきた。

その姿がどんどん大きくなる……。

高速度撮影された映像が終わると、銃口が脇腹に押し当てられていた。

「両手を頭の後ろで組め！」

言われたとおりにした。

「あそこに入るぞ」

先ほどの不動産仲介会社の店舗を左手で示しながら、佐々木が言った。「おかしなまねをしたら、死ぬからな」

「分かった」

佐々木が店のドアを開けた。

中にいた三十歳ぐらいの女性が「きゃーっ！」と悲鳴を上げた。

制服らしい紺色のベストを着た女性は、二人の脇をするりと抜け、脱兎《だつと》のごとく外に飛び出していった。

その後ろ姿を黙って見送った佐々木は、外岡の脇腹に拳銃の銃口を密着させたまま店内に入った。

ドアを閉めた佐々木は内側から施錠しようとしたが、ドアノブにサムターンは見当たらない。

内側からも鍵を差し込まないと施錠できないタイプだった。

佐々木が怒鳴った。「この、くそドアめ！」

外側に店名が記されたガラスドアの内側には乳白色をした目隠しシールドが上から下まで貼られており、外からは内部がまったく見えないようになっている。

「そこに坐れ」

佐々木が拳銃を振って、接客カウンター内の椅子を示した。

外岡は言われたとおりにした。

そこへ、奥から五十年配の男がぬっと姿を現した。ハンカチで両手を拭っていることから、どうやらトイレに入っていたらしい。

外岡と佐々木の姿を認めると、赤ら顔をした男は不快そうに顔をゆがめた。「大きな声出して、なにを騒いでる？　あんたたち、いったい……」

視線の先に、佐々木が手にした拳銃を捉えたのだろう。

その声は途中で急速にしぼんだ。

どぶねずみ色の野暮ったいスーツに身を包んだ小太りの男に向かって、佐々木が言った。

「あんた、ここの店長か？」

「そうですが……」

店長の声は震えを帯びていた。

「鍵は？」

「どこの鍵ですか？」

店長は甲高い声を出した。

「ドアの鍵に決まってるだろ！」

「ここにあります！」

店長はスラックスのポケットから鍵束を抜き出し、それを掲げて見せた。

「ぐずぐずしないで、早くドアに鍵をかけろ！」

店長は指示に従った。

「窓のカーテンを閉めろ！」

「はい！」

賃貸物件情報が貼られた窓に両サイドから遮光性の強いカーテンが引かれ、天井の蛍光灯が消されると、店内は薄暗くなった。

「それをドアのところに持っていけ」

佐々木は、カウンター内に置かれているスティール製の事務机を顎で示した。「二人でやるんだ」

外岡は机上の固定電話を床に置いた。店長と二人で重量のある机を持ち上げた際、店長がうっかり手を滑らせて机が電話の上に落ち、受話器が壊れてしまった。二人は机を運び、ドアの手前に置いた。

「そうじゃない！　机を横倒しにして、天板をドアにぴったり押しつけるんだよ！」

二人は指示に従った。

「よし、こっちに戻って椅子に坐れ」

二人は指示に従った。

佐々木もカウンターの内側に入った。

壁際にはスタンド式の液晶テレビが一台あった。佐々木はリモコンで電源を入れ、チャンネルをＮＨＫの総合テレビに合わせた。

それから、外岡と店長の背後の床に腰を下ろした。

店内には、ボリュームを絞ったテレビ放送の音だけが流れている。背後からかすかに聞こえてくる音声からすると、まだ通常の番組を放映している。

当然だ。報道各社が人質立てこもり事件の発生を察知し、取材班が現場周辺に展開するまでには、かなり時間がかかるはずだ。

外岡は隣を見やった。

店長が首を深く垂れており、その肉厚の頬には汗が滝のように流れ落ちていた。

おそらく彼は今、己の不運を嘆き、家族とふたたび会うチャンスが自分にどれくらいあるのだろうか——といったことを考えているのに違いない。

そうした店長の姿に、真っ黒い想念が蛇のようにぬるりと足元から這い上ってきた。

そこで、外岡は、事態の明るい面を考えるように努めた。

同僚たちからの通報を受けて、神奈川県警が動きだしていることは間違いない。

人質立てこもり事件に対処する専門的訓練を日ごろから積んでいる「ＳＴＳ（Special Tactical Section）」と呼ばれる捜査一課特殊犯捜査係の連中に加えて、ヘックラー＆コッホＭＰ５サブマシンガン等で重武装した特殊急襲部隊「ＳＡＴ（Special Assault Team）」の猛者《もさ》たちも出動の準備をしているものと思われた。

時間がたてばたつほど、守る側が不利になり、攻める側が有利になる。

それが籠城《ろうじょう》戦の鉄則だ。

拳銃を持っているとはいえ、相手はたったひとり。そのうちトイレにも行きたくなるだろうし、眠気も催してくる。

佐々木が激高しないようになだめすかしながら、時間を稼ぐのだ。

そのまま半時間ほどが経過した。

上空からヘリコプターとおぼしきエンジン音が聞こえ始めた。

カメラマンや記者を乗せた報道各社のヘリに違いない。

そのうちＮＨＫが通常番組を打ち切り、事件を伝え始めた。

「驚いたな。ここが映ってる」

佐々木はテレビの音量を少し上げた。
〈途中ですが、ヘリコプターからの映像が入ってきました〉
事件の概要を短く繰り返した後、男性アナウンサーの声が言った。用意された原稿を読むという普段の仕事とは異なるため、滑舌《かつぜつ》があまりよくない。〈ああ……現場上空からの音声はつながりますでしょうか〉
そこで、〈オーケイ、いけるぞ〉というスタッフの緊迫した小声をスタジオのマイクが拾い、アナウンサーがヘリに乗っている記者に呼びかけた。〈吉沢《よしざわ》さん、そちらから見える現場の状況を伝えてください〉
〈……はい、こちらは人質立てこもり事件が発生している横浜市南区吉野町の上空です。画面中央に見えるのが、事件現場となっている雑居ビルです。ビルの周辺には、赤色灯を点滅させた捜査車両が多数並んでいるのが上空からも確認できます。……これまでの神奈川県警の調べによりますと、事件が起きたのは午後一時すぎのことです。男が路上で県警の警察官にいきなり発砲し、その後、ビルの一階にある不動産仲介会社の店舗の中に立てこもったということです。店の中には男のほか、複数の人質がいるもようです。男に撃たれた警察官は救急車で病院に運ばれましたが、心肺停止の状態……〉
「こいつは助かるな。警察の動きが手に取るように分かる」
それから佐々木は、二十分ほどテレビを観ていたが、どのチャンネルに切り替えても報道の内容は同じことの繰り返しだった。

やがて、佐々木はテレビの音量を下げた。

テレビ画面に顔を向けている外岡と目が合い、佐々木が訊いてきた。「ところであんた、どこの刑事だ?」

「捜査一課です」

「捜査一課……もちろん、警視庁だよな?」

「いえ、神奈川県警です」

「うん?」

佐々木は怪訝な表情になった。「神奈川県警がどうやって、おれが昨日の事件の犯人だと突き止めたんだ?」

佐々木の言葉に意外性はなかった。

彼の手に握られているのがスミス&ウェッソンの38口径だと見て取った瞬間、外岡は佐々木が拳銃強奪犯だと分かった。

外岡は質問には答えず、逆に佐々木に問いかけた。「なぜ、あんなことを?」

いろんな思いが込められた言葉だった。

店舗の天井にちらりと目をやった後、佐々木が言った。「さっきおれが撃ったのは、あんたの部下だったのか?」

「ええ。若宮という男で、まだ二十八歳でした」

「そうか……」

ひとつ溜息を吐いてから、佐々木が言った。「あんた、名前は？」

「外岡といいます」

「外岡さんよ、〈なぜ？〉というあんたの今の質問に答えるのは、簡単じゃないな。話せばかなり長くなる」

それは、先ほど若宮憲一巡査を冷酷に射殺し、二十数時間前には拳銃を奪うために警視庁の巡査をおそらく〈死んでもかまわない〉と思いつつ背後から車ではね飛ばした凶悪犯とは、とても思えない口調だった。

無理してつけたタフガイぶった仮面の下から、気の弱い男の素顔がちらりと覗いたような、そんな印象を受けた。

「時間はありますよ」

外岡が応じた。

二秒後、上着の内ポケットに入っている携帯が鳴った。

くぐもった呼び出し音が七回ほど続いたところで、外岡が言った。「電話に出てもかまいませんか？」

「いや、だめだ」

銃口をこちらに向けた佐々木が言った。「おれが代わりに出るから、そいつをこっちに放り投げろ。左手を使ってゆっくりと出せ」

外岡は懐から取り出した携帯を床にすーっと滑らせた。

それを手に取ると、佐々木は頬に宛がった。「はい」

電話をかけてきたのは、百パーセント間違いなく特殊犯捜査係の捜査員。いわゆるネゴシエイター（犯罪交渉人）だ。

おそらく、捜査員が〈外岡か？〉と訊いたのだろう。佐々木は「いや、違う。私服のおまわりを撃った男だ」と言った。

しばらく黙って相手の話を聴いてから、佐々木が突然、大きな声を出した。「ふざけたことをぬかすな！　そんなことをしたら、おれは死刑になっちまうじゃねぇか！　おれは二人のおまわりを殺しちまったんだぜ！　……そうだ、そういう意味だよ。……なんだって？……そうか。車ではねたやつは、まだ死んじゃいないんだな。で、そいつの容態は？　正直に言えよ。ここにもテレビぐらいあるんだからな。……報道されている以上のことは分からない？　それでもいいから教えろ。……おい、話がまるで違うぞ。意識が戻っていないってことは、要するに、死にそうだってことだろうが！　……冷静になってください――だと？お言葉だがな、おれは、十分に冷静だよ。あんたらが無理やりここに押し入ってきたら、その冷静さを失《な》くしてしまうかもしれないがな。いいか、もう少し、まともな話を持ってきてくれ。こっちには人質が二人いるってこと、それを忘れるんじゃねぇぞ！」

佐々木は一方的に通話を打ち切った。

「あんたのお仲間からだ。あんたらを解放して外に出てこいだとさ」と言うと、佐々木はくそっ！　と叫んで携帯を床にたたきつけようとしたが、振り上げた手は途中で宙をさまよった。

捜査当局とのパイプを断ち切ることに躊躇《ちゅうちょ》しているのだ。

〈おれは自分の人生に決着をつけるつもりです〉

昼すぎに朝井凜々子に送られてきたメールの文言が思い出された。

それと同時に、凜々子の顔が瞼の裏に浮かんだ。ほんの何時間か前に彼女と笑い合ったのが、はるか昔のことのように感じられた。

彼女の顔をもう一度、目にすることがあるのだろうか？

依子の顔の代わりに凜々子の顔を先に思い浮かべたことに、外岡は、またしても罪悪感を覚えた。

瞼の裏から凜々子の姿を強制的に払いのけ、考えることに集中した。

あの言葉が、やはり自殺を示唆するものであったことは間違いないと思われた。

佐々木が警視庁の巡査をひき逃げして拳銃を奪ったのは、楽に死ぬための道具を入手することが目的の思いつきだったと考えられる。

Nシステムを警戒した佐々木は、幹線道路を避けて盗難車を走らせているうちに、路地でたまたま見かけた自転車のPB員をはねたのだろう。

佐々木が若宮を撃ったのは、おれたちのことを拳銃強奪犯を追っている警視庁の捜査員だと勘違いしたためだ。

その結果はあまりにも重大だったとはいえ、逮捕を逃れようとしてとっさに取った行動であり、あれはあくまでも偶発的な出来事だったのだ。

では、佐々木が自殺を思い立った理由はなにか？

そんなこと、分かりきっているじゃないか。

一瞬遅れて、外岡は胸の内で独りごちた。

恩人である池永夫妻を身勝手極まりない動機から手にかけてしまったことに対する自責の念。会社経営につまずき、傾いた会社を立て直そうとしてほかの事業に手を出して失敗、多額の借金を抱えて行き場のない状況に追い込まれたこと。

その二つだ。

どちらの比重がより大きいのかは判然としないが。

けれども、いつまでたっても大人になりきれない意思の弱い男は、最後の最後で、まだ迷っている。

自分の人生に決着をつけられないでいる。

さっきまで自分の頭に銃弾を撃ち込もうと考えていた男が、国家権力の手で首をくくられて殺されることを恐れているのだから。

佐々木は、意識不明の重体になっている警視庁の巡査が命を取り留める可能性に一縷《いちる》の望みをかけている。

仮に谷川というその巡査が助かったとしても、佐々木が池永幸彦と君恵を殺害したことが立証されれば完全にアウトだ。彼の命運は尽きるが、おれたちがその真相に迫りつつあることを佐々木は知らない。

そうであるのならば、ここでさらに死人の数が増える最悪の事態を回避する余地は、まだ多少残されている。

「おい、さっきの質問に答えろ」

しばらくして、佐々木が外岡に向かって言った。

外岡はまた首をねじ曲げて後ろを見た。「さっきの質問……われわれがどうやって、あなたのことを——という質問のことですか？」

「決まってるじゃないか」

相手の耳にもっともらしく聞こえるような説明を五秒で考えてから、外岡は話し始めた。

「あなたが盗んだ車を世田谷のスーパーで乗り捨てた際、あなたの姿がスーパーの防犯カメラに映っていたんです。それは小さくて不鮮明な映像でしたが、あなたの服装や背格好はかろうじて分かった。その後、警視庁がスーパー周辺にある防犯カメラの記録媒体を片っ端から回収して調べたところ、同じような服装をしていてほかの特徴も似た男性のもっと鮮明な映像が手に入った。その映像からコピーした写真が、神奈川県警にも回ってきたというわけです。われわれは今日、まったく別の強盗事件の犯人を追う捜査でこのあたりを歩き回っていたんですが、各自、写真は持っていた。すると、若宮巡査が街角で、写真とよく似た人物を見つけた。要するに、あなたを発見したのはまったくの偶然です」

「ふん、そういうことか」

そこで、佐々木は額に皺をよせた。「……けど、おかしいな。あの若いやつはおれの名前を知っていた。〈佐々木さん、佐々木安雄さんですよね？〉。そう呼びかけてきた。なぜ、警察はおれの名前を知っていたんだ？」

「警視庁がどうやって、あなたの名前にたどりついたのか。それは、わたしには、まったく分かりません」

外岡は適当な言葉を並べてごまかした。「警察っていうのは、そんなに風通しのいい組織じゃありませんから。特に警視庁と神奈川県警は、控えめな表現でも仲がよくないんですよ。隣接していますし、組織の規模も同じぐらいだからなんでしょうが。言ってみれば、近親憎悪みたいなものかもしれませんね」

「済みません」

そこで、店長が苦しげな声を出した。「上着を脱いでもかまいませんか。なんだか、暑くて。息が苦しいんです」

佐々木は許可した。

店長は脱いだ上着を接客カウンターの上に置いた。

外岡が目を向けたところ、店長が着ている白いワイシャツはぐっしょりと濡れ、緩めたネクタイにまで汗が染み通ってくたくたになっていた。血色のよかった顔はいつの間にか、ろうそく色に変わっており、店長は重病人のようにあえいでいた。

「この人を自由にしてあげてください」外岡は佐々木に頼んだ。「わたしが残りますから。それでいいでしょう」

「お願いします……」

少し遅れて、店長が切ない声で訴えた。「三十年以上連れ添った女房が脳梗塞で倒れて、半身不随になってしまったんです。ほかに身よりはいないので、わたしの支えがないと女房は生きていけません」

「悪いが、あんたを解放することはできない」佐々木がぴしゃりと言った。「人質の数は多いに越したことはないからな」

店長はうなだれた。

そこで、ふたたび外岡の携帯が鳴り、佐々木が電話に出た。

捜査員が名前を尋ねたのだろう。自分の氏名を相手に告げると、佐々木はさっきのように怒鳴り声を発することなく、捜査員の説得に静かに耳を傾けた。「いや、だめだ」

やがて、佐々木が言った。「夕方のテレビのニュースを観れば、本当のことだと分かる。あんたがそう言うのは、病院の連中に頼んだからだろう？　マスコミから問い合わせがあったら、あのおまわりは危機的状況を脱して回復しつつある――と嘘をつけと。捜査当局による情報操作ってやつだ。……いや、もしかすると、記者クラブと話をつけたのかもしれない。うん、たぶん、そっちの可能性のほうが高いな。人質の安全を守るために、報道機関のみなさまにはなにとぞご協力をお願いしたい。そんなふうに説得して。……いや、だめだよ……病室のベッドでピースサインをしながらにっこり笑っているおまわりの顔がテレビの画面に映し出されでもしない限り、おれは、あんたの言葉を信用するわけにはいかない」

佐々木は電話を切った。

おそらく特殊犯捜査係のネゴシエイターは、谷川巡査が持ち直しそうだと言って投降するように説得したのに違いない。しかし、佐々木が相手の言葉に疑念を抱くのは無理もないことだった。

佐々木が口にしたように、情報操作の可能性は十分にある。

その後も何度か外岡の携帯が鳴り、その都度、佐々木と捜査員の間で似たような実りのない会話が交わされた。

事態は完全に膠着《こうちゃく》状態に陥った。

やがて、太陽が地平線の下に沈んだ。

真っ暗になった不動産仲介会社の店内には、音を絞った液晶テ.レビの画面だけが光をぼーっと放っている。

その画面では、しばらく前から、ヘリコプターからの映像がぱったり途絶えたことに外岡は気づいていた。

上空からは、相変わらずやかましいエンジン音が聞こえているというのに。

もしかすると、警察当局から記者クラブに加盟する報道各社に対し、中継映像のリアルタイムでの放映をしばらくの間、自粛してほしいとの要請があったのかもしれない。仮にそうだとすれば、ＳＴＳもしくはＳＡＴ、あるいは両者の混成部隊による強行突入が間近に迫っていることを示している。

あれは二十年ぐらい前のことだったか。確か、北海道の函館《はこだて》空港で発生した全日空機のハイジャック事件のときには、そうしたことが起きた。

カネはないが暇だけはたっぷりある大学生だったから、事件を伝えるテレビの前に釘づけになっていた。未明だったと思うが、生中継映像が急にズーム・アップして操縦室にいるパイロットの動きしか伝えなくなった。その間、航空自衛隊の輸送機で密かに羽田《はねだ》空港から北海道の自衛隊駐屯地に空輸されたＳＡＴの前身に当たる警視庁の特殊部隊員らが、ジャンボ機の周囲に群がっていたのだ。

「外岡さんよ、今度はこっちがあんたの質問に答える番かもしれないな」

大きな溜息を吐くと、佐々木が言った。

見ると、佐々木の左手には、バラ色にところどころ白い縞模様が入った数珠のようなものが握られていた。

バラ色の人生の象徴。

幸運を呼ぶというアルゼンチン産ロードクロサイト、別名インカローズでつくられたブレスレットだ。

それは池永慎一から預かっているもの、即ち、君恵が死んでいた浴槽の底にばらばらになって沈んでいたものとよく似ていた。

ブレスレットをいじり回している佐々木は、ひどく疲れたような表情をしていた。

外岡は確信した。

佐々木は手づまりになっていることをよく理解している。自分がここから安全に脱出する術はないと思い始めている。彼の絶望感が二人を隔てる空間を伝わってくるのを、外岡は感じた。

少し間を置いて、佐々木が続けた。「〈なぜ？〉という質問に」

「お願いします」

おい、早くしゃべれ。

「おれは二人の人間を殺してしまったんだ」

遠い目をしながら、佐々木が話し始めた。「……あんたの部下と制服のおまわりのことを言ってるんじゃないぞ」

「あなたは以前、二人の人間を殺してしまった。そういう意味ですね？」

「ああ」

外岡は、胸の内で快哉《かいさい》を叫んだ。

佐々木はたった今、池永夫妻を殺害したことを告白したのだ。

取調室の椅子に坐らせた被疑者に対するように質問を連発し、犯行の動機や具体的な殺害方法等をつめたいという衝動を、外岡は、かろうじて抑えた。

おい、早く続けろ。

何秒間か沈黙した後、佐々木がぽつりとつぶやいた。「睡眠薬で眠らせてな……」

これは、君恵をそうやって浴槽に沈めたということを言っているのに違いない。おそらく、彼女が席を立った隙に飲みものに薬を入れたのだろう。

いや、ちょっと待てよ。

あらかじめ睡眠薬を用意して君恵の元を訪ねたとすると、佐々木は最初から彼女を殺そうと考えていたことになる。佐々木は母親のような愛情で自分に接してくれた優しい性格の君恵に幸彦を死なせてしまったことを告白して許しを乞おうとしたのではないか——という池永慎一が描いて見せたシナリオとは異なるが……。

そうだ。

もしかすると、君恵は、夫が佐々木の手で殺されたのではないかと疑いを持ち始めたのかもしれない。そのことを本人に直接問いただそうとして、彼女は、佐々木のことを自宅に呼び出した。

それが真相だったのではないか。

脳髄をフル回転させてそこまで三秒で考えると、外岡は、佐々木が幸彦には睡眠薬を使用しなかったことを確かめる必要があると思った。

そこで、さりげなくこう訊いた。「二人とも眠らせて?」

「いや、彼女だけだ。彼はそうする必要がなかった」

そのはずだ。

なぜなら、おまえは、おまえに殴られて意識が朦朧《もうろう》となった状態の幸彦をガレージの軽ワゴン車に運び、ニット帽をかぶせた幸彦の頭をフロントガラスに思いきりたたきつけたのだから。君恵のときとは違って、睡眠薬を使う必要などなかったのだ。

佐々木が語る内容に、こちらがつかんでいる事実から推測される犯行状況と矛盾する点は、今のところない。

その調子で、すべて自白しろ。全部吐き出してしまえ。

ところが、そこまでだった。

「だがな、あんなことになったのは、決しておれのせいなんかじゃない。みんな、周りのやつらが悪いんだ！」

顔を醜くゆがめた佐々木は、言葉をぺっと吐き捨てた。「いちばんひどいのは、あの重野《しげの》っていうサービス提供責任者のくそ野郎だ！　あの最低のくそ野郎、おれが苦労してつかんだ利用客を根こそぎ持っていってしまった！　……あいつのことを信頼していたのに。おれのことを裏切りやがって！」

佐々木は、左手の拳で床をガンとたたいた。

ふたたび口を開いたとき、佐々木は涙声になっていた。「それで、なにもかもうまくいかなくなった。雪だるま式に借金の額が膨れ上がって……あとは転落の一途だった。まるで坂を転げ落ちるように。よくそんな言葉を耳にするが、他人事だと思っていた。まさか自分がそうなるなんて夢にも……」

佐々木は、自分に向かってぶつぶつと語り続けた。

それはまるで、ケイト・ブランシェットが落ちぶれたセレブの女性を演じてアカデミー主演女優賞を獲得した映画『ブルージャスミン』のラストシーンを見ているようだった。

その間、外岡は、佐々木を制圧する機会を窺った。けれども三メートルほど距離がある上、スミス&ウェッソンの銃口がずっとこちらに向けられていたため、果たせなかった。

数分後、佐々木は、ようやくわれに返った。醜態をさらしたことを恥じているのだろう。ほんの一瞬、特徴のない凡庸《ぼんよう》な顔に自嘲《じちょう》の笑みを浮かべると、佐々木は外岡に憎しみのこもった眼差しを向けた。人は自分が隠したいと思っている素顔を知られた相手に対し、本能的に憎悪を抱くものだ。

そうやってタフガイの仮面を装着し直した佐々木は、鋭い声で店長に指示して、天井の窪みに取りつけられた小さなLEDライトをひとつ点灯させた。

壁のスイッチを押した後、店長が佐々木に哀訴の眼差しを向けた。「トイレに行かせてくれませんか。ひどく気分が悪いんです」

「だめだ」

「お願いです。今にも吐きそうで……」

嘔吐物をそこらにぶちまけられるのはかなわない。そう思ったのか、佐々木はちっと舌を鳴らした。「仕方ないな。行け」

店長はよろけるような足取りで奥のトイレに向かった。

「ドアは開けたままにしてやれ」

佐々木が命じた。

やがて奥から、胃液を便器に絞り出している不快な音が聞こえてきた。

しばらくして、今度はなにか重たい物体が落ちたような音がした。

外岡には見えなかったが、トイレから出たところで、精神的・肉体的に限界を超えていた店長が両膝を折り、床に倒れ込んでしまったのだ。

「おい、大丈夫か？」

佐々木が立ち上がった。

その顔は奥に向けられており、右手の拳銃は下を向いている。

外岡は音を立てずに椅子から立ち上がり、背後から佐々木に飛びかかった。

外岡と佐々木は、もつれ合ったまま床に倒れた。

外岡は拳銃を握った相手の手首をつかみ、それを何度も床に激しくたたきつけた。

「うーっ！」

佐々木は苦痛の声を上げたが、拳銃は彼の手から離れない。

俯せの姿勢で組み伏せられた佐々木は、右手首を反り返して銃口を背後の刑事に向けようとしている。

引き金が立て続けに引かれた。

レンコン形をしたシリンダーが回転して、ハンマーが三度、38口径スペシャル弾の雷管をたたいた。

乾いた銃声が連続して響き渡った。

三発の銃弾はいずれもあさっての方向に飛び、店内の壁に突き刺さった。

残るは一発。

次の瞬間、窓ガラスが割れる音がして、黒っぽい物体が店の中に投げ込まれた。

殺虫剤のスプレー缶のような形状をしたその物体は床で一度はね上がり、カウンター内に転がった。

二秒後、まばゆい光がそれほど広くない空間を満たし、耳をつんざく爆発音が店内の三人に容赦なく襲いかかった。

ハイジャック等、人質を取って航空機内や建物内に立てこもったテロリストを無力化するための非致死性特殊兵器として開発されたスタン・グレネード（閃光音響手榴弾）の威力はすさまじかった。

百万カンデラを超す閃光と百八十デシベルの大音響の衝撃をまともに喰らった外岡と佐々木の身体は瞬時に離れ、両人とも床に倒れたままほとんど動くことができずにいた。パニックと見当識失調に陥っているのだ。

キーンという激しい耳鳴りで聴力は一時的に完全に失われており、視界もひどくぼやけてぐらぐら揺れていたが、外岡は、懸命に佐々木の姿を求めた。

なんとか首をねじ曲げて、左に視線を向けた。

すると、二メートルほど離れたところに佐々木を認めた。

右手には依然として拳銃が握られている。

その手がゆっくりと動いて、短銃身リヴォルヴァーの銃口が佐々木の右側頭部に押しつけられた。

親指の腹がハンマーを引き起こす。

やめろ！

大声で叫んだつもりだったが、その声は外岡自身の耳にも届かなかった。

銃声も聞こえなかった。

けれども、拳銃を握った手ががくりと床に落ち、酒樽の栓を抜いたように頭から真っ赤な血が流れ出したのを目にして、外岡は悟った。

佐々木は自分の人生に決着をつけたのだ。

視線をめぐらせた。

防弾ヘルメットやボディ・アーマーで身を固めた連中が、ガラスの割られた窓から入ってくるのが見えた。

ＳＴＳだかＳＡＴだか知らないが、おのおのＭＰ５サブマシンガンや口径９ミリの大型セミ・オートマティックといった攻撃用火器を手にした彼らの大げさな姿はどこか滑稽で芝居がかっており、外岡は〈軍事オタクの戦争ごっこか〉とつぶやいてはみたものの、その声もまた彼の耳には達しなかった。


ごく短い時間、意識を失っていたらしい。

肩を激しく揺さぶられる感覚がした。

鉛のように重たい瞼を開けた。

前山美佳の顔がわずか数センチ先にあった。

目鼻立ちが整った小さな顔は今にも泣きだしそうな表情をしており、大きく口を開けて「外岡さん！　外岡さん！」と繰り返し呼んでいる。

「そんな悲しい目で見るなよ」

片側の口角を無理して持ち上げると、外岡はしわがれた声を出した。「おれはまだ、死んじゃいないんだからさ」

前山が、がばっと抱きついてきた。「ああ、よかった！」

小柄な巡査部長の思いの外に豊かな胸が身体に密着する。

そのまま何秒間かすぎたところで落ちつかない気分になり、外岡は言った。「少しだけ歳喰ったお嬢さん、そろそろ、おれのことを解放してくれないか。おかしな噂が立つと、お互いまずいだろ？」

「人のことを、さんざん心配させておいて！」

人目もはばからずに涙を流しながら、前山は、顔をくしゃくしゃにした。その声がくるりと裏返る。「なんて言いぐさなの！　もう、可愛くないんだから！」

「若宮はだめだったんだな？」

「だめだった！　佐々木を捕まえるために、身体を張る必要なんてどこにもなかったのに！

だってあの二人は――」

前山はそこで口をつぐんだ。

すっと目をそらすと、前山は身体を離した。

外岡は無言で立ち上がった。

店内は黒ずくめの忍者みたいな見てくれをした連中であふれ返っていた。

床に散乱した窓ガラスの破片をごつい靴でザクザクと踏みしめる音、豆粒大の黒いリップ・マイクに向かって「マル被（被疑者）の身柄は確保。人質二名は無事……」などと無線でどこかに報告している突入チームの指揮官のものらしい低い声は、大勢の隊員たちが発する叫び声でたちまちかき消される。

外岡は、佐々木安雄を見やった。

横浜市消防局のがっしりとした体格の救急隊員が馬乗りになって、佐々木をあの世からこの世に呼び戻そうと、懸命の蘇生措置を施している。おそらく、佐々木の肋骨は何本か折れているに違いない。

コックピット・タイプの透き通ったマスクが押しつけられている佐々木の顔は、静かに両眼を閉じている。

彼の身体からは、既に魂が抜け出ている。

外岡には、そのことが分かった。


ドアの外は赤色灯の乱舞だった。

軽重には多少の違いはあるものの、それぞれ自分が果たすべき任務を担った多数の人間たちが、走り回っていた。

しばらくの間、それらの光景をまるでひとりの傍観者のような目で見ながら、外岡は、自分が極めて危機的状況から幸運にも生還したのだということを、ようやく実感した。

人垣の中から、深沢刑事部長が進み出た。

外岡の左腕を静かにたたくと、深沢は言った。「ご苦労だった。大丈夫か?」

「なんとか」

短く答えたところで、初めて右手に鈍い痛みを感じた。

見ると、その手は早くも赤黒く腫れ上がっている。佐々木と格闘した際、打撲傷を負ったのに違いない。

「数発の銃声――」深沢が言った。「あれは?」

「佐々木が隙を見せたので、制圧を試みました」

まだ少し上の空のまま、外岡は刑事部長の質問に答えた。「もみ合いになり、やつは何発か――正確には三発、銃を発砲した。すると、強行突入が始まり、もはやこれまでと思ったのか。佐々木は自分の頭を撃ち抜きました」

「うん」深沢は目を細めた。

外岡と深沢のすぐそばを、両脇を捜査員に支えられた店長が通りすぎていった。店長は外岡に顔を向けると、なにかもごもごと感謝の言葉らしいものを口にしたが、その声は不明瞭でよく聞き取れなかった。

外岡は、靴先に視線を落とした。「若宮巡査を、将来のある若者を、死なせてしまいました……」

それまでほとんど鈍麻していた感情が一気に沸点に到達して、口から噴出した。「わたしがそばについていたにもかかわらず……申しわけが立ちません!」

嗚咽を漏らした外岡の左右の肩に両手を載せると、刑事部長が言った。「いいか、若宮のことで、絶対に自分を責めるんじゃない。あれは、どうすることもできない不可抗力だったんだ」

「しかし、刑事部長――」

「もう、なにも言うな」

背後から、数人の声がした。

振り返って見た。

ストレッチャーに載せられた佐々木が、店舗の中から運び出されてくるところだった。

佐々木の身体が救急隊員らの手で、慌ただしく救急車の後部スペースに乗せられる。

もはや、救命措置は行われていない。

ただ、医師による死亡確認のためだけに病院へと搬送されるのだ。

歩道に佇んだ外岡は、救急車の赤いテイルライトが遠ざかっていくのを、なにがしかの感慨とともに見送った。

やがて、深沢が訊いてきた。「正式な供述調書は後で取らせてもらうが、今ここで話してくれ。佐々木は中でなにか言っていたか？」

「ああ……捜査員とのやり取りの中で佐々木が話していましたから、部長もご存じかと思いますが、昨日、警視庁の巡査から拳銃を強奪したことを認めました。これはわたしの想像ですが、借金まみれになって人生に絶望していた佐々木は、自殺するために銃を奪おうと考えたんだと思います。佐々木は、われわれのことを拳銃強奪犯を追っている警視庁の捜査員だと誤解した。その結果、いきなり若宮のことを……」

「うん。で、ほかには？」

「以前、警察官とは別の二人を殺した――。佐々木は、わたしに、そう話しました。若宮と警視庁の谷川巡査とは違う二人を殺したという意味です」

「そうか」

深沢は、首を大きく上下させた。「つまり、佐々木は、池永幸彦と君恵の二人を殺害したことを自供したんだな？」

「いえ、実を言いますと、そこまで具体的なものではありませんでした。けれども、わたしの耳にはそのように聞こえました」

「分かった。詳しい話は後にしよう」

外岡が手に負傷していることを認めたのだろう。刑事部長は話を切り上げた。「捜査車両で送らせるから、病院へ行って手当てをしてもらえ」

翌日から三日間、神奈川県警本部で事情聴取責めが続いた。

最初の二日間は岩崎課長ら県警捜査一課の幹部、三日目は県警に頭を下げて田園調布の特別捜査本部から出張って来た警視庁捜査一課の連中が相手だった。

佐々木安雄にひき逃げされた警視庁の谷川巡査は、横浜の事件から二日後に意識を取り戻した。全身打撲の重傷だが、その後、順調に回復しているという。

事件の翌日、朝井凜々子から携帯に電話があった。

テレビのニュースであなたの名前を見て、死ぬほど心配したわ。

そう言ってくれた彼女の声は涙声だった。

〈だって、わたしのところに佐々木安雄からメールが来たからこそ、あんなひどいことになってしまったんでしょう？　わたしという女がいなかったら、若い刑事さんが命を落とすこともなかったんでしょう？〉

外岡は、佐々木が自分に対して過去に二人の人物を殺害したことを認めたことを凜々子に話した。

池永幸彦、君恵の名前は伏せた。

〈その二人というのは、この間、稽古場でお会いした際、外岡さんが話していた人たちのことなの？〉

「佐々木は具体的な名前を口にしませんでしたが、それ以外の可能性はまず考えられません」外岡は言った。「つまり、朝井さんが捜査に協力してくれたおかげで、われわれは事実上、事件を解決することができたんです。それから、わたしの部下を殺したのは、佐々木安雄の絶望と狂気です。あなたとは一切、関係がありません。お願いですから、そのことでご自分を責めるのだけはやめてください」

そうやって語り聞かせると、ようやく凜々子は平静さを取り戻した。

彼女と数日後に食事をする約束をした。

〈ささやかな慰労会を開いて差し上げるわ〉凜々子は明るい声を出した。〈もちろん、わたしの奢《おご》りで〉

楽しみにしていますから、と言って電話を切った。

ふたたび彼女に会えるのだと思うと、心が騒いだ。

かつて、依子で満たされていた空間。

それが加速度的に凜々子で埋まりつつあった。

そのことで、また罪悪感を覚えた。


事情聴取は連日、朝から夜遅くまで続いた。

何度も同じことを繰り返し訊かれ、同じ話を何度も繰り返しているうちに、しまいには役者が舞台で暗記している台詞をしゃべっているような状態になった。

無論、警視庁に対しては、佐々木安雄が池永夫妻の不審死に関与した疑いがあることはおくびにも出さなかった。

けれども、外岡の聴取を担当した警視庁捜査一課殺人犯捜査六係の係長と主任の警部補は、まったく侮《あなど》れない連中だった。

「殉職した若宮巡査が街角で佐々木にバンをかけたのは、未解決殺人事件の関連だというお話でしたね」

ひととおり事情聴取が終わったところで、殺しの六係長を務める五十代半ばぐらいの警部が言った。

それまでの聴取で、警視庁の連中は紳士的態度を貫いていた。けれども、警視庁の威信をかけて必死に追っていた自分たちのホシを、よりによって神奈川県警の手によって奪われてしまったことに対する憎悪の感情が、両名の中で渦巻いていることは容易に想像できた。

「ええ」外岡は、しれっとした顔で首肯した。「ご存じだと思いますが、特命二係は〝コールド・ケース捜査班〟ですから」

「なるほど」おざなりに相槌を打つと、殺しの六係長は続けた。「で、関連というと、具体的には？」

「それ以上は、ちょっと……」

「うん」

殺しの六係長は、隣に坐っている主任に目配せした。

「これは、さる筋から耳に挟んだ話ですが――」

係長に促されて、四十代見当の警部補が口を開いた。「特命二係が追っていたのは殺人事件ではなく十数年前に起きた強殺事件のホシであり、これはと目星をつけていた男のＤＮＡ

型が事件現場に遺留されていたホシの体液のＤＮＡ型と一致しなかったとか」

いったいどこから、そんな話を？

ブン屋さんだ。

一瞬遅れて、そう思った。

どこからか――おそらく県警の上層部だろう――特命二係の捜査が頓挫したことをつかんだ横浜駐在の記者から、警視庁捜査一課担当の同僚に情報が流れた。そして、一課担のそいつは夜回りの際、神奈川県警のていたらくを肴《さかな》にして、この主任、あるいは六係の誰かと嗤《わら》い合いながら酒でも飲んだのではないか。

動揺が隠しきれず、顔に出てしまったのだろう。

六係の主任はにやりとした。それは、どこか獲物を前にした捕食動物を想起させる笑みだった。「どうやら、図星だったようですな」

「いえ、そんな……」

外岡は寸秒、口ごもった。それから、すぐに気を取り直して、こう言い繕った。「別の殺しのネタが、思いがけず飛び込んできたんです。ただ、それだけのこと。よくあることじゃありませんか」

少しも信じていないと言うように、主任はふんと鼻を鳴らした。

ひと呼吸置いて、主任は次のもっと大きな爆弾を投下した。「これもさる筋から耳に挟んだ話なんですが、外岡さん以下、特命二係の半数以上がこのところ、県警本部にぱったり姿を見せなくなっていたとか」

そこまで知られているとは！

ブン屋さんではない。

連中は、神奈川県警内部に情報源を持っているのだ。

それ以外には、考えられない。

もはや沈黙を通すしかなかった。両手をぎゅっと握り合わせると、外岡は、机の天板に視線を落とした。

「うちとしては、あんたの話を額面どおり受け止めるわけにはいかないんだ。ここらで、ほんとのことを話してくださいよ」

数十センチ先から、殺しの六係長の声がした。「あんたらは、その名のとおり少数で特命捜査に従事していた。なにか極めて重大な強行犯事件の容疑者、あるいは重要参考人として佐々木安雄のことを追っていたんだ。そして、佐々木の居場所をつかんだのは、間違いなく携帯電話の電波からだ。違いますか？」

外岡はなにも答えなかった。

県警内部にいる連中の情報源は、おれたちがどんな事件で佐々木のことを追っていたかまでは知る立場にない人物だ。

そのことが分かり、外岡は内心、安堵していた。

六係の主任が、机の天板に一発ガンと喰らわせた。「おい、正直に話せ！」

外岡は反応しなかった。

主任はこれみよがしに音を立てて舌打ちした。「係長、こいつ、どうやら貝になっちまったようです」

「頼むから、顔を上げてくれないか」

しばらくして、殺しの六係長が有無を言わさない口調で言った。

外岡は警視庁の警部に視線を向けた。

「そうやってだんまりを決め込むのはあんたの勝手だが、この場で、ひとつだけ言っておくからな」

外岡の目を覗き込むと、殺しの六係長がひどくおっかない声を出した。「警視庁を虚仮《こけ》にするようなまねをしたら、絶対に許さないぞ」


翌朝、さすがに心身ともに疲弊したので半日休みをくれと折坂係長に電話を入れた外岡は、横浜市西区にある市立中央図書館に足を運んだ。

過去と現在はつながっている。

人は決して過去から逃れることはできない。

三十九年前の大罪がI・Yとその妻Kの死を招いたのだ。

そして、二人は二十四年前にも罪を犯している。


匿名の手紙が意味するところ、即ち池永夫妻が長女の連れ去り事件に関与していたことを窺わせるヒントのようなものがひとつぐらい得られないかと思い、一九七六（昭和五十一）年十二月の全国紙各紙の縮刷版を閲覧室の机に積み上げた。

県警は当初、女児や両親の氏名を公表していなかったが、事件から二日後にそれらを公表していた。ひたすらページをめくり、各紙の記事を目を皿のようにして見ていったが、そんな記事はひとつも見つからなかった。

その代わり、非常に興味深い一連の記事を発見した。

池永夫妻の長女咲子が消えてしまった二日前の十二月一日、鳥取県でも女の赤ん坊がさらわれていたのである。

十二月二日付の朝刊社会面左肩に掲載された四段組の記事。

新生児室の女児不明
誘拐容疑で捜査

鳥取・米子《よなご》の病院

一日午後七時すぎ、鳥取県米子市両三柳《りょうみつやなぎ》の和陽病院（野口秀子《の ぐちひで こ》院長）から「新生児室から、生まれたばかりの女児がいなくなった」と一一〇番通報があった。女児は同市内に住む会社員下山努《しもやまつとむ》さん（三四）、良子《りょう こ》さん（二九）夫妻の長女。この日午前九時十二分に生まれたばかりで、白いベビー服を着てバスタオルにくるまれていた。鳥取県警は未成年者略取・誘拐容疑で、県内や近隣県に緊急配備を敷いて女児の行方を捜している。

県警の調べによると、病院は五階建てで新生児室は二階にあり、この日は女児を含めて五人（男児三人、女児二人）がいた。午後六時二十分ごろに看護婦が覗いたところ、女児がいなかったという。同六時ごろには別の新生児の母親が同室で五人の姿を確認しており、女児はこの二十分程度の間に何者かの手で連れ去られたとみられる。

県警によると、女児は白地に黒っぽいV字マークが多数あるベビー服を着ており、青色のバスタオルでくるまれていたという。タオルには「二階」と記されていた。また、女児の右足の裏には「下山」と、左足裏には「良子」と、それぞれ油性の黒色のフェルトペンで書かれてあった。

下山さんは「子どもが連れ去られるような心当たりは、まったくない。なぜこんなことになったのか分からない」と話しているという。

十二月二日付夕刊、別の全国紙の続報。

無施錠2時間連れ去られる
夕食時、看護婦の目届かず？
米子の新生児不明

鳥取県米子市両三柳の和陽病院（野口秀子院長）で一日、同市内に住む会社員下山努さん（三四）、良子さん（二九）夫妻の生まれたばかりの長女が何者かに連れ去られた事件で、赤ちゃんは病院二階の新生児室が無施錠になった二時間足らずの間に連れ去られていたことが、鳥取県警捜査一課と米子署の調べで分かった。県警は未成年者略取・誘拐事件と断定、米子署に捜査本部を設置して県内外で女児の行方を捜している。
これまでの捜査本部の調べでは、女児は同病院二階にある新生児室でほかの四人の新生児と一緒にベッドに寝かされていた。一日午後四時半ごろには、定時巡回で看護婦が五人ともそろっているのを確認しているが、午後六時二十分ごろになって看護婦が女児がいなくなっていることに気づいたという。県警は、この二時間弱の間に何者かが新生児室に侵入、女児を連れ去ったとみている。

新生児室に入るためには、隣接する靴脱ぎ場か授乳室を通らないと入れない構造で、普段はいずれのドアも施錠されている。母親が授乳室などに出入りする際には看護婦に鍵を開閉してもらうが、看護婦が女児がいなくなっていることに気づいたときには靴脱ぎ場も授乳室も無施錠の状態だったという。

新生児室の廊下に面した窓は普段はカーテンが開けられているが、連れ去りが起きたと思われる時間帯は閉められていた。

病院関係者によると、一日午後四時半からは、それまで十人前後いた看護婦が三人態勢になっていた。さらに、女児がいなくなっているのが確認された午後六時二十分前後は、入院患者に出した夕食の後始末などの作業で忙しく、新生児の面倒を見る看護態勢が手薄になっていたという。

県警は女児を連れ去った犯人がこうした病院の管理態勢を知っていた可能性があるとみて、不審人物の割り出しを進めている。

この記事では、一日午後六時ごろに別の赤ん坊の母親が新生児室で連れ去られた女児の姿を見たという、別の新聞に書かれていたくだりがすっぽり抜けているが、どちらかの新聞の記事が正確さを欠いているのだろう。

よくあることだ、と外岡は思った。

さらに、各紙の縮刷版のページをめくった。

女児の行方は不明なまま、事件から四日後、事態は急展開した。

以前、身代金を奪おうとして仙台市内の病院から生後間もない赤ん坊を連れ去ったとして逮捕・起訴され、刑務所で服役したことのある男が、鳥取県内の山林で自殺しているのが見つかったのである。

男の自死を伝える記事は無論、六日付全国紙の朝刊には掲載されなかった。自殺など日常茶飯の出来事であり、通常は報道の対象ではないからだ。

けれども、男の素性が明らかになり、男が残した言葉等の情報が鳥取県警からもっとも利用価値の高いと思われる新聞記者にリークされた結果、この事案がにわかに脚光を浴びることになったのだろう。

十二月七日付全国紙夕刊の社会面トップに、白抜きの大見出しで次のような特報記事が掲載されていた。

「彼女に死なれてしまった」
乳児略取前歴の男性
遺書残し排ガス自殺
米子の事件との関連捜査

鳥取・大山《だいせん》近くの山林

五日午後四時五十分ごろ、鳥取県伯耆町《ほうきちょう》の山林で、同県米子市内に住む建設作業員の男性（五七）が、エンジンがかかったままの軽乗用車の中で死亡しているのを通りかかった人が見つけ、一一〇番通報した。車内には排ガスが引き込まれており、鳥取県警は男性が自殺したものとみている。

男性は十三年前に身代金を奪う目的で仙台市内の病院から生後間もない男児を連れ去ったとして、一審で実刑が確定、刑務所で服役した前歴がある。車内からは「彼女に死なれてしまった」といった遺書のような手書きのメモが見つかっていることから、県警は、一日に米子市内の和陽病院で起きた女児連れ去り事件との関連を慎重に調べている。

県警によると、男性は十三年前の一九六三年六月、仙台市の病院に侵入し生後十日の男児を連れ去り、院長に身代金六千万円を要求したとしてフィリピン人の妻らとともに逮捕・起訴され一審で懲役八年の実刑が確定、数年前に服役を終えて刑務所から出所した。その後、男性は知り合いが住む米子市内で建設作業員などをしていたという。

男性が死亡していたのは、米子市中心部から東に直線距離で約十三キロの大山のふもとに広がる山林。車は男性の自家用車で、林道の脇に駐車していた。

県警のこれまでの調べによると、車内にはボールペンの手書きで「彼女に死なれてしまった」「今度こそうまくやれると思っていたのに」などと書かれた遺書のようなメモが残されていたという。

メモの内容などから、県警は死亡した男性が一日、米子市内の和陽病院で発生した女児連れ去り事件に関与していた可能性もあるとみて、慎重に裏づけ捜査を進めている。県警は七日早朝から、百人態勢で男性が住んでいたアパートの部屋や車が見つかった現場周辺の山林などの捜索を開始した。

山林の捜索には警察犬も投入しているが、これまでのところ女児の行方につながる手がかりは得られていないという。

六三年六月二十一日に仙台市で起きた事件は、未明に男性が病院に侵入。「火事だ！」と叫んで産婦人科の病室でベッドに寝ていた母親のそばから生後十日の男児を奪って逃走した。その後、身代金六千万円を院長に要求する脅迫文が同市内の新聞販売所のガラス戸に貼られているのが見つかり、付近で目撃された不審車両から男性らが捜査線上に浮上。同月三十日、男性とフィリピン人の妻が逮捕された。宮城県警などの調べに対し、男性は「多額の借金を抱え生活に困っていた」と犯行を認め……

さらにページをめくる。

女児が発見されたという記事は見つからなかった。

翌年の縮刷版を借り出して、さらにページをめくった。

その後の捜査でも、鳥取県警は自殺した男を女児連れ去りの犯人と断定する証拠を発見することはできなかったようで、県警が被疑者死亡のまま鳥取地検に男の書類を送致したという記事も見つけることはできなかった。

一年後の紙面に、事件の特集記事が掲載されていた。

その時点でも、女児は見つかっていなかった。

つまり、事件は事実上、迷宮入りしたということだ。

黒い表紙がつけられた捜査報告書の綴《つづ》りは時間の経過とともに黄ばみ、保管棚のどこかで埃をかぶり、忘れ去られていったのに違いない。

長文の特集記事から推測すると、鳥取県警は自殺した男に的を絞って捜査を進め、ほかの可能性については目を向けなかったようだ。

捜査陣は、男の前歴と車内に残されていたメモ書きの内容に天高く舞い上がり、完全な視野狭窄《きようさく》状態に陥ってしまったのだ。

女児がその上で寝ていたシーツの臭いをかがせた警察犬の嗅覚に頼れば、男が山林のどこかに埋めた女児の死体は、容易に発見できるだろう。そんな先入観、結果からすれば非常に甘い先入観を持ってしまったのに違いない。

女児がさらわれた当日、和陽病院内で排ガス自殺した男によく似た人物が目撃されていた。

一九七六年十二月十日付の各紙の朝刊はそろってそのように報じていた。

それ以外、男と事件を直接結びつけるものは、なにもなかったというのに。

鳥取県警は、一課事件の捜査でもっとも避けなければならないことをやってしまった。地取り（現場周辺の聞き込み捜査）や関係者の聴取から得られた材料を複眼的な視点から検討してあらゆる可能性を排除せず、たとえ一パーセントでも可能性があればどんなに時間や労力がかかってもそれらをすべて地道につぶしていくという捜査の基本を怠ったのだ。

彼らが採用した手法は、最初からホシはこいつらに違いないと目星をつけるハム（公安）の連中と同じ捜査手法、即ち見込み捜査だった。

三十九年前のことだし、そもそも事件慣れしていない田舎県警に高度な要求をするのは無理なことだったのかもしれないが。

果たして、本当に自死した男の犯行だったのだろうか？

そんな疑問が、脳裡をよぎった。

この事件が、池永夫妻の長女がいなくなった事件と直接関連があるとは思えなかったが、その一方で、日付のあまりの近接になにか引っかかるものを感じた。

鳥取に誰かを派遣して、当時の経緯をよく知っている捜査関係者――おそらくとっくの昔に引退しているだろうが――に当たる必要がある。

外岡は、そう思った。

同日午後、野庭分庁舎の〝捜査本部〟。

「では、これまでに判明したことを伝える」

三名の部下が全員そろったところで、折坂係長が言った。「池永幸彦の軽ワゴン車に残されていた毛髪。科捜研で行われたＤＮＡ型鑑定の結果、そのうちの一本が佐々木安雄のものであることが分かった」

以前、警察官以外の二人の人間を殺してしまった。

人質立てこもり事件の現場で、佐々木が外岡にそのように語ったことは、もちろん、ここにいるみんなが知っている。従って、外岡以外のほかの誰からも――といっても前山美佳と山中智宏のたった二名しかいなかったが――驚きの声は出なかった。

若宮憲一警部補――死後、二階級特進したのだ――が坐ることの多かった机の上には、花瓶に活けられた白百合が数本飾られていた。


横浜市内にある実家近くの斎場で営まれた若宮の通夜と葬儀には、いずれも事情聴取の席を抜け出して短い間だけ参列した。殉職した職員に最大限の敬意を込めて警察学校で執り行われる神奈川県警葬は、一ヵ月ぐらい先になるという話だった。

通夜の席で、折坂係長は若宮の兄から折り入って話があると耳打ちされ、二人で斎場の外に出た。

煙草に火をつけた兄は、弟が生前、自分に打ち明けたという話を折坂に語った。

十七年前に小田原市内で老夫婦が殺害され、金品が奪われた未解決強殺事件の捜査で、特命二係がホンボシと睨んだ男が喫った煙草の喫い殻を入手したのは、若宮だった。喫い殻に付着していた唾液のDNA型が犯行現場に残されていた犯人の遺留体液のそれと一致せず、捜査は頓挫《とんざ》してしまったのだが、兄が語ったところによると、若宮が居酒屋で回収した喫い殻は行確対象が喫ったものではなかったかもしれないということだった。

若宮は兄に次のように話したという。

単独で男を行確中、長い間我慢していた酒を飲みたいという欲求がどうにもこうにも抑えられなくなり、居酒屋のカウンターで生ビールを中ジョッキで三杯立て続けに飲んだ。しばらくして、普段は煙草を喫わない行確対象の男が一緒に酒を飲んでいた男に煙草を一本ねだった。これはチャンス到来だと思ったのもつかの間、ビールの利尿作用で尿意を我慢できなくなり、トイレに駆け込んだ。手も洗わずにフロアに戻ってきたときには、行確対象の男は連れと一緒に店から消えていた。男が坐っていた席の近くに置かれていた灰皿の中を見たところ、そこには喫い殻が一本しかなかった。そこで、これに間違いないだろうと思って回収したのだが、ひょっとすると、連れの男が喫ったものだったのかもしれない。

若宮の兄は、折坂に言った。「弟は『今さら、上司にそんなことは言えるわけがない』と、ずいぶん悩んでいました」

　これを受けて、現在、特命二係の捜査員二名がホンボシとみられる男のDNAを入手すべく、ふたたび男の行確に入っている。


　そうしたことを思い出しながら花瓶の白百合に目を向けてから、外岡が続けた。「しかし、わたしの記憶が正しければ、幸彦はあの軽ワゴンを六年ぐらい使っていたんですよ。佐々木の毛髪が車内に残されたのは昨年一月二十四日ではなく、もっと以前のことだったということも十分に考えられる。なぜなら、少なくともＡＪリンクスの経営が傾く前は、幸彦と佐々木は良好な関係を保っていたんですから。幸彦が親戚である佐々木を車に乗せた可能性は、いくらでもあると思います」

「そのとおりだな」

　折坂が同意の印に首を縦に振った。「けれども、上層部はそのことはあまり気にかけていない」

　間を置かずに、前山が訊いた。「佐々木安雄が持っていた、あのインカローズのブレスレットは？」

　折坂が答えた。「池永君恵が死んでいた浴槽の底から見つかったものと同型・同色の品であると判明した」

山中巡査部長が言った。「だとしても、佐々木が君恵を殺害した犯人だということを裏づける証拠にはなりませんね」

「サンタ・エビータで売られていた商品というだけのことですものね」前山が後を引き取った。「サンタ・エビータで同じものを買った佐々木以外の誰かが、その場にいたのかもしれない。あるいは、君恵自身が腕にしていたっていう可能性も決してゼロじゃないわ。外岡さんが息子の慎一から聞いた話によると、彼女は夫の店で売られていたアクセサリーを身につけることがあったということでしたから」

「うん」折坂は、右手の指先から小さな甘皮を引っ張ってはがした。「そのとおりだが、上の人たちはそのことについてもあまり気にかけていない」

係長の口から漏れた一連の言葉を聞いて、外岡は、県警の上層部がどんなことを考えているのかを悟った。

もはや佐々木の口から直接供述を得ることが不可能になってしまった以上、今後どれほど裏づけ捜査を進めたところで、池永夫妻の死に彼が関与していたことを立証することはできないだろう。夫妻の死に関して言えば、佐々木を被疑者死亡のまま横浜地検に書類送致できる可能性は限りなくゼロに近い。

池永幸彦と君恵の死体は既に骨と灰と化し、壺に収められて墓石の下に静かに眠っている。佐々木はおれに対し、君恵に睡眠薬を飲ませて眠らせた上で風呂に沈めたことを示唆するような供述をしたが、そうしたことが実際にあったのか——あるいはなかったのかを科学的に証明する術は、もはやない。

そうであるのならば、いかにも佐々木が池永夫妻を殺害した犯人であるかのように印象づけるだけでいい。

二人が殺害された疑いがあることを県警記者クラブに加盟する各社の記者たちにさりげなく漏らした上で、佐々木が幸彦との間に深刻な金銭トラブルを抱えていたことや佐々木の毛髪が幸彦の軽ワゴン車の中から出てきたこと、佐々木が以前、腕にしていたのが確認されているブレスレットと同じ型、色柄のものが君恵の死亡していた浴槽から発見されていた——といったいくつかの状況証拠を、県警サイドの隠された意図があまり露骨にならないように小出しにリークしていけばいいのだ。

佐々木から反論される恐れはない。

弁護士が騒ぎ立てることもない。

不十分な証拠だけで連続殺人事件の犯人と決めつける相手は、神奈川県警の刑事を冷酷に射殺したほか、警視庁の巡査に瀕死の重傷を負わせて拳銃を強奪した凶悪犯なのだ。マスメディアは県警から投げ与えられた餌に喜々として飛びつき、大々的に報道してくれることだろう。

新聞各紙の社会面には大見出しが躍り、テレビのキー局は連日、屋根にお碗形をしたパラボラアンテナを載っけた中継車を繰り出して、東京から来た、見てくれのいいキャスターが県警本部前から事件を伝えるはずだ。

〈今後の捜査の行方を慎重に見守る必要がありますが、神奈川県警は埋もれていた過去の連続殺人事件にあとほんの一歩のところまで迫りつつあったのかもしれません！〉〈事件を闇の中から掘り起こして捜査をリードしたのは、横浜で起きた事件で人質となり、銃を手にした凶悪犯と果敢に格闘した捜査一課の刑事でした！〉

そうした神奈川県警の活躍を伝える報道が最高潮に達したタイミングを見計らって、池永幸彦の変死事案をめぐる保土ケ谷署のとんでもない不祥事を公表し、署長ら関係者の処分を行う。そうすれば、県警の威信低下は最小限に抑えられる——。

実に巧みなダメージ・コントロール戦略である。

そこには、モラルという言葉が欠如している。

それが問題だが。

そこまで三十秒で考えると、外岡は折坂に顔を向けた。「わたしはマスメディアに追っかけられるのですか？」

「全国の人々から注目される存在になる」白髪交じりの髪を片手で梳きながら、折坂が答えた。「それは間違いないだろうな」

短く唸り声を発してから、外岡は質問した。「深沢刑事部長が考えたことですか？」

「ご明察」

「……それで、上層部はいつごろから、マスメディアに対する働きかけを開始するつもりなんでしょうか？」

「佐々木が引き起こした二つの事件。それらに対する世間の興奮が少し収まってからだろう」折坂が答えた。「ブン屋さんたちがネタ切れになってきたころを狙う。そのほうが効果的だからな」

「一週間ぐらい先？」

「いいところじゃないか」

「……ところで、佐々木の家族についてはなにか？　彼には奥さんとまだ小さい息子がひとりいたはずですが」

「二人の行方については、なにも分かっていません」

即座に、前山が答えた。「東京の大田区で事件を起こした前日、佐々木が新橋《しんばし》のビジネスホテルに宿泊していたことは判明しましたが、彼ひとりだったそうです」

「奥さんは佐々木に愛想を尽かし、息子を連れて彼の元を去ったのではないでしょうか」と山中。「ちなみに、奥さんの名前は美貴子《みきこ》、息子は潔《きよし》といいます」

「奥さんの実家は？」

「宮城の気仙沼《けせんぬま》にありましたが、あの震災で……」

「両親とも？」

「ええ」山中が答えた。「それに、一緒に住んでいた弟も犠牲になりました」

「つまり、奥さんには身よりがない？」

山中が、家族思いの男らしい口調で答えた。「痛ましいことです」

〝捜査本部〟に沈黙が降りた。

しばらくして、外岡は上着の内ポケットから茶色い封筒を取り出した。「実は、数日前、わたしの元にこんな匿名の手紙が届きました。横浜市内で投函されたものです。各自、目を通してください」

折坂係長、山中、前山の順番に手紙が回された。

一分後、全員が黙読を終えた。

誰もなにも言わなかった。

外岡は三人の顔を順繰りに見た。

池永夫妻の不審死に関する捜査が行われていることや外岡が捜査を担当していることを知る人間は、ごく少数しかいない。

手紙の意味するところをすぐさま理解したどの顔にも、〈おれじゃないからな〉〈わたしじゃありません〉という表情が浮かんでいた。

この中の誰が手紙の主だったのか。

三人の顔からは、判断することはできなかった。

もちろん、今は亡き若宮憲一だったという可能性、あるいは上の連中の誰かという可能性も考えられるが――。

「ちょっと、独りで調べてみました」

疑心暗鬼に取り憑かれた上司・部下――彼らは自分の隣にいる、これまで自分がよく知っていると思い込んでいた人間が、実はまったく知らない人間だったのかもしれないと考え始めているに違いない。もしかすると、三人の中のひとりは、ただ巧みな演技をしているだけなのかもしれないが――が互いにちらちらと相手に気づかれぬように視線を向ける様子をことさら無視して、外岡が口を開いた。

「手紙に書かれている〈I・Y〉は池永幸彦、〈K〉は池永君恵を示していることは言うまでもありません。そこで、池永慎一から話を聴いた後に図書館に足を運んで新聞の縮刷版をめくってみました。すると、三十九年前の昭和五十一年、即ち一九七六年の十二月三日に、池永夫妻の長女、生後間もない咲子という名前の長女が、何者かに連れ去られるという事件が起きていたことが分かりました。事件が発生したのは、横浜市内です」

折坂、山中、前山の三人が、同時に驚愕の声を漏らした。

かばんの中に入れていた、事件を報じる新聞記事のコピーを三人に渡した。

ふたたび、三人が黙読した。

やがてコピー用紙から顔を上げると、折坂が唸るようにして言った。「赤ん坊の連れ去り事件に両親である池永夫妻が関与していた。つまり、手紙を書いた匿名の人物は、そのことを示唆しているわけだな？」

外岡が答えた。「それ以外、考えられませんね」

「〈人は決して過去から逃れることはできない。〉〈三十九年前の大罪がＩ・Ｙとその妻Ｋの死を招いたのだ。〉――か。……夫妻が事件に関与したことが、二人が殺害された遠因、あるいは直接の原因となった。匿名の人物はそう言っているわけだ」

「ええ」

「もし仮にそうだとすると――」

そこで、前山が割って入った。「佐々木安雄が両名を殺害した犯人だという、われわれの見立ては誤りだった？」

「そういうことになるかな」

「わたし、ひどく混乱しています。頭の中が疑問符だらけです」

「おれも同じだよ」

「〈そして、二人は二十四年前にも罪を犯している。〉。この文言は、いったいなにを意味しているんだろう？」と折坂。

「まったく、分かりません」

「赤ん坊は、結局、見つからなかった？」

「ええ」

「うん……この事件、記憶にあるな。以前、どこかで耳にしたことがある……」

そこで折坂は、考えるような顔つきをした。

三十秒ほどして、折坂は、折り目が消えかけたスラックスの膝を平手でぽんとたたいた。

「そうだ、事件を捜査していた県警ＯＢをひとり知っている。所轄の刑事課でずいぶんと世話になった大先輩でな。もう七十代の半ばぐらいだが」

「その人と連絡が取れますか？」

「ああ。年賀状のやり取りをしているから、住所や電話番号はすぐに分かる。横須賀《よこすか》かそのあたりに住んでいるはずだ。今すぐ女房に電話して、確認するよ」

「もう少し待ってください」

「なぜ？」

「まだ話が終わっていないからです」

折坂は目を丸くした。「ほかにも、なにかあるのか？」

「ええ」外岡はうなずいた。「新聞の縮刷版と格闘しているうちに、非常に興味深い記事を見つけました」

「どんな記事だ？」

「池永夫妻の長女が行方不明になるわずか二日前、鳥取の米子でも生まれたばかりの女児が病院から連れ去られるという事件が起きていたんです」

「その子も、結局、見つからなかったのか？」

「そうです」

外岡は、かばんの中に入れていた、事件を報じる新聞記事のコピーを三人に渡した。

ふたたび、三人が黙読した。

それらを読み終えると、前山が外岡に問いかけた。「この事件は迷宮入りした。そういうことですね？」

「うん。鳥取県警は排ガス自殺した前歴者に最初から的を絞って、見込み捜査をしてしまったんだ。それ以外のことには、一切目を向けようとしなかった」

「強行犯事件の捜査で絶対やってはいけないこと。それをやってしまったのね」と前山。

「ばかな連中だわ」

普段は無口な山中が、的確な質問を投げてきた。「で、外岡さんはこの男が真犯人ではなかった可能性があると。そう思っているんですね？」

「ああ」

「地理的には横浜と鳥取とかなり離れているが、生後間もない女児の略取事件がわずか三日の間に二件発生していた――」

折坂が独白するように言った。「しかも、いずれのケースにおいても赤ん坊は見つからなかった。果たして、偶然なのだろうか？」

外岡が答えた。「二つの事件になにか関連があるのか。現時点でそれは分かりませんが、両方とも調べてみる必要があると思います」

「確かに、引っかかるな」と折坂。「分かった。横浜の事件は外岡と前山の二人で。鳥取の事件は山中に担当してもらおう」

「マスメディアを利用した〝死人に口なしキャンペーン〟。それをしばらく思いとどまるよう、上層部を説得してください」

「了解した。岩崎課長を通じて、刑事部長に伝える」折坂が言った。「だが、おそらく上の連中はそんなに長くは待ってくれないぞ」

「短期間で結果を出します」

第六章　ストールン・チャイルド

翌日、折坂係長のつてで神奈川県警ＯＢと面会することができた。

川端俊政《かわばたとしまさ》。七十五歳。

折坂の話によると、主に所轄の刑事畑を歩んだ男で、退職時の階級は警部補だった。現在は、ＪＲ横須賀線逗子《ずし》駅から路線バスで二十分ほどの場所にある閑静な住宅地に一戸建てを構えていた。

「昨日、久しぶりに電話で少し話しましたが、折坂君は元気そうでしたね」

外岡と前山が広さ十五畳ぐらいのリビングのソファに腰を落ちつけたところで、その川端が言った。

相手の都合に合わせたため、壁にかかった時計の針は既に午後二時を少し回っている。

外岡は、川端のことをさりげなく観察した。

干からびた枯れ木のように痩せているが、背筋がぴんと伸びた、かくしゃくとした老人で、実年齢より五歳は若く見える。黒縁眼鏡の奥からこちらを見つめる眼光は鋭く、いまだに刑事の匂いを周囲の空間に発散している。そんな人物だった。

「ええ」ひと呼吸置いて、外岡は首肯した。「ご存じかと思いますが、特命二係の係長として活躍されています」

川端は、コーヒー・テーブル上に並べた二人の刑事の名刺にあらためて目を落とした。

「特命二係。わたしが現役のころにはなかった部署ですね」

「数年前、捜査一課内に新設された部署でしてね」外岡が言った。「未解決の重要事件を専門的に追うセクションです」

「なるほど。それにしても、あの折坂君が捜査一課の係長ですか」

二人の刑事に先ほど妻が出した緑茶を勧めた後、川端は面白がるように笑った。開いた口から覗いた歯は年齢相応にやや黄ばんでいるが、すべて自前のようだった。

一瞬遅れて、川端は、顔前で右手を何度か振った。「いや、誤解しないでください。なにも彼がその器ではない、などと侮蔑《ぶべつ》的な意味で言っているわけではありませんから」

外岡は問いかけた。「折坂警部がまだ刑事になったばかりのころ、川端さんが所轄で指導役を務められたとか？」

「そうです」

川端は、外岡の背後の空間に視線を漂わせた。おそらく、そうやって昔のことを懐かしく思い出しているのだろう。やがて、彼はふたたび口を開いた。「直属の部下として日常的に彼と接しているあなた方もよくお分かりだと思いますが、折坂君は、人の気持ちがよく分かる優しい男でしてね。もちろん、それは彼の人間としての最大の美点なんだが、刑事としては、その優しさが欠点になるのではないかと、わたしは危惧しました。彼自身が貧しい家で育った苦労人だからなのでしょう。事件を起こした犯人に心の底から同情してしまうんですよ。貧困や不当な差別、親から適切な愛情を注がれることのなかった幼少期の家庭環境等々――そうしたものがこの犯罪者を生んでしまったのだ。この男が悪いんじゃない、社会が悪いんだ、といった具合に。差しで酒を飲み交わすと、折坂君はそうした話をわたしに熱く語ったものです。ときには、目に涙しながらね。わたしはそんな心の澄んだ彼のことが大好きでしたが、彼に対して、こんなふうに言いました。残念ながら君独りの力では、この不完全極まりない社会を改革することはできない。君は政治家ではなく、一介の刑事にすぎないんだ。犯罪者を憎まなくてもいい。けれども、彼らが犯した罪をもっと激しく憎め。犯罪者に思い入れしすぎてはいかん。ひたすら被害者の気持ちに思いをはせろ。そうしないと、君自身が底知れぬ深淵《しんえん》に呑み込まれてしまうことになるぞ――と」

そこまで川端が一気に語った話を耳にして、外岡は、いかにも折坂警部らしいエピソードだと思った。

場末の安酒場のカウンターで、口角泡を飛ばしながら、川端に喰ってかかる若き折坂の姿が目に浮かんだ。

その姿を想像すると、なんだか心が温かくなった。

けれども、今日ここに来た目的は三十九年前の事件について訊くためだった。そこで、本題に入った。

ここだけの話にしてください。そう前置きした上で、外岡は、池永幸彦と君恵が相次いで不審な死を遂げたこと、警視庁の警察官に瀕死の深傷を負わせて拳銃を奪った上、神奈川県警の刑事を射殺し、人質籠城事件を起こして自殺した佐々木安雄という男が池永夫妻の死に関与していた可能性が高いことを話した。

約十五分後、それまで外岡の説明を黙って聞いていた川端が、初めて訊いてきた。「それで、佐々木はあなたに対して二人を殺害したことを認めたんですか？」

「いえ、はっきりとは」

「しかし、それを示唆するようなことを供述した？」

「ええ」

「お話は分かりました」

外した遠近両用眼鏡のレンズをベージュ色のシリコン・クロスで拭きながら、川端が言った。「状況証拠からすると、その佐々木という男が、金銭トラブルから池永夫妻を殺害した疑いは十分あるように思えますね。けれども、幸彦と君恵の死体が骨と灰となってしまっている以上、DNA型鑑定などというわたしの現役時代には到底考えられなかった魔法のような捜査手法が登場している現在であっても、それを科学的に証明することはできないでしょう。被疑者死亡のまま、佐々木を検察に書類送致できる可能性は皆無。ということは、つまり、捜査終結ということじゃないですか」

川端はレンズを磨き上げた眼鏡をかけ、外岡に顔を向けた。「あなた方は、わたしにいったいなにを訊きたいんですか？　それが、まったく見えません。三十九年前に池永夫妻の生後間もない長女が乳母車ごといなくなった事件。折坂君からの電話では、そのことについてわたしから話を聴きたいということでしたが。あの事件のことは、もちろん、今でもよく憶えています。当時、わたしは所轄の戸部署で事件の捜査を直接担当していましたから。そう、一年以上にわたって……。ですが、今のお話を伺った限りでは、佐々木と女児連れ去り事件との間に関係があったとは少しも考えられません。そうであるのならば、今さら大昔の事件を蒸し返したところで、なにも意味がない。違いますか？」

「まったくお恥ずかしい話ですが、われわれはごく最近になって、女児連れ去り事件のことを知りましてね」

外岡は右手の指先で額を掻《か》いた。「それをどうしても調べておく必要があると考えたのには、理由があります」

そこで外岡は、かばんの中から取り出した茶色い封筒をコーヒー・テーブルのガラス天板上に滑らせた。「これは、数日前に、県警本部のわたし宛てに届いた匿名の手紙です。読んでみてください」

一分後、川端はコピー用紙から顔を上げた。「なるほど。この手紙をあなたに送りつけてきた、おそらく捜査関係者と思われる人物は、池永幸彦と君恵が長女の行方不明事件に関与——ああ、わたしはもう警察官ではありませんから、そんな婉曲《えんきょく》表現はやめましょう。彼らが犯人だった。要するに、そう言っているわけですね？」

川端の口調からは、手紙の記載にびっくりしている節が窺えなかった。

意外な反応だった。

「そうだと思いますが、川端さんは驚かれていないようですね？」

「ええ」川端はこともなげに答えた。「正直なところ、その指摘自体には驚いていません。ただ、三十九年前の事件が池永幸彦と君恵の死を招いたという記述に関しては、わたしはなんとも言いようがありません。わたしはそのことを判断する材料をなにひとつ持っていませんから」

そこで、川端は眼鏡の奥の目を細めた。「……しかし、もし仮にそうだとすると、佐々木安雄が犯人だというあなた方の見立ては根底から大きく揺らぐことになるわけですな」

「その指摘自体には驚かれていない——」

外岡は川端が語った後半部分を無視して言った。「つまり、池永夫妻には、なにか隠された、他人には言えないような事情があったということでしょうか？　……例えば、長女の出生に関して」

「あくまで、人づてに聞いた話ですよ」

少し間を置いて、外岡から目をそらした川端が答えた。「わたし自身が裏を取った話ではありません」

それ以上はなにも言わず、川端は口にくわえた煙草にライターで火をつけた。それから無言のまま、煙草を吹かした。

話したくない。

そう言っているのに等しい相手の様子を見て取り、外岡は、当たり障りのないところから始めることにした。

「新聞記事にざっと目を通した程度の予備知識しかないのですが、当時の状況についていくつか質問させてください」

「どうぞ」

右手の指に青みがかった煙を立ち昇らせている煙草を挟んだまま、川端が言った。「あなた方はそのために、ここへ来たんですから」

「基本的なことをお訊きします。事件が起きたのは、昭和五十一年十二月三日の午後零時半ごろ。それで、間違いありませんか？」

「間違いありません」

今度は、外岡に代わって、前山が質問した。「現場は現在では『ダイエー横浜西口店』と呼ばれている『横浜西口ショッパーズプラザ』本館の食料品売り場でした。昼すぎの時間帯、店内には大勢の買いもの客がいたと思われます。にもかかわらず、不審人物に関する目撃証言は得られなかったのですか？」

「だめでした」煙草をクリスタルの灰皿に押しつけて消すと、川端は女性巡査部長に視線を向けた。「多数の人間が、女児の乗った乳母車を押す犯人の姿を見ているはずなんですが。われわれは、店の関係者はもちろんのこと、食料品売り場を訪れた買いもの客に対する徹底した聞き込みをしました。そう……延べ人数にして千人以上。ですが、有力なモク（目撃情報）はひとつも得られませんでした。……想像するに、犯人は、小さな子どもがいるごく普通の母親、あるいはごく普通の父親に見えたんでしょうね。もしかすると、犯人は複数だったかもしれないが。いずれにしろ、乳母車を押す姿がごく普通の、日常の平凡な光景に見えるような人物だったんです。そうとしか思えません」

そこで、川端は手のひらを上向きにした両手を広げた。「そして、そんなものをいちいち記憶に留める人間はいません」

前山が同意した。「そうかもしれませんね」

「今の世の中のように、そこら中に防犯カメラが設置されていれば、あの事件はあっという間に解決していたんでしょうが」川端が言葉を続けた。「残念ながら、当時、防犯カメラなどというものは、ほとんどありませんでした」

「うん」

川端の説明はいささか肩に力が入りすぎているような印象を受けたが、外岡は一応納得してうなずいた。川端が話したことは、事件を伝える新聞記事を読んだ際に自分が考えたこととほとんど同じだったからだ。

そこで、会話がしばし途切れた。

「さてと、表向きの話はこのへんでやめにすることにしましょうか」

沈黙を破ったのは、川端だった。

喫煙者特有の痰《たん》が絡んだような咳をひとつしてから、彼は話し始めた。「わたしね、事件が発生した当日に同僚と四人で彼らの自宅を訪ねて、池永夫妻から話を聴いたんですよ。夫妻の様子――いや、どっちか片方の様子だったのかもしれないが、なにかが変だった。それで、刑事の直感が額の裏に黄色い信号を灯したんです」

川端は、先ほど答えるのを拒んだ質問に答える気になったのだ。

外岡はそのことを確信した。

やがて、少し遠い目をした川端が語を継いだ。「そのことは確かに憶えているんですが、なにが、わたしにそのように思わせたのか。もうずいぶんと昔の出来事ですから、今となっては、すぐにそれを思い出すことができません」

前山が言った。「例えば、娘がいなくなってしまったことに対して、池永夫妻がそれほど嘆き悲しんでいなかったとか？」

「いや、そんな分かりやすいことではありませんでした」

川端は苛立ったように首を振った。「君恵は居間のソファに突っ伏したまま、泣き通しでした。そんな妻のことを優しく抱きしめながら、幸彦が懸命に慰めていた。『咲は必ずこの家に戻ってくるから安心しろ』――と。そうした二人の姿に、われわれも思わずもらい泣きしたものでした」

外岡は、細かい状況について訊いてみることにした。

そうすることで、川端の脳裡に当時、目にした光景が昨日の出来事のように甦り、それがきっかけとなって記憶回復につながるかもしれないと考えたからだ。「母親に対する事情聴取は、どんな具合でした？　君恵からは、まともに話が聴けたんでしょうか？」

「ぽつり、ぽつりと」川端が答えた。「そんな感じでしたね。といっても、手早く食料品の買いものを済ませて乳母車を置いた場所に戻ったところ、それが消えていた。その程度の話しか聴けませんでしたが」

「何時ごろ、池永家へ行かれました？」

「……午後の遅い時刻だったと思います」

「夜までいたんですか？」

「もちろんです」

川端は首を上下させた。「身代金誘拐事件の可能性も捨てきれませんでしたから。結局、カネを要求する脅迫電話などなかったので、捜査一課の特殊犯捜査係が動きだすような事態にはなりませんでした。しかし、その可能性を考えて、その日のうちに池永家の電話機には録音装置を取りつけました」

「NTT……いや、電電公社に対して、逆探知は要請したんですか?」

「そこまではしませんでしたが、大きく構えて、早い段階である程度の態勢を取ったんです。で、われわれが一晩中、家族につき添って……ああ、そうだ、思い出した!」

川端が、唐突に叫んだ。

「なにか重要なことを?」

「ええ。夕飯のこと」

「夕飯のこと?」

外岡は訝しげな表情をした。

「君恵が、近所にある蕎麦屋に出前を注文したんです。われわれ捜査員の分まで含めて。天丼だったか、カツ丼だったか。そこまでは詳しくは憶えていませんが、いずれにしろそんなものを」

話がまるで見えなかった。

「そこのどこに、問題が？」

「出前の若者が丼ものを届けに来たときに見せた、君恵の態度ですよ！」

　川端が勢い込んだ口調で、ふたたび大きな声を出した。「君恵は、出前の若者に向かって財布から抜いた万札を一枚、差し出した。ところが、途端に困った顔をした若者は、そんな大きなお札を出されても釣りを持ち合わせていないと言った。すると、君恵が激しい口調で若者をなじり始めたんです。釣りを持ってくるのが出前の常識だろう、あんたは店主からいったいどんな教育を受けているんだ——とかなんとかね。さっきまで、娘のことを心配して、しくしく泣いていた母親がですよ。生後間もない娘が行方不明になっているというのに。普通なら、そんなどうでもいいことで本気になって怒ったりはしません」

　そのとおりだった。

「君恵のそうした姿を見て、わたしは直感的にこの事案にはなにか裏がありそうだと思いました」

「それで？」

「それで……当然のことながら、われわれは池永夫妻について調べ始めました」

「多数の人間がいたショッピングセンターで起きた事件にもかかわらず、目撃証言がなにも得られないこと。そのことにも不審の念を抱いた？」

「もちろん」

先ほど彼が口にしたこととは矛盾する言葉だったが、その真剣な表情を見れば、今のが川端の本音であることは明らかだった。

「そもそも、連れ去り事件などなかったのではないかと？」外岡はたたみかけた。「池永夫妻がでっち上げたものではなかったのかと？」

「おっしゃるとおり」

「池永夫妻の長女咲子は、アルゼンチンの首都ブエノスアイレスにある病院で生まれたんですよね」

前山が会話に割って入ってきた。「そのことは、確認できたんですか？」

「外務省の協力を得て、向こうの日本大使館に確認してもらいました」川端が答えた。「彼女がブエノスアイレスの病院で生まれたことは間違いありません」

「出生日をご記憶ですか？」

「いえ、そこまでは。……十一月中旬だったとしか」

一九七六年十一月――。当時、アルゼンチンはビデラ右派軍事政権の統治下に置かれていた。約三万人と推定される国民が〝行方不明者〟となった残虐極まりない左翼狩り、いわゆる「汚い戦争」のまっ最中だった。

つまり、当時のアルゼンチンは、なんでもありの国だったのだ。

そこでは、なにがあってもおかしくはない。

ひょっとすると、われわれが捜査している事件は佐々木安雄の死によって終息したわけではないのかもしれない。

事件は今後、思いもよらぬ方向へと展開するのかもしれない。

そんな、漠とした予感がした。

数秒後、外岡は列車を元のレールに引き戻した。「で、あなた方が池永夫妻の周辺を洗ったところ、なにか出てきたんでしょうか？」

「わたしが捜査を担当している間には、なにも」

「ということは、その後、なにか？」

「担当から外れた後も事件を執拗に追い続けていた、まるで猟犬のような刑事がいました」

川端が言った。「宮崎大祐《みやざきだいすけ》という男です」

刑事の名前が川端の口から発せられた途端、前山美佳が溜息を吐いた。

その姿をちらりと横目で見ながら、外岡が訊いた。「その宮崎という刑事は、なにを見つけたんですか？」

「先ほど申し上げたように、わたし自身がきちんと裏を取ったわけではありません。あくまで、宮崎から聞いた話にすぎません」

「宮崎さんは川端さんに対して、どんな話をされたんでしょうか？」なおも躊躇する相手に、外岡は強い口調で迫った。「われわれは殺人事件の捜査をしているのです。ぜひとも、それをお聞かせください」

「分かりました。すべて、お話ししましょう」

両手の指先を合わせて形成した三角形を見つめながら、川端が語り始めた。「大学を卒業した後、君恵はブエノスアイレスの大学でしばらくの間、日本語を教えていました。君恵がそうするに至った詳しい経緯までは憶えていませんが、彼女の親戚が向こうに住んでいたためだったという記憶があります。確か、アルゼンチン海軍の将校をしていたとか。……いずれにしろ、君恵は彼《か》の地で商社の駐在員をしていた幸彦と知り合い、結婚しました。もちろん、ご存じだと思いますが」

「ええ、そのことは知っています」

「その後、幸彦は商社を辞めて、会社を設立、横浜市内にアルゼンチンから輸入した衣料品や雑貨などを販売する店を開いた。そのことも、当然ご存じですね？」

「ええ」

「うん」川端は首を小さく上下させた。「そんなふうに、アルゼンチンと深いつながりがあったからでしょう。彼らはＪＥＴＲＯ（日本貿易振興機構）にも、かなりのコネがあった。おそらく、その関係からだったのだろうと思います。結婚後、数年してから、子どものいない君恵は当時、東京の新宿《しんじゅく》区にあったＪＥＴＲＯのアジア経済研究所で働き始めたんです。正規のルートで職員として採用されたわけではありませんでしたが。彼女は得意のスペイン語を生かして、研究員の助手的な仕事をしていたようです。具体的には、中南米の経済資料といったものを日本語に翻訳するというような業務です」

「君恵はいつごろまで、研究所に？」

「昭和五十一年の初めに辞めています」

池永幸彦と君恵は同じ年、つまり一九七六年の夏ごろ、一緒にアルゼンチンに渡航した。息子の慎一によると、それは商品の買いつけを兼ねた、夫婦で思い出の地を訪ねる感傷旅行のようなものだったという。

そして同年十一月半ば、数ヵ月滞在していたブエノスアイレスにある病院で、君恵は、咲子を出産したのだ。

君恵がアジア経済研究所を辞めたのは、長期間の海外旅行に出るためだったのでは。外岡はそんな想像をした。

何秒か間を置いて、外岡は本題に入るよう川端を促した。「なるほど。それで、宮崎さんから聞かれたという話というのは？」

「あれは、横浜の事件から十数年――正確にはもうすぐ丸十五年が経過するという十一月のことでした……」

新しい煙草に火をつけると、川端がまた遠い目をした。「もちろん、わたしは、戸部署から別の所轄に移っていました。県警本部の花形部署には決して上がれない万年警部補として、些細な事件を追う日々を送っていたんです。勇退した後は、どんな生活をしようか。そろそろ、そんなことを考え始めていた時期でもありました。……結局、咲子は見つからず、事件は事実上、迷宮入りしてしまいました。先ほど言いましたように、捜査の過程で池永夫妻の周辺もかなり洗いましたが、不審な点を見出《みいだ》すことはできなかった。わたしにとって、解決できなかったあの事件はただのほろ苦い昔の思い出のひとつにすぎないものになっていた。考えることもほとんどなくなっていました」

「ところが、いまだにそれを追っていた刑事がいたわけですね」

「そうです」川端はうなずいた。「そんなある日のこと、宮崎大祐から電話がありました。至急、どこかで会いたい。そんな電話でした」

「で、実際、会われた?」

「横浜市内の居酒屋で会いました」

川端は煙草を二度三度と深く喫い、灰の伸びた喫いさしを灰皿でにじり消した。それから、外岡に顔を向けた。「宮崎と会うのは久しぶりでした。目がぎらぎらしていて、なんだか熱に浮かされているみたいで……。生ビールのジョッキを一気に空けると、宮崎は、先輩、とんでもないことが分かった、と言いました」

ふたたび隣を一瞥《いちべつ》したところ、前山美佳がコーヒー・テーブルの天板に暗い視線を落としていた。

手帳にメモを取る手が、すっかり止まっている。

外岡は意識を川端の話に戻した。「とんでもないこと、とは?」

「アジア経済研究所で中南米担当をしている上級研究者が一年半ぐらい前に警察に逮捕された。そういう話でした」

「容疑は?」

「強姦です」川端が答えた。「男の名前は平沼《ひらぬま》……だったと思います。当時の年齢は五十歳ぐらい。宮崎が調べたところ、平沼はかなり余罪がありそうだということが分かった。そこで、宮崎が休みをすべてつぶして古株の職員やOBらに当たったところ、池永君恵も被害者のひとりだったという確度の高い証言が得られたんです」

「本当ですか?」外岡は瞠目した。

「ええ。夜遅くまで残業させられていた君恵が、平沼の研究室から飛び出してきたのを目撃した職員がいたんです。その職員の話によると、君恵は靴を履いておらず、破れたブラウスの胸元を両手で押さえていたそうです。君恵は、廊下を通りかかった職員の前で一瞬、立ち止まった。髪はぼさぼさに乱れ、頬には殴られたようなあざがあった。放心したような表情をしており、ひと声、喉の奥から嗚咽のようなものを漏らすと、君恵はよろけるようにして歩み去っていったということです」

今の話で、川端が当初、話すことをためらったわけがようやく分かった。伝聞情報だけで既に故人となっている女性の尊厳を傷つけるような話をすることに、彼は罪悪感、あるいはそれに近いものを覚えたのだろう。

少し間を置いて、外岡が言った。「そんな君恵の姿を目にしたにもかかわらず、その職員は、例えば上司に報告するといった行動を取らなかったんでしょうか？」

「そういったことは、一切しませんでした」

「それは、どうしてですか？」

「平沼は資産家のひとり息子で、当時、その職員は平沼からかなりの額のカネを借りていた。そして、その返済期限を先延ばし、先延ばしにしてもらっていた。そんな事情から、誰にも話すことができなかった。彼以外にも多くの職員たちが同じようにカネの力によって支配され、平沼が卑劣な犯罪者であることに薄々気づいていながら、見て見ぬふりをしてきたらしい。けれども、勇気ある被害者が泣き寝入りすることなく警察に足を運んだ結果、ようやく強姦の常習犯だった平沼が逮捕された。それで、その職員はタイミングよく自宅を訪ねてきた宮崎に対して、それまで誰にも語ったことのなかった話をする気になったというわけです」

「うん……で、君恵がレイプされたのは、いつのことでした？」

「昭和五十一年の一月八日か九日だったのではないかと思われます」

「えっ？」外岡は、にわかには信じられないという顔をした。「十四、五年前の出来事なんですよ。その職員は、どうして日付まで記憶していたんでしょう？」

「日付まで記憶していたわけではありません。中国の巨星、周恩来《しゅうおんらい》が墜《お》ちた。君恵の惨めな姿を目撃したのは、そんなビッグ・ニュースが飛び込んできた日のことだった。職員は宮崎にそのように語ったそうです。周恩来は昭和五十一年の一月八日に死んでいます。先ほどインターネットで調べましたから、間違いありません。中国政府がいつ周恩来の死を発表したのか。ネット検索では、そこまでは確かめられませんでした。ですが、長い間隠しておけるような話ではありませんから、遅くとも翌日には公表したのではないかと。これは、わたしの想像です」

「なるほど」外岡はうなずき、独り言のようにつぶやいた。「それで、君恵は研究所を辞めた。そういうことだったのか……」

それから、考えた。

君恵が、ブエノスアイレスの病院で長女の咲子を出産したのは一九七六年、即ち昭和五十一年十一月中旬。

人間の妊娠期間は、概ね十ヵ月。

時期的には、矛盾しない。

君恵は一度のレイプで、妊娠させられたのかもしれない。

自分が産んだ娘は、夫の子どもではなく、憎むべき男の精子によってつくり出された子どもだった。娘の顔貌あるいは血液型からそのことを知った君恵が、夫の幸彦と共謀して、大都会の繁華街での女児連れ去り事件をでっち上げた。そして、今や夫婦にとって嫌悪の対象でしかなくなった赤ん坊を亡き者にした……？

ありえない話ではない。

いったい、池永夫妻の不審死事件は、これからどこへ向かうのか？

そうした思いが、さらに強くなった。

外岡は質問を再開した。「宮崎さんは、単独捜査で自分が得た証言を公式な捜査ルートに乗せようとはしなかったんですか？」

「しませんでした。わたしも上に報告するように勧めてはみたのですが……。『事件は事実上クローズされてしまったんですよ。この程度のことで、官僚的な警察組織が動きだすはずはないじゃありませんか。先輩だって、そんなことはよく分かっているでしょう』。宮崎からそのように反論されると、わたしは、それ以上なにも言えなくなりました」

「うん。……ところで、宮崎さんは、今、どこにいるんでしょう？　できれば、宮崎さんから直接、話を聴きたいと思います」

「それは無理です」川端はふたたび眼鏡の奥の目を細めた。「宮崎が今どこにいるのか……それは、神のみぞ知るとしか言いようがない」

「どういう意味ですか？」

「宮崎は、いなくなってしまったんです」

「失踪したというんですか？」

「そうです」川端は首肯した。「忽然と姿を消してしまった」

「それは、いつのことですか？」

「居酒屋での再会から一週間ぐらい後のことです」

「だいたいの日付は？」

「十一月の下旬……だったと思います」

前山が、ひとつ咳払いした。

ちらりと見ると、相変わらずその目には暗い光が宿っていた。メモを取る手も止まったままだった。

外岡は川端に視線を戻した。「先ほどあなたは、宮崎さんと会われたのは事件から丸十五年が経過する直前の十一月――つまり、平成三年、西暦にすると一九九一年の十一月だとおっしゃられた」

「そうですね」

「なぜ、そこまで詳しく憶えているんですか？」

「当時、殺人事件の公訴時効は十五年でした。二十一世紀になって二十五年に延長され、その後、世田谷一家殺人事件の被害者遺族らが国に強く働きかけた結果、五年前に時効は廃止されましたが。……いや、これは申しわけない。釈迦《しゃか》に説法でしたね」

「アジア経済研究所の職員から得たレイプ事件の証言から、宮崎さんは、池永夫妻が長女の咲子を殺害した疑いがあると考えていた。咲子がレイプ犯の種で生まれた子どもだったと判明したことが、殺害の動機だと。つまり、そういうことですね？」

「疑いがあると考えていたという表現は、まったく十分ではありません。宮崎はそれが、あの女児連れ去り事件の真実の姿だった――と、ほとんど頭から信じ込んでいました。『われわれに残された時間は、あとわずか半月しかありません。おれは、あの夫婦と直接対決するつもりでいます』『先輩、必ずあの二人に吐かせてみせますから』。居酒屋で、宮崎はわたしに対し、そのように語りました。あのときの、宮崎の顔に浮かんだひどく思いつめたような表情。それを今でもよく憶えています」

「その直後、彼は姿を消した」

「ええ」

驚きを禁じ得なかった。

〈そして、二人は二十四年前にも罪を犯している。〉

匿名の手紙に書かれた文言を思い出した。

宮崎がいなくなったのは、一九九一年の十一月。

二十四年前の出来事だった。

池永夫妻が、単独捜査で女児連れ去り事件の真相を突き止めた刑事を殺害し、その口を永遠に封じた……。

つまり、あの手紙の主はそう言っているのだ。

果たして、そんなことが実際に起きた可能性はどれくらいあるだろうかと考えながら、外岡は言った。「宮崎さんという人は、どんな刑事でした？　人となりのようなものを話してくれませんか」

「ひと言で言えば、組織になじめない一匹狼タイプ――」

川端が答えた。「刑事としては極めて優秀でしたが、実に気難しい男でした。警察では許されないことなのに、自分のほうが正しいと思ったら階級が上の者に対しても平気で楯突く。当然のことながら、そんな男にとって〈出世〉という言葉は縁がありませんでした。また、宮崎には尊大で自分の周囲に人をよせつけないところがあり、本当に友人と呼べる者はほとんどいなかったのではないかと思います。そんな宮崎とわたしはなぜか、波長が合いましてね。持ち場が別々になった後も、半年に一度ぐらいの頻度で酒を飲み交わしていました。宮崎の不器用な生き方、一途さみたいなものがわたしはそれほど嫌いじゃなかった。この自分にはないものを、宮崎大祐という男は持っていたからです。……あのとき、彼がわたしのところへ相談に来たのは、ほかには誰も話ができる人間がいなかったからでしょう」

今やほとんど絶滅してしまった、昔気質《かたぎ》の刑事。昭和二、三十年代に製作された白黒の日本映画に重要な脇役として登場する、白い開襟シャツの上にくたびれた上着を羽織り、頭にはハンティング帽をかぶった刑事。先ほど、川端が口にした〈まるで猟犬のような〉という表現がよく似合う刑事。

そうした刑事の姿を思い描きながら、外岡は訊いた。「宮崎さんに家族は？ 結婚していたんですか？」

「ええ。結婚していましたよ。子どもは娘さんがひとり」

すっかり冷めていたのだろう。緑茶をひと口まずそうに啜《すす》ってから、川端が言った。「ですが、奥さんは、家を出ていってしまった」

「それは、いつのことですか？」

「あれは、そう……宮崎が失踪する一年ほど前のことでした。わたしが描いてみせた宮崎の姿から容易に想像できるのではないかと思いますが、彼は組織人としてばかりでなく、家庭人としても失格でした。わたしも何度か会ったことがありますが、奥さんは小柄な美人で、宮崎のことをとても愛していたようです。また、宮崎も心の底では彼女のことを深く愛していましたが、家庭を顧みることはなかった。奥さんは、過去の亡霊のような事件にのめり込んでいく夫に尽くしていました。けれども、ある時点で、ついに限界を超えたんでしょうね。〈わたしのことを捜さないでください。娘のことをよろしくお願いします〉。そんな書き置きを残して、いなくなってしまったそうです」

「娘さんは当時いくつぐらいでした？」

「十二かそこらだったんじゃないかと思います」

川端は額に平手を押し当てた。「宮崎の自宅で一度会ったことがあります。名前は憶えていませんが、奥さん似の整った顔をした娘さんでした。やはり奥さんに似たのか、年齢の割に小柄でしたね。頭がいい子で、学校の成績も優秀だったようです」

「宮崎さんの失踪ですが、奥さんが家を出たことと関係があった——ということは考えられませんか？」

「愛妻に去られたことで、人生に絶望して自ら死を選んだのではないか。そういう意味でおっしゃっているんでしょうか？」

「ええ」

「それは、あり得ると思います」

コーヒー・テーブルのガラス天板に視線を落とすと、川端が言った。「もともと孤独で、破滅型の人間だった宮崎は、以前からアルコールの問題を抱えていました。宮崎は酒を飲むことで、心のバランスをかろうじて保っていたのかもしれません。自分を決して正当に評価してくれない警察組織に対する怒りを酒の力で心の奥に閉じ込めておくことができたのかも……。奥さんの家出以降、酒の飲み方がいっそうひどくなりました。浴びるように——まさに、そんな異常な飲み方をするようになった。わたしは心療内科へ行って専門医に相談するようにと何度か強く勧めたんだが、宮崎は言うことを聞かなかった。最愛の奥さんに出ていかれたことで、彼が精神的に崩壊しつつあったことは間違いないでしょうね」

そこまで語り終えたところで、川端は顔を上げた。

その細面《ほそおもて》に浮かんだどこか曖昧な表情を見て取り、外岡は、先ほど彼が口にした言葉とは裏腹に、川端はすべてを語ったわけではないと直感した。

そこで、レンズの奥にある老人の目を覗き込んだ。「ほかにも、まだなにかあるんじゃありませんか？」

川端は、無言で目をそらした。

室内に沈黙が流れた。

「川端さん、先ほども申し上げましたが、これは殺人事件の捜査です」

やがて、外岡が相手を根気強く説得する口調で言った。「二十四年前、宮崎さんは忽然と姿を消しました。かなり事情に通じていると思料される手紙の主は、池永夫妻が宮崎さんを殺害したことを強くほのめかしています。それ以外、考えられません。ですから、われわれは、宮崎さんについて、できる限り多くのことを知る必要があります。お願いですから、包み隠さずお話ししていただけませんか」

川端が重い口をようやく開いた。「あくまで噂ですよ」

「それは、どんな噂ですか？」

「奥さんに出ていかれた後、宮崎がひとり娘のことを虐待していた」川端が答えた。「そんな噂です」

すぐ隣で、前山が息を呑む小さな音が聞こえた。

「虐待……？」外岡の額に皺が刻まれた。「それは、つまり、性的な虐待という意味でしょうか？」

川端は目を伏せた。「……そうです」

「もう少し具体的に」

川端はぴしゃりと言った。「それ以上は、なにも」

おそらく今はもうこの世にいない宮崎大祐という男、自分の友であった男の名誉をこれ以上、傷つけるつもりはさらさらない。

川端はそう言っているのだ。

その気持ちは理解できた。

「分かりました」

小さくうなずいた後、外岡は話題を転じた。「ところで、宮崎さんが失踪された後、その娘さんはどうなりました？」

「さあ……おそらく、奥さんが引き取ったんだと思いますが」

川端は、窓の外に広がる曇り空に目をやった。「現在の年齢は三十六ぐらいですか。あの娘さん、いったいどんな大人の女性になっているのだろう？　……彼女が今、どこでなにをしているのか。わたしは知りません」

川端家の玄関を出たところで、外岡は腕時計に目を落とした。

午後五時近くになっていた。

「いかん、もうこんな時刻か」

「これから、誰かと約束でも？」前山美佳が訊いてきた。「なんだか、そんなふうに聞こえますけど」

「実はそうなんだ」

外岡は前山に顔を向けた。彼女の目には先ほどまでの翳りは見られなかったが、相変わらずあまり元気がない。「朝井凜々子と東京で会う約束をしている」

「それって、もしかしてデート？」

「いや、そんなんじゃないよ」

慌てて否定したものの、内心ではデートに近いものであると認めざるを得なかった。「彼女がささやかな慰労会を開いてくれるんだ」

「二人きりの慰労会？」

「そうみたいだな」

「やっぱり、デートじゃない」

前山が白い歯並みを見せて笑った。

ここ数時間で、彼女が初めて見せた笑顔だった。

それから、こちらの心の中を探るような視線を向けてきた。「外岡さん、彼女のことが好きなんでしょう？　白状しなさいよ」

外岡は苦笑した。「目上の人間をからかうもんじゃない」

「顔が赤くなってますよ」

「ほんとに怒るぞ」

他愛のないじゃれ合いに飽きたのか。真顔に戻った前山が言った。「どうぞ、ごゆっくりおすごしください。外岡さんには、そんな時間が少し必要ですもの。いつも強度限界ぎりぎりまで張りつめていると、そのうちプツンと切れちゃうわ。川端さんに対する聴取の結果は、わたしが係長に報告しておきますから」

「済まんが、頼む」

「凜々子さんによろしくお伝えください」

そこで、前山の顔にいたずら小僧のような表情が浮かんだ。「だって、わたしも彼女のことが好きですから」

「こらっ！」

なんとか、約束の時刻に間に合った。

朝井凜々子が選んだのは、東京メトロ表参道《おもてさんどう》駅のB2出口からほど近いAOビル五階にあるレストランだった。

黒服の女性スタッフによってオープン・キッチン形式のフロアに案内された。

凜々子は既に純白のクロスがかかったテーブルについていた。

「お待たせして、申しわけありません」

黒い椅子に腰かけるなり、外岡は軽く頭を下げた。

「いいえ。わたしも今来たところですから」

柔らかな笑みを浮かべた凜々子の目尻に、細かい皺が刻まれた。

今夜の彼女の装いは、淡いブルーの軽やかなワンピース。耳元には、間接照明の光を受けたひと粒ダイヤモンドとプラチナのピアスが輝いている。身につけている装飾品はそれだけだ。

そんな一幅の絵のように優雅で美しい彼女を前にして、胸がときめいた。

まるで、決して手の届かない場所に咲く花だと思っていたクラス一の美人との初デートに成功した十四歳の少年みたいに。

そのことに、また罪悪感を抱いた。

二人はコース料理を注文した。

「あなたの無事を祝して」

ワインで乾杯する際、凜々子は弾んだ声を出した。

「朝井さんの舞台の大成功を祈って」

外岡はそう応じた。

前菜に続いて、フォアグラの鉄板焼き、白身魚のグリルといったものを食した。

正直なところ、食いものはさほどうまいとは思わなかった。

けれども、いかにも表参道らしいお洒落《しゃれ》で洗練された店の雰囲気、それになによりも楽しい会話が料理の不完全さを補ってくれた。

外岡は、事件についてほとんど触れなかった。凜々子も敢えて訊いてこなかった。自然と話題は演劇のことになった。彼女が手振り身振りを交えて面白おかしく語る芸能界の内幕話に、外岡は、文字どおり腹を抱えて大笑いした。凜々子には声帯・形態模写の意外な才能があることを知り、コメディエンヌとしても成功するかもしれないと思った。

「わたし、自分のことばかり話していたわね」

外岡が席についてから、約一時間半後。

デザートに供されたチョコレート・ケーキをフォークで突き回しながら、凜々子が恐縮したように言った。「外岡さんがあんまり聞き上手だから、いけないのよ。自分のことしか話さない人間って最低。いつも、そう思っているというのに……。わたし、あなたのことを退屈させてしまったんじゃない？」

「いいえ、お話を心から楽しみました」外岡が答えた。「こんなに楽しい時間をすごしたのは、本当に久しぶりです」

「なら、よかった」

にっこり笑うと、凜々子は白いカップからアールグレーの紅茶をひと口啜った。それから少々おどけた口調で、こう言った。「今度は、あなたの番よ。あなたの話をわたしに聞かせて」

「ですが、ここはもうそろそろ――」

「場所を変えて、という意味で言っているの」

凜々子が住んでいるのは、千代田区《ちよだく》九段南《くだんみなみ》四丁目、靖国《やすくに》神社の近くにある高級マンションだった。

タクシーでそこに到着し、八階の部屋に通された。

「もう少し飲みましょうか」

よく整頓《せいとん》された、趣味のいい家具でコーディネートされたリビング。

そこのソファに坐るよう外岡に勧めると、凜々子が言った。

「いいですね」

外岡は心臓の鼓動が速くなっているのを感じた。

彼女の部屋に、彼女と二人きり。

今現在、自分が置かれている状況が信じられなかった。

冷えたシャルドネ種の白ワインを外岡のグラスに注いだ後、凜々子は、なにか軽いおつまみをつくってくるわと言った。

どうぞ、もうおかまいなく。おなかもいっぱいですから。

外岡は断ったが、凜々子は、本当に簡単な用意をするだけだから気にしないで、と言った。

「その間、暇つぶしにわたしのテーマソングをお聴かせするわね」

「テーマソング？」

「そうよ」

凜々子はミニコンポにCDをセットした。それから、CDに付属している曲の歌詞とその日本語訳が記された紙を、外岡に手渡した。

それは、「ザ・ウォーターボーイズ」というイギリスのバンドのアルバムで、一九八〇年代のものだった。

「十二曲目だから」

リモコンを使って目的の曲をセレクトすると、凜々子はリビングを出ていった。

適度な音量で演奏が始まった。

曲のタイトルは「The Stolen Child」。

盗まれた子ども――。

フィドルやマンドリンといった楽器によるアイルランドの伝統音楽の香りがする演奏に乗って詩が朗読されるもので、七分近くある長い曲だった。

歌詞カードの訳詞に目を落とした。

出ておいで　人の子よ　河川と原野の中へ
妖精と手に手を取って
だって世界は君が思っているより
ずっと悲しみにあふれているんだ

スルースの森の
岩だらけの丘が　湖に急に落ち込んでいるところに
葉の茂った島があって
アオサギが羽をばたつかせ
水生ネズミが眠りをさます

そこにはわれらが妖精の手おけがいくつも隠してあり
中には　ベリーと
まっ赤に熟したチェリーがいっぱいだ
……
われらと一緒に　彼は行こうとする
神々しい目を持った人よ
彼は　暖かい丘の側で泣く
牛の声を聞くことも
心をなごましてくれた
炉の上のやかんの音を聞くことも　もはやなく
オートミルの皿のまわりを
ひょっこり動き回るネズミの姿を見ることもない

なぜなら　彼は遂に来たのだ　人の子よ
河川と原野の中に
妖精と手に手を取り
彼が考えるよりも

ずっと悲しみであふれている世界から来たのだから

曲が終わりかけたところで、凜々子が戻ってきた。

生ハムとチーズの盛り合わせ、スモーク・サーモンに玉ねぎのスライスとケッパーを添えたものが載った二つの平皿を低いテーブルに置く。

凜々子はリモコンでCDの演奏を止め、外岡に目を向けた。「どう？　わたしのテーマソングにふさわしいでしょ？」

「確かに、曲のタイトルは」

外岡はうなずいた。「あなたは十歳のとき、見知らぬ男によって〝盗まれた〟わけですから……。あまり文学的素養には恵まれていないので、正直、日本語訳を一読しただけでは内容はよく分かりませんでしたが、美しい詩だとは思いました。ひょっとして、これ、誰か有名な詩人の作品ですか？」

「よくお分かりね。アイルランドの詩人でノーベル文学賞を受賞したウィリアム・イェーツの作品に曲をつけたものよ」

ソファの、外岡から七、八十センチ離れた場所に腰かけながら、凜々子が答えた。「北ヨーロッパに古くから伝わる、いわゆるチェンジリングをテーマにした作品ね」

「チェンジリング？」

「日本語では、取り替えっ子とでも言うのかしら。……妖精が人間の生まれたばかりの子どもをそっくりな替え玉——妖精の子どもと取り替えて、自分たちの世界へ連れ去ってしまうの。トロールとかエルフといった名称で呼ばれる妖精に取り替えられた人間の子どもは、妖精の国で永遠の命を得て幸せに暮らすことができる。けれども、替わりに人間の世界にやってきた妖精の子どもは病弱で、ほどなくして死んでしまう。地域によっていろんなヴァージョンがあるようだけど、だいたいそんなお話。新生児の生存率が高くなかった時代に、わが子を失った親が〈わたしたちの子どもは妖精の国で楽しく生き続けている〉と心の救いを求めた物語。それが原点になって、こうした伝説が生まれたとも言われているみたいだわ」

「なるほど。……つまり、この詩に描かれている、妖精に〝盗まれた〟子どもは、悲しみにあふれた人間の世界から抜け出すことができたわけですよね。ですが、見知らぬ男の手で〝盗まれた〟あなたを待っていたのは、悲しみにあふれた世界だった。そんな、とおり一遍の言葉ではとても言い表せない世界だったと想像しますが……。まったく逆じゃないですか。あなたのテーマソングとしてはふさわしくない。結論としては、そう思えます」

「確かに、そうかもしれない」

凜々子は、ほっそりとした首を上下させた。「でも、わたしが連れ去られた世界がこうであったら、どんなによかったか。そんなわたしの少女趣味な願望みたいなものが込められたテーマソングということよ。それで、いいじゃない」

長い睫毛を伏せた凜々子は、小さく溜息を吐いた。

それからぱっと花が咲いたように明るい表情になって、外岡に微笑みかけた。「もう、この話は終わり。あらためて乾杯しましょう」

「ええ」

「乾杯!」

二人はワイングラスを軽く打ち合わせた。

「あなたのことを聞かせて」

そこでいったん言葉を切った後、凜々子はおずおずとした口調で訊いてきた。「……奥さんはいらっしゃるの?」

両人の間隔は、いつの間にか五十センチぐらいに縮まっていた。

外岡は答えた。「今はいません」

「今は、というと?」

外岡は、最近、妻を事故で亡くしたことを短く話した。

「ごめんなさい。お訊きすべきじゃなかった」凜々子はこうべを垂れた。「心からお悔やみを申し上げます」

「いいえ、もう気持ちの区切りはつきましたから」

「本当に?」

うつむいた拍子に額にかかった前髪を耳の後ろにかき上げると、凜々子は、横から外岡の目を覗き込んだ。「わたしには、そうは思えないわ。今のお話を聞いて、あなたがわたしの中になにを見ているのか。それが、ようやく分かったような気がするの。あなたはきっと、わたしの中に奥さんの姿を見ているんだわ。亡くなられた奥さん、わたしに少し似ていたんじゃない？」

「そうですね」図星を衝かれて、外岡はそのことを認めざるを得なかった。「ご想像のとおり、似ていました」

「わたしは、紛《まが》いものの宝石？　奥さんの代用品？」

「いいえ、それは違います」

自分の中で確信は持てなかったが、外岡はきっぱりと首を横に振った。

それ以上、外岡を追及しようとはせず、凜々子は少し潤んだような目を虚空に向けた。

「稽古場であなたから花束のことを言われたとき、わたし、耳たぶまで真っ赤になったでしょ。自分でも顔が熱くなるのが分かったもの。それはなぜかと言えば、あなたの言葉を耳にして、新幹線の中で出逢っただけの、外岡渉という男性に自分がどんな気持ちを抱いたかを思い出したからなの。〈花束を忘れないでね〉。あんなこと、初めて、それも偶然会った男の人に対して、自分が口にしたことが信じられなかった。あのとき、どうしても、またあなたに会いたいと思った……。ひと目で、あなたに激しく惹かれたのよ。男性に対してあんなふうに心が動くなんて、三十八年間生きてきて初めての経験だった」

思いもよらぬ告白だった。

外岡は息を呑んだ。「凜々子さん……」

互いの視線と視線が絡み合った。

二人の顔が接近し、間もなく、唇と唇がそっと触れ合った。

次の瞬間、玄関ドアが開く音がした。

「凜々子さん、いるの？」

女性の声に、二人の顔がさっと離れた。

凜々子は弾かれたように立ち上がり、ソファから離れた。

数秒後、二十代前半ぐらいの女性がリビングに入ってきた。

モノトーンのいわゆるゴスロリ・ファッションで全身を包んだ女性は、巻き毛にした長い髪をブロンドに染めていた。黒いアイラインを引いた目元は濃いつけ睫毛で縁取られており、まるでダーク・ファンタジーのヒロインのような外見をしていたが、彼女が凜々子の娘であるということは、顔立ちや身体つきからすぐに分かった。

男の自宅に約九年間にわたって閉じ込められていた凜々子は、その間、男の子どもを産まされていたのだ。

「なんだ。いたんじゃない」

ほんの一瞬、つくりものめいた目を向けただけで、女性は、外岡があたかもソファの上に置かれたクッションかなにかであるかのように無視している。

凜々子は眉をひそめた。「彩夏《あやか》、こんな時間にいったいどうしたの？」

「凜々子さん、大事な話があるから来て」

彩夏は凜々子の手を引っ張って、リビングを出ていった。

母親を名前で、しかも〈さん〉づけで呼ぶ娘。

それだけで、どんな親子関係なのかはある程度、想像がついた。

やがて、ドアの向こうにある凜々子の寝室と推測される部屋から、二人が言い争っているような声が聞こえてきた。

「……それで、父親は誰なの？」

凜々子の声は詰問《きつもん》口調だった。

「分からないのよ！」

「分からないって、どういう意味？」

「分からないから、分からないのよ！」

「同じ時期に複数の男とつき合っていた。そういうことなの？」

「そうよ！　汚らわしいものでも見るような目で、あたしのことを見ないで！　これでも、あたしは一応、あんたの娘なのよ！」

怒声の応酬にいたたまれない気分になり、外岡は、ソファを離れて窓際に向かった。窓からは、靖国神社の豊かな緑を見下ろすことができた。

実に素晴らしいロケーションだった。

こんな都心の超一等地の高級マンションに住んでいる人間にも、当然のことながら深刻な悩みはあるのだな——と、そんな平凡極まりない感慨を抱いた。

振り返ると、近くにファックスつきの固定電話が載ったリビング・サイドテーブルがあった。電話の脇に革表紙の日記帳のようなものが一冊置かれているのが目に留まった。

テーブルに近づいて、それを手に取った。表紙には〈Diary〉の文字があり、やはり日記帳であることが分かった。

色褪《あ》せた緑色の革表紙はあちこち擦り切れており、かなり古いものであることは、一目瞭然だった。

日記を読んでみたいという欲望がわき起こってきた。

誰のものかは分からないが、他人のプライヴァシーを侵害する許されない行為である。そのことは十分に分かっていたが、古色蒼然《こしょくそうぜん》とした日記帳の外観はどこか神秘の香りがして、中を覗いてみたいという気持ちが急速に強まった。

後ろめたい思いを振り切って、最初のページを開いた。

経年劣化で紙は黄ばんでおり、あちこちに点状の茶色い染みが浮かんでいた。

日付は昭和五十一年十一月十日。

三十九年前の一九七六年に書かれたものだ。

日記は、昭和天皇の在位五十年を祝う式典がその日、日本武道館で開催されたことを伝える一文で始まっていた。

ページを斜め読みにする。

東京大空襲のときに乳飲み児だったということは、日記の主が生まれたのは昭和十九年か二十年。西暦にすると、一九四四年か一九四五年。現在も存命だとすれば、年齢は七十か七十一だ。

ページをめくった。

〈わたしのおなかには、もうすぐこの世に生を受ける胎児がいる。〉という記述から、日記を書いたのは女性であることが分かった。

出産予定日は十二月一日。

凜々子は先ほど〈三十八年間生きてきて〉という言葉を口にした。仮に赤ん坊が十二月一日前後に誕生したとすれば、年齢はぴったり一致する。

間違いない。

凜々子の母親が日記の主だ。

そこで、昭和五十一年十二月一日という日付に、視線が吸い寄せられた。

鳥取県米子市内の病院から乳児が略取された日ではないか。数日のうちに、まったく同じ日付を目にする確率。それは、どれくらいあるだろうか？

いや、単なる偶然にすぎない。

すぐにそう思い直す。

次の日付は昭和五十一年十一月十四日。

どうやら、凜々子の母親は毎日、日記をつけていたわけではなかったようだ。

モントリオール・オリンピックで一躍世界的スターとなったルーマニアのナディア・コマネチが名古屋で開かれた国際競技会でも満点演技を見せたことを綴った後、十五歳の誕生日を迎えたばかりの少女には不似合いなその表情の乏しさに〈もしかすると、コマネチは、あの小さな胸にわたしたちが想像もつかないような深い悲しみを抱いて生きているのかもしれない。〉と記している。記憶が正しければ、コマネチはルーマニア革命の直前に米国に亡命したはずだ。真偽のほどは定かでないが、独裁者チャウシェスクの次男から愛人になるよう強要されたことが亡命の大きな理由だったとも言われており、母親の言葉はどこか予言的だった。

それから母親は、生まれてくる子どもは女の子であることが〈最新の電子スキャンというもので〉分かっている——と書いている。「電子スキャン」というのは、おそらく超音波検査。産婦人科の医療現場にそれが導入され始めたのは、一九七六年ごろのことだったのか。

続いて、彼女は、自分の結婚生活が決して幸福なものではないことを嘆いている。夫から子どもを産むことを強く求められていた彼女は、大学病院で排卵誘発剤を使った不妊治療を始めた。それは早い段階で成功し、凜々子を身ごもった。

なるほど。

さらにページをめくる。

次の日付は昭和五十一年十一月二十六日だった。

〈酒に酔った乗組員が舵を操る過積載の石炭運搬船〉といった、出産間近の自分自身を描写する表現に感心した。

どうやら、凜々子の母親には文才があったようだ。

日記を読み進めていくうちに、外岡は瞠目した。「うん？」

なんということだ！

凜々子の母親は、咲子を連れた池永君恵に出逢っていた！

喫茶店で君恵が語った話についての記述が終わったところから、精読を始めた。

彼女が初対面の妊婦に対し、長々と自分の身の上話を語って聞かせた理由。それはなんだったのだろう？

彼女には、なにか後ろめたいことがあるのかもしれない。

おそらく、彼女は聞き役を替えて同様のことを繰り返しているのではないか。

女の勘で、そんな気がした。

もしかすると、彼女はわたしのような見ず知らずの人間に語ることによって、自分の中でつくり上げた嘘を真実に変えようとしたのではないだろうか？

繰り返しつく嘘は真実になる。

ナチス・ドイツの宣伝役だったゲッベルスという男は、そんなことを言っていたはずだ。ゲッベルスが残した言葉を正確に知っているわけではないが、少なくともそういう趣旨のことを言っていたという記憶がある。

では、彼女の話のどこに嘘があったのか。

それを想像してみた。

もちろん、全部が嘘という可能性は決してゼロではない。けれども、その可能性は極めて低いと考えていいのではないか。

なぜなら、嘘というものは、真実の中に巧みに混ぜ込むことによって、より本当の話のように聞こえるものだからだ。

彼女が語ったことは、大まかに二つのパートから成り立っている。夫や自分に関するパートと、子どもに関するパートから。

嘘が含まれているのは、前者ではないような気がする。

わたしが乳母車の中で眠っている乳飲み児を褒めたとき、彼女の顔に差したわずかな翳りのようなもの。

どうしても、あれが心に引っかかる。

日記を読んだ印象では、凜々子の母親は、人間に対する鋭い洞察力《どうさつりょく》を備えていた女性であったようだ。その彼女が、池永君恵は赤ん坊の出生に関してなにか嘘をついているのではないかと想像している。

これは、いったいどういうことなのか？

答えを見出せぬまま、またページをめくった。

昭和五十一年十二月三日

今日という日は、わたしにとって生涯、忘れ得ぬ日となるだろう。

なぜなら、待望の子ども、娘を授かったからだ。

わたしの乳を与えられて安らかに眠る赤児《あかご》。その汚れのない天使のような横顔を見つめながら、今、わたしは、全身が打ち震えるような喜びを感じている。

人生とは、なんと不思議なものだろう！　あれほどの悲しみの後に、これほどの歓喜が訪れるとは！　わたしは、神の存在など信じていない。けれども、今日という日、それを半ば信じかけている自分がここにいる。

すべて姉淑子のおかげだ。彼女にはいくら感謝しても、感謝しきれない。ところが、しばらくして気分の高揚が収まると、不安がマムシのように鎌首《かまくび》をもたげてきた。

ベッドで朝刊を広げた。「捜査員たちはいま……　時効１年の３億円事件」という見出しの記事が掲載されていた。あの大それた罪を犯した誰かが、警察の必死の追及をかわして逃げおおせたのは、昨年の十二月だったのだ。

三億円事件のことはよく記憶している。事件が発生したのは昭和四十三年。つまり、あのような大事件でも、時効は七年。

未成

ページは途中で破られていた。

凜々子が誕生したのは、出産予定日から二日遅れた一九七六年の十二月三日だったということが分かった。

けれども、分からないことだらけだった。

〈あれほどの悲しみの後に、これほどの歓喜が訪れるとは！〉

この文言は、いったいなにを意味しているのか？

なぜ、凜々子の母親は、待望のわが子を授かった日に、不安を感じなければならなかったのか？

なぜ、三億円事件の時効などというものに関心を抱いたのか？

そして、なぜ、ページは途中で破られているのか？

皆目、分からなかった。


背後から大きな叫び声がした。「もう、いいわ！」

ドアがばたんと開いて、凜々子の娘がリビングを走り抜けていった。

「彩夏、待ちなさい！」

続いて、凜々子が娘の後を追う。

外岡は日記を閉じて、そっと元の場所に戻した。

それから、ソファに尻を落とした。

「約束したんだから、お金だけは送って！」

玄関ドアが乱暴に開閉される音がした。

しばらくして、凜々子がおぼつかない足取りでリビングに戻ってきた。

外岡に虚《うつ》ろな眼差しを向けると、彼女は立ったまま、グラスの白ワインを飲み干した。それから、ひどく疲れた口調で言った。「お見苦しいところを見せてしまったわね」

「まあ、ここに坐ってください」

外岡はソファをぽんぽんとたたいた。

「そうするわ」

凜々子は外岡の隣に腰かけた。

彼女のグラスにワインを注いでから、外岡は訊いた。「娘さん、なにか問題を？」

それがどんな問題なのかは、先ほど耳に入ってきた母娘の怒鳴り合いから、だいたい見当はついていたが。

「彩夏は、娘は、いつも問題を抱えているの」

それだけ言うと、凜々子はまた一気にグラスを空にした。手の甲で口元を拭った後、ようやく言葉を継いだ。「けれども、彩夏がそうなったのは、決して彼女のせいじゃないのよ。わたしのせい。母親から愛されなかった子どもがどんなふうになるか、あなたにも想像がつくでしょ？……あの男の元から解放された後、娘を里子《さとご》に出すよう強く勧められたわ。だけど、わたしは周囲の反対を押しきって、自分で娘を育て上げる道を選んだ。なぜなら、彩夏はわたしの娘なのだから、そうしなければならないと思ったのよ。……わたしは、彼女を愛そうとした。母親として懸命に愛そうと努めた。でも、深いところでは、どうしても、愛することができなかった」

凜々子は血が滲むほど唇をきつく嚙み、下を向いた。間もなく、その目から涙の滴《しずく》がしたたり落ち、床の絨毯を濡らした。「だって、娘の中に、あの男の姿を見てしまうから。……そんな母親に育てられた娘は、自分に価値を少しも見出すことができず、人から本当に愛される自信を持てない。自分はなにをやっても、中途半端なことしかできないと感じている。そんなふうに、ひとりの人間として存在することの自信を著しく傷つけられた人間が、自己破壊的な傾向を示すことは当然のことかもしれない。娘があたかも性的に奔放《ほんぽう》な女であるかのように振る舞い、次から次へと男と関係を持つのは、心の扉を開いて誰かと親密になりすぎると相手から傷つけられたり、せっかく築き上げた関係を断ち切られてしまうのではないかと常に恐れているせい。その裏返しの行動なんだわ。……父親が誰かも分からない子どもを身ごもってしまった。娘はそう言って、中絶費用の無心に来たのよ」

涙で両頰を濡らした凜々子は、外岡の肩の上あたりに視線をさまよわせた。「ああ……いつか、あの男がわたしにこう言ったわ。おまえは〝二度盗まれた子ども〟だって」

「〝二度盗まれた子ども〟？」外岡は訊き返した。

彼女はなにを言っているのだ？

問いかけには答えず、凜々子は身体を震わせながら一方的に話し続けた。ほとんど、放心状態だった。「だけど……たとえそうだとしても、みんなわたしのせいなのよ。わたしが母親としてもっと強くなり、ちゃんと彼女のことを愛してあげたら——」

「もう、やめなさい！」

強い調子で言うと、外岡は、両腕を凜々子の背中に回して抱きしめた。同時に、彼女の唇を自分の唇でふさぐ。それは先ほどのような控えめな口づけではなく、男が雄として雌としての女を求める原始的で荒々しいものだった。

互いの唇が離れた途端、凜々子は嗚咽に似た声を上げた。「わたしを離さないで！」

固く抱き合った二人は、もつれ合うようにしてソファに倒れ込んだ。

身体の奥から突き上げてくる衝動に駆られ、外岡は、ふたたび彼女に口づけした。すぐさま凜々子の唇が開かれ、二人の舌先が触れ合った。凜々子は積極的に舌を絡ませてきた。

しばらくして顔を離すと、外岡はほんの数センチ先にある凜々子の目を覗き込んだ。それから、こう言った。「愛してる」

凜々子は外岡の頬に顔をよせ、甘くとろけるような声でささやいた。「わたしもよ」

そこで半身を起こした凜々子は、素早くワンピースとその下に着ていた光沢のあるスリップを一緒に首から引き抜き、乱暴な手つきでそれらをリビングの床に放った。その間、外岡も上着を脱ぎ捨て、ワイシャツ姿になった。

一瞬、見つめ合った後、二人はふたたびきつく抱き合った。

紅潮した彼女の首筋に舌を這わせると、外岡は、両手の指先でブラジャーのフロント・ホックを外した。露わになった小振りの乳房はお碗形をしており、乳輪の小さな乳首はきれいなピンク色をしていた。

外岡は、胸の谷間に顔を埋《うず》めた。

香水と汗の混じった女の匂いがした。

隆起した右側の乳首を激しく吸い、左の乳房を左手で円を描くように慈《いつく》しみながら、シーツの下に右手を滑り込ませた。

凜々子は自分から長い両脚を開いた。

茂みの奥の秘所は、既に十分に潤っていた。

「ああっ!」

凜々子の口から悲鳴に近い上昇音が発せられた次の瞬間、彼女は狂おしく身をよじらせて、外岡からわが身を引きはがした。

あまりにも唐突な拒絶だった。

その意味が分からず、外岡は目を伏せた。

「ごめんなさい」外岡に背を向けたまま、凜々子が沈鬱な声でつぶやいた。「やっぱり、だめ。わたしにはできないわ」

外岡の目には、背中に黒髪が流れ落ちた彼女の後ろ姿がとても儚げに映った。

凜々子はひとつ大きく息を吸い、それを吐き出した。「……わたしは知らないけれど、セックスって、普通の人にとっては優しい愛情に満ちた、穏やかなもののようね。けれども、わたしの中では、セックスはいつも怒りの感情と密接に結びついている。自分の意思に反して犯されるということは、愛を交わすこととはまるで違うわ。わたしには犯された経験は山ほどある。それこそ、レイプに関する分厚い解説書が書けるくらいに。でも、多少なりとも愛を伴ったセックスの経験はほとんどない」

そこでこちらに向けられた凜々子の顔には、ひどく寂しげな表情が浮かんでいた。「……わたしにとって最高の恐怖とはなにか。それを教えてあげましょうか。男の人と肉体的に接触すること。それから、男の人と閉鎖空間で二人きりになること。……告白すると、自分が性の悦《よろこ》びを感じられる女なのか、試してみたことはあるわ。過去に何度か——正確には三回、自分から進んで男性と関係を持ったことはある。わたしにとっては、それらはただの苦い思い出でしかない。いずれもほとんど行きずりの関係で、いずれの場合もわたしは少しも悦びを感じることはなかった。……つまり、三十八年の人生で、これが四回目のトライというわけ。こんなに惹かれているんだから、外岡さんとならきっとうまくやり遂げられる。今度こそ〝正常な〟男女の関係を結んで、女としての幸せをつかめる。そんなふうに思ったけど、やっぱり無理だった。あの本の中で、わたし、自分のことを過酷な体験を克服した『サヴァイヴァー』だと書いたけど、本当は違う。今もなお、過去の呪縛《じゅばく》から逃れられずにいる。

わたしという女が、どんな女なのか。これで、だいたい分かったでしょ？」

「凜々子さん……」

「もうなにも言わないで。お願いだから、わたしに優しくしないで」ふたたび外岡から顔を背けると、凜々子が言った。「帰って」


横浜のマンションに戻ったのは、日付が変わりかけた時刻のことだった。

上着をクローゼットのハンガーにかけてから白いワイシャツを脱いだところ、シャツに一本の長い黒髪が絡みついているのに気づいた。

朝井凜々子と会うことは、おそらくもう二度とないだろう。

シャツから髪をつまみ上げた。われながら感傷的な行為だと思いつつ、それを小さなポリ袋に入れて机の抽斗にしまった。成就しなかった短い恋の思い出として。

重苦しい心を抱えたまま、パジャマに着替えた。寝室のベッドに腰かけたところで、サイドテーブルに置いた携帯が鳴った。「はい、外岡です」

〈こんな夜分に、済みません〉今日――いや、昨日会った県警ＯＢの声が言った。

「川端さん？」

〈ええ。今、少し話せますか？〉

「大丈夫ですが、なにかありましたか？」

〈ひとつ、思い出したことがありまして。ほんの、些細なことなんですが。先ほど、外岡さんから宮崎大祐の娘さんのことを訊かれましたよね？〉

「確かにお訊きしました」

〈外岡さんと一緒に来られた女性刑事さんの名刺を見ていたら、古い記憶が甦りまして。……宮崎の奥さん。彼女の父親だったのか、母親だったのか。ずいぶん昔のことなのでそこまでは記憶は定かではないのですが、どちらかの通夜に行ったことがありましてね〉

「なるほど。それで？」

〈それで……娘さんのことを調べるための参考にでもなればと思って、お電話をしたしだいです。宮崎の奥さんの旧姓はサキヤマです。前後ろの前にマウンテンの山と書いて、サキヤマと読みます。あの無口な女性刑事さんとまったく同じ苗字《みょうじ》。単なる偶然でしょうが〉

「えっ？」外岡の両眼が見開かれた。

果たして、単なる偶然なのか？

川端の家で、前山美佳が見せた不可解極まりない反応。

宮崎大祐の突然の失踪が川端の口から語られた際、彼女の目に差したなんとも言いようのない翳り。メモを取る彼女の手がぴたりと止まったこと。

それらの光景が、脳裡に甦った。

いや、違う。単なる偶然などではない。

〈……外岡さん、聞いてますか?〉

気がつくと、川端が呼びかけていた。

元刑事に短く礼を言ってから、電話を切った。

川端によると、二十四年前、宮崎の娘は十二歳かそこらだった。即ち、現在の年齢は三十六前後。前山美佳と一致する。

〈奥さん似の整った顔をした娘さんでした。やはり奥さんに似たのか、年齢の割に小柄でしたね。頭がいい子で、学校の成績も優秀だったようです〉

前山美佳の身長は百五十六センチで、頭の回転は速い。

前山美佳は、宮崎大祐の娘だった。

そこで、今度は、人質籠城事件の際の光景が瞼の裏に浮かんだ。おれの無事を喜んで抱きついてきた前山に対し、おれは〈若宮はだめだったんだな?〉と訊いた。それに対し、彼女は〈だめだった!〉と叫んだ後、〈佐々木を捕まえるために、身体を張る必要なんてどこにもなかったのに! だってあの二人は――〉と言いかけて、急に口をつぐんだ。〈だってあの二人は――〉。あれは、池永幸彦と君恵のことを指した言葉だったのではないか。池永夫妻は過去に大罪を犯した人間たちであり、若宮憲一は、その二人を殺した犯人を捕らえるために身体を張る必要などはなかった。池永夫妻はそんな価値のある人間たちではなかった。あのとき、彼女はそう言おうとしたのではないか。

過去と現在はつながっている。
人は決して過去から逃れることはできない。
三十九年前の大罪がＩ・Ｙとその妻Ｋの死を招いたのだ。
そして、二人は二十四年前にも罪を犯している。

あの手紙をおれに送りつけてきたのは、前山美佳だったのだ。
ベッド脇に置いたかばんの中から、手帳を取り出した。池永幸彦が変死した昨年一月二十四日の日めくりカレンダーの余白に、幸彦の手で書かれたと推測される記述。手帳のページをめくり、慎一が再現したものに目を凝らした。

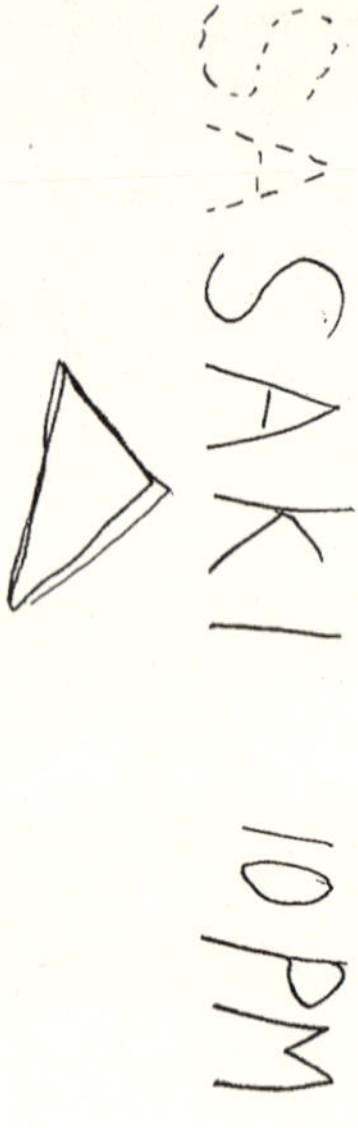

三十秒後、想像が一気に飛躍した。

もしかすると、幸彦は〈ＳＡＳＡＫＩ〉と記したのではないのかもしれない。

慎一によると、最初の〈ＳＡ〉はひどくかすれていたという。

例えば、こんなことが考えられるのではないか。

手にしたボールペンのインクの出が悪く、幸彦は筆圧を強めるなどして最初から書き直した。〈ＳＡＫＩ〉と。

そして、その下にある三角形。

これは、山を意味しているとも考えられる。

両者をつなぎ合わせると、サキヤマ——前山と読める。

昨年一月二十四日の午後十時に幸彦が会う約束をしたのは、佐々木安雄ではなく、前山美佳だったのではないか。

記憶の糸をたぐり、当時のことを思い出す。

特命二係は、未解決殺人事件のホシを追っていた。

捜査線上に浮かんだ男には事件当日のアリバイがあったことが判明し、捜査は結局、不首尾に終わってしまったのだが、そのころ特命二係はひと月以上、男の行確を続けていた。

少ない戦力でシフトを組み、二十四時間態勢で男を監視していたのである。

机の抽斗から、昨年の手帳を取り出した。

一月二十四日。

そこには、〈前山×〉の記載があった。

思い出した。

あの日の早朝、おれの携帯に電話してきた彼女は、〈風邪で熱があるので、今夜のシフトは誰かに代わってもらえませんか?〉と恐縮した声を出した。それに対し、おれは〈疲れが出たんだろう。二、三日ゆっくり休め〉と言った。それで、若宮、山中、それにほかの二名に電話して、数日間の行確シフトを組み直したのだ。

つまり、幸彦が死んだ日、前山美佳にはアリバイがない。

君恵が風呂で変死したのは、昨年二月二十日のことだった。

手帳のページをめくる。

そこには、〈夕方からまったく動きなし　前山〉と書かれていた。

記憶の糸を懸命にたぐる。

思い出した。

その日、彼女は確か、夕方からのシフトだった。

午後遅く、行確対象の男は外出先から自宅アパートに戻っていた。

夕方五時ごろ、朝から男のことを行確していた捜査員と交代した前山美佳はアパート前で張り番に就いた。日付が変わるころ、次の捜査員にバトンタッチした際、彼女は、男はアパートから一度も出てこなかったと話し、おれの携帯にも同じ報告をしてきた。

その間ずっと、前山は、本当に男のアパートの前にいたのだろうか？

慎一の記憶によれば、君恵の死亡推定時刻は二月二十日の午後七時から八時。

男のアパートは横浜駅の近くにあった。

そこから君恵の家に行き、彼女を風呂に沈めた後、いったん外出して合い鍵をつくる。それからもう一度、君恵の家に戻って玄関ドアを施錠し、行確対象者のアパートに取って返すことは十分に可能だ。

つまり、二月二十日についても、前山美佳には確たるアリバイがない。

そういうことだ。

川端の言葉を思い出した。

〈奥さんに出ていかれた後、宮崎がひとり娘のことを虐待していた。そんな噂です〉

途端に、突拍子もない考えが脳裡をよぎった。

宮崎大祐の突然の失踪。

あれは、父親から性的虐待を受けていた娘が、父親を殺したのではないか。

いや、それでは辻褄《つじつま》が合わない。

それでは、〈そして、二人は二十四年前にも罪を犯している。〉というあの手紙の記述と矛盾するじゃないか。

「いかん」とつぶやき、外岡は首をひと振りした。

どうやら、凜々子のことがあって、脳髄がまともに機能していないようだ。

もう一度、整理してみよう。

池永夫妻は三十九年前の十二月、ショッピングセンター内での女児連れ去り事件をでっち上げ、レイプの結果生まれた娘をこの世から抹殺した。

そして、彼らは二十四年前の一九九一年十一月、執念の単独捜査でそのことを突き止めた宮崎を口封じのために殺害した。

そのように考えた前山美佳が、父親の復讐を果たした——。

それが、池永夫妻変死事件の真実だったのではないか。

隣の助手席で池永幸彦がぐったりとしている軽ワゴン車の運転席で、小柄な前山美佳がシートの位置を前にずらす光景が目に浮かんだ。

続いて、前山美佳が、睡眠薬で眠らせた池永君恵の裸身をピンク色の湯が張られた浴槽に沈める光景……。

だが、彼女はどうやって、夫妻の家に上がり込んだのだろうか？

そうだ。

自分はフリーのジャーナリストだとでも名乗ったのではないか。あの時期、米子と横浜で二件相次いだ乳児連れ去り事件のその後を取材して、一冊のノンフィクションにまとめるつもりだとか、なんとか。

いや、待てよ。

ひょっとすると、自分は事件を捜査していた刑事の娘だと、前山は本当のことを話したのかもしれない。

確か、自宅の浴槽内で変死した当日、君恵は息子の慎一からの電話に〈長いこと会っていない人が訪ねてくるのよ。あんまり会いたくないんだけど、会わないと……〉と語ったということだった。

前山美佳は以前にも、夫妻と会ったことがあるのかもしれない。

例えば、〈父はあなた方の娘さんの事件に取り憑かれていました。その父が忽然と姿を消したことと、事件にはなにか関係があるのかもしれません〉などと言って、池永夫妻に面会を求めたのかもしれない。

彼女からの懇願に、夫妻は〈少しもお役には立てませんよ〉とでも断った上で、渋々面会に応じたのかもしれない。

そのときはまだ、前山は池永夫妻が父親を殺したとは考えていなかった。その後、歳月が流れてから、それを確信する事実をなにかつかんだということだろう。

その日の面会以来、連絡が途絶えていた前山が、また急に事件の話を聴きたいと言ってきた。そこで、先の君恵の発言になったのではないか？

ありえない状況設定ではない、と思った。

けれども、前山が池永夫妻殺害の犯人だとすると、佐々木安雄が以前二人の人間を殺した
——とおれに語ったこと。

あれはなんだったのか？

そこで脳髄の疲労は限界に達し、完全な思考停止状態に陥った。

「今夜はもう、考えるのは無理だ」外岡は独りごちた。「いろんなことが一度にありすぎて、
とにかく疲れた」

ベッドに身を横たえ、スタンドの明かりを消した。

眠れない夜になるのは確実だと思いつつ。

第七章　樹海の白骨

外岡が一睡もできないまま輾転反側《てんてんはんそく》した夜を明かしてから、数時間後。

ひとりの男が薄暗い森の中を歩いていた。

死に場所を求めて、ここにやってきたのである。

多少なりとも文明の香りを残した遊歩道を外れて森の中に分け入ると、そこは原始の世界だった。

周囲にあるのは、木と草と岩。

それだけ。

いや、それだけじゃなかった。

遊歩道から三百メートルほど森の奥に進んだところで、一本の木の枝からロープが垂れているのが目に留まった。

遠目にも、ロープの先端が輪状になっているのが分かった。

恐る恐る、そこに近づいた。

最初は、義足が二つ転がっているのかと思った。

靴底をこちらに向けたスニーカーからすっと伸びた脚の骨があまりにも白くて、まるでつくりもののように見えたからだ。

そこから視線をずらしたところ、頭蓋骨があった。下顎の骨が分離している。それらもまた白々としていて、どこかつくりものめいていた。

相当に長い年月、ここにこうして横たわっている死体であることは、男にも分かった。

脚の骨には黒っぽい靴下の一部がかろうじて残っているものの、パンツ類は見当たらない。おそらく朽《く》ち果ててしまったのだろう。

けれども、化繊《かせん》とおぼしきカーキ色のマウンテンパーカーは健在で、白骨死体のかなりの部分を覆っていた。

死体の脇には黒いリュックサックがあった。これもまた長年の風雨に耐えており、今でもなんとか使えそうな状態だった。

死体から離れ、煙草を一本、時間をかけて喫った。

それから、あらためて白骨を見下ろした。

おれも将来、見ず知らずの誰かに、このような無残な姿をさらすことになるのだろうか。

そう思うと、死ぬ気が完全に失せた。

男はパーカーのポケットを探ってみた。

黒い警察手帳が出てきた。


同じころ、鳥取市内の喫茶店。

ガラスドアを開けて店に入ってきた老人はフロアをざっと見渡すと、二人がけのテーブルについていた山中智宏巡査部長に目だけで挨拶した。山中が目印として表紙を表にしてテーブルに置いていた週刊誌を視線の先に捉えたのである。

「大岡《おおおか》さんですね？」

山中は椅子から立ち上がり、老人を迎えた。

かなり使い込んだ中折れ帽を頭から取りながら、老人が一礼した。「大岡信吉《しんきち》です」

この日の鳥取市の最高気温は二十四度と予想されていたが、大岡は流行遅れのだぼっとした厚手のスーツを着用しており、いちばん上のボタンまではめた白ワイシャツの首元にはループタイをしていた。

「わざわざご足労いただきまして、恐縮です」山中は頭を下げ、懐から取り出した名刺を大岡に手渡した。

大岡から注文を取ったウェイトレスがテーブルから離れたところで、山中は早速、本題に入った。「今日、こうして大岡さんに来ていただいたのは、一九七六年、即ち昭和五十一年の十二月に米子市内の病院から新生児が連れ去られた事件についてお話を伺うためです」

「ええ、そのことは県警からの連絡で承知しております」

山中にまっすぐ視線を向けながら、大岡が言った。「当時、わたしは捜査一課の警部補としてあの事件の捜査に従事しました。正直なところ、ちょっと気が重い話題ですが、遠慮なくなんでも訊いてください。八十二歳にもなりますと、昨日の昼飯になにを食べたかも思い出せないことがよくあります。ですが、不思議なことに昔のことはよく憶えていますから」

大岡は入れ歯を覗かせて笑った。

いや、そんな年齢には見えませんし、とてもお元気そうですよ。

面談を円滑に進めるためのお世辞をいくつか並べてから、山中はふたたび頭を下げた。

「どうか、よろしくお願いします」

そこで、先ほどのウェイトレスが大岡の頼んだコーヒーを運んできたため、二人の会話は一時中断された。

彼女が去った後、他言は無用でお願いしますと断った上で、山中は、横浜で高齢の男性とその妻が相次いで変死する事件があり、神奈川県警は殺人の疑いが強いとみて捜査していること、三十九年前に夫妻の生後間もない娘が何者かに連れ去られる事件が起きたこと、それは米子の事件からわずか二日後の出来事だったこと――等を手短に説明した。

幸い店内は閑散としており、周囲に客の姿はなかったため、聴力が衰えているに違いない老人相手に声をひそめる必要はなかった。

「二つの事件が直接関連していると思料する根拠はなにもありませんが、日付の近接に加えて、両事件とも被害者がいまだに発見されていないことが引っかかりましてね。それで、こうして、鳥取まで出張ってきたというわけです」

山中が説明を締めくくると、それまで黙って耳を傾けていた大岡がうなずいた。「よく分かりました」

「それではまず、基本的なことを確認させていただきたいのですが」

「どうぞ」

「当時、鳥取県警さんは、排ガス自殺した男を容疑者として考えていた。こちらで調べたところ、馬越尚史《まごしなおふみ》という男ですが。それで間違いありませんね？」

「ええ」

「そのいちばんの根拠は、車内に残されていた手書きのメモだったと思いますが、当時の新聞記事によると、馬越によく似た男の姿が事件当日の十二月一日、病院内で目撃されていたとか。これは、事実でしょうか？」

「そのことなんですが……」

大岡は言いよどみ、うつむいてコーヒーに砂糖を入れた。節くれ立った手で小さなスプーンを握り、カップの中身をくるくるとかき回す。

二人の間に沈黙の時間が流れた。

やがて、しびれを切らした山中が言った。「事実ではない？」

「いえ、そうとも言いきれません」

コーヒーをひと口啜った後、大岡がカップの縁越しに答えた。「ただ、今考えてみますと、目撃情報の確度にはかなり問題があった。そのように言わざるを得ません」

「その目撃情報ですが、具体的には？」

「マルモク（目撃者）は病院の男性スタッフでした。時刻までは憶えていませんが、事件当日の夕方、馬越に似た男から新生児室の場所を訊かれた――という証言でした」

「その病院スタッフは、男とどのような会話を交わしたのか。その内容については、記憶されていますか？」

「ええ」大岡は首を上下に動かした。「男がスタッフに新生児室は何階にあるかと訊いた。それに対し、スタッフは二階です、と答えた。それだけです」

「すると、せいぜい五秒ぐらいのことですね。スタッフは男の特徴について、どんな話をしましたか？」

「五十代ぐらいの男で、黒っぽい服装をしていた。そんなところです」

「顔貌については？」

「目立った特徴はなかった、と」

「馬越尚史は、そんな、どこにでもいる中年男だったのでしょうか？」

「平凡そのもの。中肉中背。目鼻立ちもごく普通で、美男でもなければ醜男《ぶおとこ》でもありませんでした」

「都会の雑踏の中ですれ違った際、仮にちらりと目線を交わしても、三秒後には忘れてしまっている男？」

「なかなかうまい表現ですな」

「当然、写真面割りはなさったんでしょうね？」

「もちろん」

「アパートのガサ（家宅捜索）で馬越の写真を押収したわけですか？」

「ええ。割とよく撮れたスナップ写真があったので、それを使いました」

「面割り台帳には、何枚ぐらいの写真を並べました？」

「十二、三枚だったような気がします」

「〈平凡〉という言葉を絵にしたような男とたった五秒間会話を交わしただけなのに、その病院スタッフは、十数枚の写真の中から迷うことなく馬越のものを選び出したんですか？」

「いいえ、そのときは」

山中は眉根をよせた。「そのときは、と言いますと？」

「翌日、スタッフをもう一度、署に呼びました」

「そこで、もう一度面割り台帳を見せたわけですね？」

「いえ……」

大岡は、気まずそうに山中から目をそらした。

相手の様子を見て、山中は、目撃者が二度目に米子署捜査本部に呼ばれた際、どういうことが起きたのかが分かった。

「生まれたばかりの赤ん坊がさらわれた事件に対する世間の関心は高く、われわれは強いプレッシャーにさらされていました——」

しばらくして、山中に視線を戻した大岡が話し始めた。「この事件は絶対、早期に解決しなければならない。きっと、そんな焦りみたいなものがどこかにあったんでしょう。われわれは、やってはならないことをやってしまったんです」

「馬越尚史のスナップ写真だけを見せた」山中は平板な口調で言った。「あなた方はそうしたんですね？」

「おっしゃるとおりです」

大岡の口元が、不規則な形状にゆがんだ。「馬越の写真だけを机の上にずらりと並べました。……あなたが見たのはこの男だったんでしょう？　間違いなくそうだったんですよ。『似ているような気もしますが、この人かどうかは分かりません』といった言葉を繰り返すマルモクに対し、われわれは、強い調子でそう迫った」

「それで最終的に、その病院スタッフはわたしが見たのはおそらくこの男に違いありません、と言った」

「ええ」

目撃証言の確度にかなり問題があった——などというレベルの話ではない。

事件現場で馬越尚史によく似た男を見たという唯一の目撃証言。それは、ほとんど鳥取県警がでっち上げたものだったのだ。

こいつらは、捜査のイロハさえ知らない連中だった。山中の胸の内で、鳥取県警に対する軽蔑の念がわき上がった。

ろうそくを吹き消すときのような息を口から吐くと、山中は話題を転じた。「馬越が死んでいた車内に残されていた手書きのメモ。その文言を記憶されていますか?」

「だいたいのところは」

目を伏せながら答えた大岡は、己のことを恥じている様子だった。

「できるだけ正確に再現してみてくれませんか?」

山中は、自分がしだいに尋問口調になっていることに気づいた。

「は、はい」大岡は額に手をやって、少し考えるような顔をした。「……〈彼女に死なれてしまった。もうこれ以上生きていくことはできない。今度こそうまくやれると思っていたのに、本当に残念だ〉。こんな内容だったと思います」

「彼女に死なれてしまった——。その文言が、病院から連れ去られた女児を指しているものだと判断された根拠。それは、なんだったのでしょう？」

「根拠と言われても……」

山中の詰問めいたもの言いに、大岡は当惑したように一重の目をしばたたいた。「あの状況では、ほかには考えられなかったんですよ」

そこで、大岡はまた視線をそらした。

山中は、なにかあると確信した。

「大岡さん、こう言っては誠に失礼だが、あなた方は当時、完全な視野狭窄状態に陥っていた。身代金目的で赤ん坊を連れ去った前歴を持つ男にしか、目が行かなかった。その結果、馬越が車内に残した走り書きについても自分たちの都合のいいように解釈し、ほかの可能性があることを考えようとしなかった」

「ええ」山中に視線を戻した大岡の顔には、〈悔恨〉の二文字が浮かんでいるように見えた。

「まったく、そのとおりです」

山中は目を細めた。「……つまり、後になって、メモの本当の意味が判明した。実のところ、〈彼女〉というのは、連れ去られた女児を指した言葉ではなかった。あなたは、そうおっしゃっているんですか？」

「そうです」

「〈彼女〉というのは、誰を指した言葉だったんです？」

「馬越にはフィリピン人の女房がいました」

大岡は、それがさも興味深いものであるかのように、コーヒーカップを凝視しながら語り始めた。「カトリーナという名前でした。仙台の事件で、彼女が共犯として宮城県警に逮捕されたことはご存じですね？」

「もちろん」

「馬越より先にムショを出たカトリーナは馬越と別れて、フィリピンに帰ってしまった。馬越は彼女のことが忘れられなくて、刑期を終えて出所後、何度か向こうに渡った。よりを戻そうとしたんですよ。カトリーナはなかなか首を縦に振らなかったようだが、米子の事件が起きる二、三ヵ月前に復縁する方向で話がまとまったらしい。ところが、彼女は来日する直前に海難事故で死んでしまった。彼女の父親は漁師をやっておりまして、カトリーナは漁を手伝っている最中に船から荒れた海に転落したそうです」

「愛していた元妻、間もなく自分の妻の立場に戻るはずだった女性に死なれてしまい、馬越は生きる希望を失った。馬越は極めて個人的な動機で排ガス自殺したのであり、女児連れ去り事件とは無関係だった」

大岡が消え入りそうな声で言った。「ええ」

山中の内なる〝鳥取県警軽蔑メーター〟の目盛りがはね上がった。「で、あなた方が、そのことを知ったのはいつのことでした？」

「カトリーナの実家は、あの小野田寛郎《おのだひろお》少尉が潜伏していたルバング島の近くにあるタラオという島にありました。これが、電気も水道もなければ電話回線も引かれていないという恐ろしく辺鄙《へんぴ》な島でしてね。英語のできる捜査員に手紙を書かせて送ったんだが、梨のつぶてでした。そこで、ブン屋連中には知らせずに捜査員を島に派遣したのは……あれは、そう、おそらく事件から三、四ヵ月たってからのことでした。われわれはその段階で、ようやくカトリーナの死や復縁話があったことを知ったというしだいです。本部長の命令で厳重な箝口令《かんこうれい》が敷かれ、捜査員のフィリピン派遣で判明した事実はなかったことにされました。カトリーナの所在は突き止められなかった。地検にはそんな嘘の報告を上げました。女児の死体発見には至っていないものの、ホシは馬越で決まり。やつが女児を殺して、どこかに死体を埋めたに違いない。あくまでも非公式にですが、報道に対してずっとそう言い続けてきた手前、今さら軌道修正することはできなかったんです。そんなことをしたら、県警の威信はそれこそ地に墜ちてしまいますから」

「馬越のほかに、捜査線上に浮かんだ不審な人物は皆無だったんですか？」

山中の口調は、今やほとんど取調室で被疑者を追及する際のそれになっている。「誰かひとりぐらい、いたでしょう？」

「何人かいました」大岡が答えた。「けれども、すべて雑音として上層部から無視されました。捜査は事実上、終わってしまったんです。馬越はホシではなかった。そのように考えて捜査を一からやり直すことはかないませんでした。それでもわたしは、何度か上司にそうするべきだと進言したことがあります。……分かってください。こんなわたしでも、保身のことしか頭にない上の連中と闘おうとはしたんです。けれども、その都度返ってくる言葉はただひと言、〈忘れろ！〉でした」

この時点で、山中の〝鳥取県警軽蔑メーター〟の目盛りはレッドゾーンに達した。

「記憶に残っている不審者情報はありませんか？」

「一件、憶えています」

「どんな情報です？」

おい、早くしゃべれ。

「以前、和陽病院に勤務していた女性の姿が事件当日、院内で目撃されていました。顔見知りのスタッフが彼女に声をかけると、所用で米子に来たのでお世話になった婦長さんに挨拶しようと思って立ちよった。女性はそんな話をした。ところが、後日、捜査員が婦長に会って話を聴いたところ、女性が挨拶に来たことはなかったというのです。けれども、彼女が訪ねたときに、たまたま婦長が不在だったのではないかと――」

山中は大岡を黙らせた。「その女性も看護婦だった？」

「いえ、助産婦でした」

助産婦という言葉に、刑事のアンテナが敏感に反応した。

山中はたたみかけた。「その助産婦の名前は？」

助産婦なら、新生児室に頻繁に出入りしていたはずだ。

新生児室の管理態勢がどうなっているのか。どの時間帯を狙えば、誰にも見られずに新生児室の中に入れるか。

そのことを熟知していたはずだ。

こいつらは、そのことに想像力が及ばなかったのか？

こんな連中が捜査一課を名乗っていたことが信じられなかった。

大岡は首を振った。「いえ、そこまでは」

山中は苛ついた声を出した。「捜査情報が記された当時の手帳かなにかを、自宅に保管されていませんか？」

相手を怒鳴りつけたいという衝動を抑えるのにひどく苦労した。

「刑事人生の思い出として、どこかにしまったような気もしますが……」

山中は命令口調で言った。「探し出してください。それも、急いで」

「わっ、分かりました」

「これは、とても重要なことかもしれません」山中が言った。「わたしは今日、神奈川に戻りますが、助産婦の名前が分かったら大至急連絡してください」

それよりしばらく前、野庭分庁舎の〝捜査本部〟。

前山美佳は、机で書類仕事をしていた。昨日の川端に対する聴取結果を捜査報告書にまとめているのだ。

外岡の視線は、どうしても彼女に行ってしまう。

〈おまえが池永幸彦と君恵を殺したのか?〉

そんな言葉が何度か喉元まで出かかり、外岡はパイプ椅子から尻を上げた。

窓際に立った。見上げた横浜の空は晴れていたが、小笠原《おがさわら》諸島付近を通過している台風7号の影響なのか、湿度が極めて高く外岡は不快感を覚えていた。窓から見下ろす証拠品保管倉庫の敷地は相変わらず殺風景で、外岡の不快感を増幅させた。

「どうしたんですか?」

背後から前山の声が問いかけてきた。「外岡さん、今日はやけに口数が少ないじゃないですか。……ひょっとして、昨夜の朝井凜々子さんとのデート、うまくいかなかったんですか? ふられちゃったとか?」

途端に、〈お願いだから、わたしに優しくしないで〉とつぶやいたときの朝井凜々子の、あの儚げな後ろ姿が目に浮かび、外岡の気持ちをいっそう重くした。

「いや、なんでもないよ」

外岡は前山に背を向けたまま言った。「たぶん、このじとっと湿った重たい空気のせいだろう。なんだか、誰とも話したくない気分なんだ」

「分かりました」

前山がどこか母親を想起させる優しい口調で言った。「そういうことなら、こっちからはしばらく話しかけませんから」

「済まないな」

外岡は、上着のポケットから煙草のパッケージを取り出した。

四年ほど前に禁煙してから、煙草には一度も手を出していない。けれども、今朝、一睡もできないままベッドを離れた瞬間、無性に喫いたいと思った。その衝動は強烈で抗しがたいものがあり、自宅近くのコンビニで使い捨てライターとともにひと箱買ったのだ。けれども、封を切っただけで、今のところかろうじて一本も灰にはしていなかった。

パッケージから煙草を抜き出し、口にくわえた。

いいじゃないか。

喫ってしまえ。

ひと箱空にしたからといって、肺ガンにかかるわけでもあるまい。

点火したライターを煙草に近づけたところで、机上の警電が鳴った。

火のついていない煙草を床にポイと投げ捨てると、外岡は受話器を取り上げた。「はい、捜査班」

〈たいへんだ！〉

いきなり折坂係長の声が叫んだ。

「どうしました？」

〈車が出たんだよ！〉

「車？　誰の車ですか？」

〈香川の坂出港で、車が出たんだ！〉

「落ちついてください。誰の車が出たんですか？」

〈佐々木安雄の車に決まってるだろ！〉

「今、なんて言いました？」外岡は眉を吊り上げた。「それは……つまり、海の底に沈んでいたという意味ですか？」

〈そうだ！　岸壁から十メートルぐらい先の海底に沈んでいた！　港の浚渫《しゅんせつ》作業をしていた作業員が発見したらしい。装着されていたナンバーは偽造されたものだったが、車内にあった車検証から佐々木の車と判明したそうだ！〉

「それで――」

〈いいから、こっちの話を最後まで聞け！　車の後部座席から死体が出てきたんだよ！　腐乱死体が！　それも二体！〉

「それは、つまり――」

〈人の話を途中でさえぎるな！　傷みがひどいので性別は分からんが、ひとりは成人、もうひとりは小さな子ども！〉

あまりの衝撃に、受話器を持つ手が小刻みに震えた。

次の瞬間、吉野町の不動産仲介会社での情景が目に浮かび、佐々木の声が聞こえてきた。

〈おれは二人の人間を殺してしまったんだ。……あんたの部下と制服のおまわりのことを言ってるんじゃないぞ〉

そうか、そうだったのか！

あれは、女房とひとり息子を指した言葉だったのだ！

おそらく人生に絶望した佐々木は、一家無理心中するつもりで、坂出港の岸壁から車をダイヴさせた。

その際、海面に激突した拍子にフロントガラスが粉々に割れ、佐々木は生存本能のおもむくまま車外に脱出した。妻と息子を後部座席に置きざりにして。

そういうことが起きたのだ。

〈睡眠薬で眠らせてな……〉

佐々木の声がふたたび耳元で聞こえてきた。

あの言葉は、女房を眠らせたという意味だ。

間違いない。

〈いや、彼女だけだ。彼はそうする必要がなかった〉

それは、そうだろう。

車を海に突っ込ませたのは、常識的に考えれば周囲に人気のない深夜か未明。幼い息子は、ぐっすり眠っていたのに違いない。

謎は解けた。

佐々木安雄は、池永夫妻を殺していなかった！

〈香川県警から、こっちに刻々と情報が入ってきている。二人とも、今すぐ本部に上がって来てくれ！〉

「了解！」

県警本部の玄関先で、深沢刑事部長と鉢合わせした。

「さっき、岩崎一課長から話は聞いた」

深沢が外岡に言った。「たいへんなことになったな。この事件はいったいどこへ向かおうとしているのか。おれには、それがまるで読めなくなった」

隣にいる前山美佳にちらりと目を向けてから、外岡が応えた。「わたしも、まったく同じ気持ちです」

「三十九年前の事件については、調べは進んでいるか？」

「ある程度は……」

外岡は言葉を濁した。

「そこに捜査の目を集中しなければならんな」

「ええ」

「ご苦労だが引き続き、頑張ってくれ」

黒塗りの公用車に向かう刑事部長の後を、外岡は小走りで追った。

外岡の足音に気づいたのか、刑事部長が振り返った。「まだ、なにか？」

「東京拘置所にいる死刑囚と、早急に面会したいのです」外岡が言った。「部長の人脈で、法務省に話を通していただけませんか？」

「死刑囚……？」深沢は怪訝な表情になった。「そいつの名前は？」

外岡は死刑囚の氏名を告げた。

「うん。で、なぜ、そいつから話を聴く必要がある？」

「それは、ちょっと……」

「今は言えないか？」

「勘弁してください。ですが、捜査上、どうしても彼に至急会う必要がある。わたしはそのように考えています」

実は、死刑囚と面会することがそれほどまでに重要だと考えていたわけではない。そもそも、死刑囚が過去に話したことと池永夫妻の連続不審死事件との間にはなんらかの関連があると判断する具体的根拠などなにひとつとしてなかった。

けれども、あの夜、朝井凜々子が放心したような状態で口にした言葉がずっと頭の片隅に引っかかっていた。刑事の直感のようなものが、死刑囚に会ってその意味するところを問え――と外岡に告げていた。

東大法学部を出た深沢刑事部長なら、法務官僚にも親しい人間がひとりや二人はいるに違いない。正規のルートを通せば、おそらく時間がかかる。ここで彼と会ったのは、まさに渡りに船。とっさにそう考えた上での厚かましい依頼だったが、刑事部長は口利きを拒まないだろうとの読みも外岡にはあった。

「分かった。おまえさんがそこまで言うのなら、これ以上なにも訊かない」

下唇を指先でつまんで少し考えるような顔つきをしてから、深沢が言葉を続けた。「大学時代の友人が法務省の矯正局にいる。ゴルフ部で一緒だった、おれにとっては生涯の友と呼べる数少ない男のひとりだ。今日中にその男と話をして、結果はおまえさんの携帯に電話する。それでいいか？」

「もちろん、それでけっこうです」外岡は深々と頭を下げた。「なにとぞ、よろしくお願いします」

「いえ、こちらこそ、ありがとうございます」

前山美佳とともに捜査一課特命二係のシマに行くと、折坂係長が背中を丸めて電話に取りついていた。「なるほど……了解しました。またなにか情報がございましたら、ご一報をお願いします」

警電の受話器を架台に戻した後、折坂は、外岡と前山に顔を向けた。「香川県警の捜査一課と話していたところだ。車内から出てきた二人の性別は不明だが、服装からして成人は女性。子どもは男の子だそうだ」

「予想どおりですね」と外岡。

「そうだな。……実は、先ほどこっちから、広島に住んでいる佐々木安雄の旧友に電話をかけてみた」

「ああ、大学時代にロック・バンドを一緒にやっていた仲間。運送会社の経営者で、名前は確か、安藤でしたっけ？」

「うん。佐々木に貸した三百万を踏み倒された男でもある。……で、その安藤の話によると、佐々木の女房美貴子と息子の潔は広島に住んでいた間に市内の同じ歯医者にかかったことがある。なんでも、安藤本人が佐々木にそこを紹介してやったんだそうだ。香川県警にその情報を伝えたところ、歯医者に電話を突っ込んで歯科診療記録を至急ファックスさせると話していた。というわけで、二つの死体が美貴子と潔かどうかは今日中に確認できるだろう」

「ほかの可能性など、まず考えられませんよ」

「おれもそう思うが」

「つまり、佐々木が外岡さんに〈二人の人間を殺してしまった〉と話したのは、妻子を死なせてしまったという意味だったわけですが――」

そこで、前山美佳が初めて口を開いた。「だとすると、池永夫妻を殺したのはどこの誰だったんでしょうか？」

外岡は、無言でじっと彼女を見つめた。


東京・小菅《こすげ》の東京拘置所、通称「東拘《とうこう》」の庁舎は地上十二階、地下二階。庁舎の高さは約五十メートルあり、延べ床面積は約八万平方メートル。

収容定員は拘置所としては国内最大規模の約三千人で、未決勾留《こうりゅう》の刑事被告人や被疑者、死刑確定者、ほかの施設への移送を待つ一時執行受刑者、「当所執行」と呼ばれる拘置所で刑期を務める受刑者――が暮らす収容棟がAからDまで四棟ある。死刑が執行される施設でもあり、刑場は地下に設置されている。

翌日、外岡はその施設の一室にいた。

深沢刑事部長の強力なコネのおかげで、死刑囚との面会が思いもよらぬ早期に実現することになったのである。

香川県警からの連絡によると、坂出港に沈んでいた車から発見された二つの死体は昨日、佐々木安雄の妻と五歳のひとり息子と確認された。佐々木が池永夫妻を殺していなかったことは、これでほぼ確実となった。

外岡は腕時計に目をやった。

指定された時刻まであと一分。

心臓の鼓動が速くなっているのを自覚した。そこで気分を落ちつかせようと思い、二度ほど深呼吸をした。

平常心。平常心。

自分に言い聞かせる。

やがて部屋のドアが開き、制服制帽姿の刑務官に伴われた男が中に入ってきた。

手錠や腰縄はつけられていない。

「そこに坐りなさい」

刑務官に命じられた男は、外岡の向かいのパイプ椅子に腰を下ろした。

背の高い刑務官は、男の背後で休めの姿勢を取った。

こちらに目を向けようとしない男を、外岡はじっと観察した。

服装は着古した灰色ジャージーの上下。素足に官給品のサンダル履き。短く刈った髪は真っ白で、そのために六十歳という実年齢より五つぐらい老けて見える。だが、その顔貌はといえば、意外にも二枚目と呼ぶのがふさわしいものだった。中でも睫毛の長い二重の目は美しく、そのために、全体としてはイタリア映画に出てくる純真無垢《むく》な少年がそのまま年齢を重ねたような姿――といった印象を受けた。

けれども、この男こそが、朝井凜々子の心に修復不可能な傷を与え、彼女の人生をめちゃくちゃにした張本人なのだ。

今すぐテーブルを飛び越えて、こいつの首をへし折ってやりたい。そうした衝動をなんとか抑え込むと、外岡は努めて平静な声を出した。「白石悟《しらいしさとる》さんですね？」

そこで、死刑囚が初めて外岡に目を向けた。「ああ」

「今日、こうして来たのは、あなたにぜひともお訊きしたいことがあるからです」

外岡は名刺をテーブルの天板に滑らせた。

白石は首をねじ曲げて、後ろを振り返った。「これ、受け取ってもかまいませんか？」

刑務官が小さくうなずいた。

「神奈川県警捜査一課の外岡さん――か」

左手で取り上げた名刺に視線を落とした白石が言った。「で、神奈川県警が、ただひたすら死を待つだけの身のおれになにが訊きたいんだ？」

「あなたが朝井凜々子さんに話したことです」

「凜々子、元気にしてるか？」

白石は、長く会っていない友人の消息を尋ねるような軽い口調で言った。「あんた、彼女に会ったことがあるんだろ？」

五秒でなんとか怒りの感情を抑えた。

外岡は答えた。「ええ。舞台女優として活躍されています」

「そうか。彼女、今、年齢は三十八ぐらいか。きっと、いい女になってるんだろうな。むしゃぶりつきたくなるようないい女に」

今度は十秒かかった。

唇の震えを相手に気づかれないよう口元に手をやりながら、外岡は本題に入った。「白石さん、あなたは昔、朝井凜々子さんに対し、こんなふうに話されたそうですね。おまえは〝二度盗まれた子ども〟だ——と。それは、どういう意味だったんでしょう？」

「そんなことを言った憶えはないよ」

「そんなはずはありません」

外岡は相手を押さえ込むような声色で言った。「わたしは彼女の口から、はっきりと、そう聞きました」

「あんた、凜々子に惚れてんだろ？　違うか？」

相手の挑発を無視し、外岡はふたたび問いかけた。「〝二度盗まれた子ども〟。これはどういう意味だったんですか？」

「そんなこと、口にした憶えはない。そう言ってるだろうが」

同じようなやり取りがその後三度繰り返されたところで、外岡は、ここへ来たのは無駄足だったと悟った。

この男は話すつもりがない。

そこで、話題をがらりと変えた。口調もそれまでとはがらりと変えた。「白石さんよ、あんた、なんで母親とその内縁の夫を殺したんだ？」

意外なことに、白石は面白がるような顔つきをして乗ってきた。「おれの内面に迫ろうっていうのか？」

「まあ、そんなとこだ」

「おれのことをどれくらい知っている？」

「かなりのことを」

昨日、自宅マンションに戻ってから一晩で朝井凜々子の著書『監禁――奪われた9年間の人生――』を読み終えていた。

「じゃあ、大金持ちのろくでなしだった親父が死んだ後、おれが、おふくろと二人でどでかい家に住んでいたことは、もちろん知ってるよな？」

「ああ。あんたは、その大邸宅の物置小屋に凜々子さんを監禁し、レイプし続けた。十歳のときから、九年間にわたって。おふくろさんは、あんたがやってることを全部知りながら、なにも言わなかった。いや、なにも言わなかっただけじゃない。毎日、食事をつくって物置小屋に届けたのもあんたのおふくろさんだし、凜々子さんの出産に立ち会って赤ん坊を取り上げたのも、あんたのおふくろさんだった」

「おい、それはちょっと違うぞ。九年間、ずっとセックスし続けたわけじゃない」

白石が抗議の口調で言った。「凜々子が十四歳ぐらいになって……なんていうか、身体つきが女らしくなってくると、あんまりおれの好みじゃなくなってきた。言いたいこと、だいたい分かるだろ？　けど、凜々子を自由にしてやるわけにはいかなかったから、あとの何年間かは家の中で飼っておいた。それだけのことだ」

「なにを言ってる」

外岡は気色《けしき》ばんだ。「凜々子さんが子どもを産んだのは、十六歳のときじゃないか。あんたは、それをどう説明するんだ？」

「たまに、やってたってことだよ」白石はテーブルの天板を平手で二度三度とたたいた。

「たまにな」

スラックスの膝の上に置かれた外岡の両手が激しく震えた。

「あんた、やっぱり凜々子に惚れてるんだろ？」

感情が隠しきれず、顔に表出してしまったのだろう。白石が鼻で嗤った。「正直に言ったらどうなんだ？　えっ？」

「話を元に戻そうじゃないか」

挑発を完全に無視して、外岡が言った。「なぜ、ムショを出た後、母親、それに彼女と一緒に暮らしていた男を殺したんだ？」

「おれはムショにいる間、いろいろ勉強したんだ」

質問には答えず、白石は左手の指先を短髪の中に半ば沈めた。「こう見えても、おれは読書家でな。子どものころからそうだった。くだらない刑務作業を終えると、空いてる時間はひたすら本を読んだ。それで、分かったんだよ」

「なにが？」

「おれみたいな人間は、精神科医からペドファイルと呼ばれている。日本語にすると、小児性愛者だ」

「ああ、そうだな」

「ここに百人の男がいるとするだろ。そのうち、ひとりから五人が小児性愛者なんだそうだ。じゃあ、おれみたいな人間はなぜ誕生すると思う？」

「例えば、幼少期に親から虐待されたとか、愛情を注がれなかったとか。いずれにしろ、人生の早い段階に受けたなんらかの心理的影響のせいじゃないのか？」

「違う、違う」

白石は整った顔に苛立った表情を浮かべ、右手を団扇《うちわ》のように振った。「かつては確かに、そんなふうに考えられていた。けれども、それは完全に間違っている。ペドフィリア（小児性愛）はな、異性愛や同性愛と同じようにその人間がこの世に生を受けた瞬間から持っている性的な嗜好《しこう》であって、その人間がいくら努力しても変えようがないものなんだよ。……そうだな、宿命とでも言ったらいいのかもしれない」

そこで、白石は、手のひらを上向きにした両手を大きく広げて見せた。「だって、おれは、親から虐待された記憶なんかひとつもないいんだぜ」

「なるほど」

外岡は、白石の知性に素直に感心していた。「そんな宿命を背負ったあんたは、自分のことをどう感じていたんだ？」

「いつも戸惑っていたよ。困惑していたよ。中学二年ぐらいになって、クラスの男子が同級生の女の子の膨らみ始めた胸のことか、若い女教師のケツがいかしてるとか——そんなことばかり話題にしているのに、おれは十歳ぐらいの女の子のひょろひょろした身体にしか興味がないんだから。おれは、自分が〝普通〟じゃないことを恥じ、そのことをひたすら隠そうとした。ほかの学校の美少女とキスしたとか、そんな話を適当にでっち上げて。……だけど、大学生になったころかな。ついに内なる欲望を抑えきれなくなって、小学生の女の子にいたずらするようになった。公園で独り遊んでる子に声をかけて。お菓子で巧みに誘ったりしてな。何百回やったか、分からない。幸か不幸か、おれが警察に捕まることはなかった。

その結果、内なる欲望はどんどんエスカレートしていき、挙げ句の果てに凜々子をあんなひどい目に遭わせてしまったのさ」

　そこで、目頭を指先で押さえると、顔を激しくゆがめた白石は喉の奥から嗚咽を漏らした。

「……おれは、おれは、誰も傷つけたくなんかなかった。おれは、そんな人間じゃない。……だから、こんなおれをこの世に送り出したあの女を殺して、自分も死のうと思った。一緒にいた男を死なせてしまったのは、状況的にそうなってしまっただけで……。こちらの主張は裁判では退けられたが、あの男に関しては殺意はなかったんだ。こんなことを言っても、たぶんあんたには信じてもらえないだろうが」

　いつの間にか、外岡の中で白石悟への憎悪は薄れていた。

　いつの間にか、彼のことを憐れんでいる自分がいることに気づいた。

　白石悟という男には、本人にはいかんともしがたい性癖を決して是認しない人間社会の犠牲者という側面があることは間違いないように思えた。それだからと言って、彼が朝井凜々子に対して犯した罪は絶対に許されるものではないが。

　しばらくして、気分が落ちついたのだろう。自嘲の薄笑みを顔に浮かべた白石がとても静かな口調で言った。「今までおとなしく死ぬつもりでいたおれがなぜ、こんなに時間がたってから突然、再審請求をしたのか。棄却されると分かっていながら、刑の執行を遅らせるための悪あがきをするのか。そのことを疑問に思うかもしれないいな」

外岡は首をひと振りした。

「そうか――」

目に涙を溜めながら、白石が言った。「こんなおれのような人間でも、生きていていい。外岡さん、あなたはそう思ってくれるのか?」

その問いかけに対し、外岡はこう答えた。「できるだけ長く生きてください」

「本当に、本当に、そう思ってくれるんですか?」

外岡はきっぱりと答えた。「ええ」


東京拘置所を後にして東武伊勢崎《とうぶいせさき》線小菅駅の自動改札をくぐったところで、携帯が鳴った。

「はい、外岡」

〈前山です〉

「どうかしたか?」

〈父が見つかりました〉

「宮崎大祐が見つかった?」

思わず、その名前が口から出てしまった。

何秒間か黙り込んだ後、前山がつぶやいた。〈……どうして分かりました?〉

「そのことは、後で話そうじゃないか。それより、お父さん、生きていたのか?」

〈いいえ〉

山梨県警富士吉田署《ふじよしだ》に到着したのは、夕方だった。

警務課長に導かれて署長室に入ると、先着していた前山美佳がソファから立ち上がった。彼女は既に署内の霊安室で、変わり果てた姿の父親との対面を終えていた。

前山は軽く頭を下げた。「どうも」

それに対し、右手を挙げて「ああ」とだけ応えてから、外岡は署長ら数名の署幹部に挨拶し、名刺を渡した。

一同が応接セットのソファに腰を下ろした。

署長がこれまでの経緯を説明した。

それによると、昨日午前、富士山の北西に広がる青木ヶ原《あおきがはら》の樹海で、自殺志願者の男が首つり自殺をしたと思われる白骨死体を発見した。

男が死体を覆っていたマウンテンパーカーのポケットを探ったところ、神奈川県警の古い警察手帳が出てきた。

そこには宮崎大祐という氏名が記されていた。

無残な状態の骸《むくろ》を目にして自死することを思い留まった男は、持っていた携帯で一一〇番通報した。富士吉田署の署員が直ちに現場に赴き、死体を収容した。

死体は宮崎とみてほぼ間違いないと判断した富士吉田署は、神奈川県警に照会した。おたくには、かつて宮崎大祐という警部補が在籍していたか——と。

数時間後、神奈川県警から返答が来た。

宮崎大祐という警部補が以前、確かにうちにいました。その警部補は二十四年前に行方不明になったそうです。

富士吉田署の担当者が言った。「うちとしては、遺族の誰かに至急連絡したいんですが。そちらで、なんとか調べてもらえませんか?」

その難しい要請に、人事担当をしている神奈川県警本部の警務課員は唸り声を発した。

〈そうおっしゃられても……〉

ところが、本日の昼前になって、同じ警務課員が弾んだ声で電話してきた。〈遺族と連絡が取れました!〉

なんでも、現在は所轄に出ている元警務課員が、所用で古巣に立ちよったのだという。困りきった表情をしているかつての同僚を見て、以前、警務課にいた男は、そんな顔をしていったいどうしたんだと声をかけた。警務課員が事情を説明したところ、その男はつい最近、宮崎大祐の元妻に会ったと話した。

「彼は、横浜の病院でばったり元の奥さんに会ったんだそうです」

署長が言った。「大昔に、彼女と何度か言葉を交わしたことがあったとか。彼が勤務していた所轄に捜査本部が設置された際に、彼女が署内の道場で寝泊まりしている旦那の着替えを持ってきたらしい」

そこで、温厚そうな風貌をした署長は、前山美佳に向かって微笑みかけた。「看護師として活躍されているお母さん、年齢を重ねられた今も若いころと同じようにたいそう美しい女性だそうですな。だからこそ、その元警務課員は、お母さんの顔を見てすぐに誰なのかを思い出したんです。……そしてあなたは間違いなく、そのお母さんの遺伝子を受け継いでおられるようだ」

前山はなにも言わなかった。

署長が話し終えたところで、外岡が質問した。「故人の遺品、とりわけ書き残したものは、なにかありませんでしたか？」

「ええ、ありましたよ」署長が首肯した。「それは、別の部屋に用意してあります」

署長自らが案内してくれた応接室のテーブルには、黒いリュックサックが置かれていた。その脇には、いずれも表紙が水色の大学ノートとメモ帳。二冊ともボロボロで、朽ち果てる寸前といった状態だった。

「わたしどもは遠慮しますから。どうぞ、ごゆっくり」

署長は部屋を出ていった。

応接室は静寂に包まれた。

そのまま一分が経過した。

部屋のぴんと張りつめた空気を破ったのは、前山美佳だった。「なぜ、わたしが宮崎大祐の娘だと分かりました？」

「川端俊政がおれに電話してきたんだよ」

一拍置いて、外岡が答えた。「おまえのお母さんの親父さんかおふくろさんの通夜。川端はそこに参列したことがあったそうだ。おまえから渡された名刺を見ているうちに、彼は、お母さんの旧姓が前山だったということを思い出したんだ。川端が語った宮崎大祐の娘の年齢、特徴、川端が宮崎大祐に関していろいろと語った際、おまえが見せたあの不可解極まりない反応。ほんの少しの想像力を働かせれば、おのずと結論は見えてくる。違うか？」

前山は無言でうなずいた。

外岡は椅子に坐るよう手振りで前山を促し、自分も彼女の正面に腰を下ろした。それから、こう言った。「あの手紙を書いたのは、おまえだな？」

外岡をまっすぐ見つめると、前山が答えた。「そうです」

「なぜ、あんなことをした？」

「捜査の目を、池永夫妻の長女連れ去り事件に向けさせるためです。川端さんが話していたように、父は夫妻がレイプの結果生まれた長女の命を奪ったのではないかと強く疑っていました。そして、わたしは、池永夫妻が事件の真実にたどりついた父を殺害したのではないかと考えました。彼らはそうやって、父の口を封じたのではないかと」

　そこで、彼女はテーブルに置かれた父親の遺品に目を向けた。「……どうやら、その考えは間違っていたようですが」

　外岡は前山の目を直視した。「おまえが夫妻を殺したのか？　そうすることで、お父さんの復讐を果たしたつもりでいたのか？」

　前山は、〈信じられない〉と言うように目を見開いた。「外岡さんは、そんなふうに思っていたんですか？」

「思っていたし、今でもそう思っている」

　外岡が沈鬱な声で質問に答えた。「第一に、おまえには二人を殺すだけの動機がある。第二に、池永幸彦が変死した日も、君恵が風呂で死んだ日も、おまえには確たるアリバイがない。そのことは去年の手帳を見て確認した。幸彦が死んだ日、いや、正確には死にかけていた日と言わなければならないが――それは昨年の一月二十四日だった。その日、おまえは風邪と称して捜査から外れていた。君恵が不審な死を遂げたのは昨年の二月二十日。その日、おまえは夕方から深夜まで単独で殺しの容疑者を行確していた。おまえが張っていた男のアパートは横浜市内にあり、君恵を殺害してからそこに戻ることは十分に可能だったと考えられる」

「なにを言ってるんですか」前山は額に皺を刻んだ。「二人を殺したのは、わたしじゃ――」

外岡は前山の声をさえぎった。「まだ話は終わっていないから、聞け」

「わたしを疑う根拠が、ほかにもなにか？」

「ああ」

「それは、どんなことですか？」

外岡は懐から手帳を取り出した。池永慎一が書いたものが記されたページを開き、前山に渡した。

「これ、池永幸彦がカレンダーに記したメモ書きを再現したものでしたね？」

「ああ、そうだ。一見すると、〈ＳＡＳＡＫＩ〉と書かれているように見える。それだから、佐々木安雄が捜査線上に浮上したわけだが」

「そうですね」

「だが、息子の慎一の話によると、これらの文字及び図形はボールペンで書かれたもので、最初の〈ＳＡ〉はひどくかすれていたそうだ。二つの文字が点線で記されているのは、そういう意味だ。そこで、おれは考えた。きっと、インクの出が悪かったんじゃないかと。おそらく幸彦は〈ＳＡ〉と記した後、筆圧を強くするなどして、最初から書き直した。つまり、彼は〈ＳＡＳＡＫＩ〉と記したのではなく、〈ＳＡＫＩ〉と書いたのではないか——と。その下にある三角形は〈山〉を意味しているようにも見える。おれは、そんなふうに考えた」

前山が後を引き取った。「文字と図形をつなぎ合わせると、サキヤマ。そこで外岡さんは、一月二十四日の午後十時に幸彦と会う約束をした人物はわたしだったのではないかと想像したわけですね？」

「ああ」外岡は首を上下に動かした。「途端に、おまえが軽ワゴンの運転席で、シートを前にずらしている姿がこの目に浮かんだよ。おまえの隣でぐったりとしている幸彦の姿と一緒にな」

前山はきっぱりと言った。「二人を殺したのは、わたしではありません」

その表情には、一点の曇りもないように見えた。

外岡の中で、彼女を疑う気持ちが大きく揺らいだ。

「本当に、おまえじゃないのか？」

「違います」

「じゃあ、なぜ、匿名であんな手紙をおれに送りつけてきたんだ？　納得できる説明をしてくれないか」

「それは……」前山は言いよどんだ。

「なぜなんだ？」外岡は問いかけを繰り返した。「だって、おれに直接言えば済む話じゃ――」

今度は、前山が外岡を鋭くさえぎる番だった。「今から耳にすることは、ここだけの話にする。そう、約束してくれますか？」

彼女の思いつめた表情を見て、外岡は、よほど深い事情があるのだろうと推測した。「分かった。これからおまえが話すことは、この部屋の外には絶対に出ない。そのことを約束する」

「分かりました」と言うと、前山は唇をきつく嚙んだ。

それから、決意を固めた人の口調で話し始めた。「母が家を出た後、父がわたしのことを虐待していたという噂を耳にした。川端さんがそんなことを話していたのを憶えていると思いますが……」

それは事実だった。

彼女が眠っている部屋に父親が初めて足音を忍ばせて入ってきたのは、母親がいなくなってから半年ぐらいたったある日の夜のことだった。

当初、彼女は、父親がなにをしているのか理解できなかった。けれども、よくないことをされているのは分かった。

それ以降、父親は数日おきに、彼女の布団に潜り込んできた。

わが身に起きていることにどう対処していいのか分からず、そのたびに目をつぶって寝ているふりをした。そうして、父親が自分から離れるのを、ただじっと待った。まるで人形のように身体を硬くして。

だが、具体的にどのような行為があったのかとなると、記憶は非常に曖昧だ。それはおそらく「解離性健忘《かいりせいけんぼう》」と呼ばれる一種の自己防衛メカニズムが働いているせいなのではないかと想像している。

前山はそのように話した。

川端俊政は〈あくまで噂〉だと語ったが、実際は、宮崎本人がなにか娘への虐待をほのめかすようなことを川端に話したのだろう。数少ない友人である川端に対し、宮崎は己の心に巣くう闇をちらりと見せたのだ。おそらく、浴びるように酒を飲んだ末に。前山の話にじっと耳を傾けながら、外岡はそう思った。

「けれども、レイプはなかったと思います」

やがて、前山が言った。「なにを根拠にそう思うのかと問われても、その種の痛みを感じた記憶がないから――としか答えようがありませんが」

ひと呼吸置いて、彼女はことさら冗談めかした口調で続けた。「やだぁ……今のわたしの話し方、なんだか自慢げで、まるで父親にレイプされていないことがすごく幸せなことだと言っているみたいに聞こえますね」

そんな前山の姿はあまりにも痛ましく、外岡は思わず彼女から目をそらした。

彼女が父親を殺したのではないか。

先日、そんな想像をしたことを思い出した。

彼女が実際にそうして、首つり自殺を偽装した可能性。

それはどれくらいあるだろうか？

父親に一緒に死のうと持ちかけて、二人で青木ヶ原の樹海に分け入ることはそれほど難しくなかったはずだ。睡眠薬で眠らせた父親の首を絞めて息の根を止めた後、木の枝にロープをかけて……

「外岡さん？」

外岡は前山に視線を戻した。

「その顔つきからすると、わたしが父を殺したんじゃないかと疑ったことがあるんじゃありませんか？　いえ、ひょっとしたら、今もわたしが父を殺して自殺に見せかけたんじゃないかと疑っているんじゃありませんか？」

「いや、そんなことは……」外岡は口ごもった。

「図星だって顔に書いてありますけど、まあ、いいでしょう」

面白がるような声色から一転、前山の口調は重苦しいものに変わった。「……告白しますと、わたしの布団に入ってきてごそごそやった翌朝、両手で新聞を広げながら、なにごともなかったかのように話しかけてくる父に対し、わたしはしだいに殺意、あるいはそれに限りなく近いものを抱くようになりました。そんなわたしの目には、きっと鬼が宿るようになっていたんでしょう。いつか、わたしに殺されるんじゃないかと、父が恐れているのが手に取るように分かりました。そして、父があんなふうに突然いなくならなければ、わたしは本当にそうしていたかもしれません」

外岡はただ黙って聞いている。

「……つき合っている女性がいるんですが、いつだったか、彼女からこう言われたことがあります。なにか辛いことがあると、美佳の顔からすーっと表情が消える。能面みたいな顔になる――と。きっとわたしは、心の扉をぴしゃりと閉じて自分を完全に空白な状態にすることで、現実から自分を切り離すことで、それ以上、打撃を受けないように自分のことを守っているのかもしれません。子どものときに父から性的虐待を受けた経験から、わたしはそんなふうにしてわが身を守る方法を自然と身につけたのかもしれません」

応接室がふたたび静寂に包まれた。

しばらくして、それまでうつむいていた前山が顔を上げた。「わたしがレズビアンだと言っても、驚かないんですね?」

外岡はとても静かに言った。「驚かない」

「そう……。ああ、ごめんなさい。わたしがなぜあんな匿名の手紙を外岡さんに書いたのか。それを説明しなければなりませんね」

「頼む」

「父が失踪した翌日のことです。父が使っていた部屋の机に一本のカセット・テープが置かれているのを見つけました」

虚空に視線を漂わせながら、前山が話し始めた。「B面のラベルには〈美佳へ〉と記されていました。わたしは、それをテープ・レコーダーに入れて、聞いてみました。……〈あんまり書くことが得意じゃないから、こうやって話すことにした〉。そんな言葉で始まったテープには、わたしになぜあんなことをしたのかをぐだぐだと言いわけする父の声が録音されていました。おそらく、相当に酒を飲んでいたんでしょう。呂律が回っていませんでした。五分も聞かないうちに、わたしはテープを止めました。それ以上、聞くに堪えなかったからです。けれども、わたしはそれをずっと手元に置いていました。わたしにとって、そのテープは父を憎み続けるための〝記念品〟のようなものだったのかもしれません」

「うん」外岡は相槌を打った。

「……今回の捜査に加わり、池永という名前を耳にしたとき、わたしはカセット・テープのA面のラベルに〈池永事件について〉と書かれていたことを思い出しました。そこで、机の抽斗の奥にしまってあったテープを引っ張り出して、聞いてみました。テープ・レコーダーなんてとっくの昔に捨ててしまっていましたから、家電量販店で小さいのをひとつ買って。A面には、池永君恵が勤務先でレイプの被害に遭ったことなどが父の声で録音されていました。〈殺人の時効が間近に迫っている。おれは明日、あの夫婦と対決するつもりだ〉。たぶん、A面に声を吹き込んだときは、素面だったんでしょう。父の声はしっかりしていました。

〈平成三年十一月二十四日〉という日付で、録音は終わっていました。西暦にすると一九九一年、二十四年前の十一月二十四日。父が姿を消したのは、翌二十五日のことでした」

「それで、おまえは池永夫妻がお父さんを殺したのではないかと想像したんだな？」

「ええ」前山は首を縦に振った。「たとえ父が獣にも劣る人間だったとしても、殺人は決して許されるものではありません。けれども、そのことを外岡さんに話したら、結局、あのおぞましいテープを提出しなければならない。そうすれば、他人には絶対に知られたくないわたしの秘密を多くの人に知られてしまう。そのことを恐れるあまり、あんなおかしな手紙を外岡さんに……。今考えてみると、われながら論理的な行為だったとは思えませんが、頭が混乱していたんです」

外岡は眉をひそめた。「B面の録音を消去することは思いつかなかったのか？」

「わたしもばかではありませんから、もちろんやってみました」前山が少しむっとした声を出した。「折られていた誤消去防止用のツメのところにセロハンテープを貼って。それから、静かな部屋でテープ・レコーダーを操作してB面に上書き録音してみました。無音状態に戻そうとしたんです。何度やっても、うまくいきませんでした。録音された父の声が消えないんです。それで、もう、どうしたらいいのか分からなくなって……」

「おそらく高音質のメタルテープに声が吹き込まれていたんだろう。それをノーマル・ポジションしかないレコーダーで上書き録音した場合、そういうことが起きることがあるんだ」

「そうだったんですか。ちっとも知りませんでした」

「知らなくても当然だ。だいたい、今では、メタルテープなんてものは売られていない。とっくの昔に生産が終了している。……お父さん、音楽が好きだったのか？」

「ええ、特にモダンジャズが。高価なステレオでよくレコードを聴いていました」

「そうか……。おまえの説明に不審な点はない。辛い過去をよく話してくれたな」


それから二人は、大学ノートを開いた。

二ページ目にそれほど長くない文章が縦書きで記されていた。

万年筆のインクがひどく滲んでいる個所《かしょ》がいくつもあり、すべてを読むことは不可能だったが、そこには次のように書かれていた。


池永幸彦と君恵に会い、昭和五十一年に起きた事件について問いただした。

彼らは赤ん坊を……（判読不能）いなかった。

二人が語ったところによると、赤ん坊は……（判読不能）子どもで……（判読不能）殺されたと思われる。

君恵の親戚であるアルゼンチン海軍の将校が……（判読不能）夫妻は赤ん坊を日本に連れ帰った。

しかし、その後、やはり彼女は生まれ……（判読不能）夫妻は赤ん坊を……（以下、文末まで判読不能）

二人からの連絡を受けて親戚の部下が……（判読不能）というのがあの事件の真相だった。

三ページ以降をめくってみたがどのページも空白で、事件に関する記述はこれだけだった。

ノートから顔を上げた外岡が嘆息した。「まるで暗号だな」

「想像力を働かせて、ひとつずつ解読するんです」と前山。

「そうだな」

外岡が気を取り直したように言った。「二行目の文は比較的簡単だ。読めない個所を補うと、おそらく〈彼らは赤ん坊を殺害していなかった。〉」

「うん。最後に父は、あの事件の真相はこうだったんだと言っています。そのことからみても、ここには二人が子どもを殺していなかったということが書かれていると考えて間違いないでしょう」

「つまり、咲子はどこかで生きているということだな」

「そうですね」

「だが、次からは簡単にはいきそうもないぞ」

「とにかく、トライしてみましょうよ」

「分かった。〈赤ん坊は〉と〈子どもで〉の間にはなにが書かれているのか。その文言を想像してみようか」

「〈夫妻が長期滞在していたブエノスアイレスの病院で君恵が産んだ〉というのはどうです？　この長さだと、それくらいの字数が書かれていたと思いますが」

「一応意味は通じるが、以前から分かっていることをここにわざわざ記す理由はないだろう」

「確かにそうですね。外岡さんはなにか思いつきました？」

「いや、ノー・アイデアだ。仕方ない、ここはいったんパスすることにして、〈殺されたと思われる〉の前にどんな言葉が入るか考えてみよう」

「長女以外の誰かが〈殺されたと思われる〉ということが書かれているんでしょうね」

「おれもそう思うが、じゃあ、いったい誰が殺されたというんだ？」

「想像する材料がなにもありません」

「そうだな……。やれやれ、どうやらここもパスするしかなさそうだ」

「次の文に移りましょう。〈アルゼンチン海軍の将校が〉の後ですが、〈紹介してくれたブエノスアイレスの病院で君恵は出産し、〉というのはどうですか？」

「わざわざ書くほどの内容じゃないな」

「うーん」

それから二人で三十分以上、うんうん唸りながら頭を捻ったものの、〈彼らは赤ん坊を殺害していなかった。〉以外の欠落個所がある文になにが書かれているのかは見当もつかないという不本意な結果に終わり、宮崎大祐が池永夫妻から聴き出した事件の真相がどのようなものだったのかは解明できなかった。

君恵の親戚、即ちアルゼンチン海軍将校の部下が、事件になにか絡んでいるということは想像されたが。

続いて、前山がメモ帳を手に取った。

最初のページを開いた途端、彼女の目から涙の滴がぽろりとこぼれ落ちた。

外岡は横から覗いた。

そこにはたった一行、次のように書かれていた。

美佳、父さんのことを赦《ゆる》してくれ

前山を独り部屋に残し、廊下に出た。

ポケットから携帯を取り出し、〝捜査本部〟の外線を鳴らした。二度目の呼び出し音で、山中智宏巡査部長が出た。〈はい、捜査班〉

「外岡だ。そっちは、なにか進展があったか？」

〈先ほど、鳥取県警ＯＢの大岡信吉から電話がありました〉

「例の助産婦の名前が分かったのか？」

〈ええ〉

山中は助産婦の氏名を外岡に告げ、字解きをした。

同じ名前を最近、それもごく最近、どこかで聞いた、いや、耳で聞いたのではなく目にした憶えがあった。

けれども、その名前をどこで目にしたのかは、どうしても思い出すことができなかった。

その代わり、間もなく別のあることを思い出した。

手帳を開き、ふたたび池永慎一が記した文字に視線を落とした。

やがて、外岡は目を細めた。「成長した彼女が二人を……？　そういうことだったのか？」


五日後。

外岡の元に一通の手紙が届いた。

封筒の裏には、東京拘置所の住所と先日、面会した死刑囚の氏名が記されていた。

第八章　シンクロニシティー

六月に入り、関東地方では五月下旬の異常なほどの暑さは収まっていた。

外岡の元に白石悟から手紙が届いてから十日後のこの日、東京の空は朝から薄雲に覆われていた。最低気温は十六・三度、湿度も比較的低く快適な天候だったが、夕方から本降りの雨になった。既に梅雨入りしている近畿以西に続いて、関東地方も近く梅雨に入るとみられていた。

時計の針が午後九時を少し回った時刻、外岡は、渋谷・公園通りに立つビルの最上階にある劇場にいた。

初日の公演が先ほど終了したばかりで、九階エレベーターホールは大勢の観客でごった返していた。

人波をかき分けるようにして売店の隣にある楽屋の出入り口にたどりつくと、外岡はパンツ・スーツ姿の女性スタッフに一枚のカードを示した。

数日前に神奈川県警本部に郵送されてきた招待券に添えられていたもので、そこには達筆で〈ぜひいらして。お芝居が終わった後、約束どおり楽屋にお招きします。お花は……お好きなように〉と記されていた。

女性スタッフが中に通してくれた。

楽屋のドアは開いていた。

廊下から室内を覗いた。

朝井凜々子が主演女優の松木悠子と抱擁を交わしていた。

二人とも舞台衣装のままで、濃いメイクもまだ落としていない。

松木悠子の肩越しに、凜々子の視線がこちらに向けられた。

途端に、その目が大きく見開かれ、口元が一瞬〈あっ〉という形になった。

「凜々子さん、じゃあ、明日もよろしくね」

明るい声を出すと、松木悠子は楽屋を出ていった。

彼女と入れ替わりに中に入った。

「またお会いできて、とても嬉しいわ」

外岡の前に立った凜々子はにっこり笑い、他人行儀な硬い口調で言った。「来てくださるなんて、思ってなかった。心のどこかで、あなたがそうしてくれたらと期待をしていたことは否定しないけど」

それから彼女は首をねじ曲げ、後ろに置かれたフラワー・アレンジメントを右手で示した。

白で統一された楽屋は文字どおり花で埋め尽くされていたが、〈外岡渉〉の名札がついた赤やピンクのそれは、いちばん目立つ場所に置かれていた。「お花をありがとうございます。すごく素敵よ」

「いいえ」外岡は首を軽く左右に振った。「そんなことより、あなたの演技に心を打たれました。語彙《ごい》が乏しいのでうまく言えませんが、〈完璧〉という言葉はあなたのためにあるんじゃないかと思いました」

そんな〝ごく普通の会話〟を凜々子と交わしながら、外岡は、目の前にいる女性の中に狂おしい思いで求めたあのときの白い女体を見ていたし、彼女の低く深みのある声を聞きながら、あのとき、自分から進んですらりと伸びた両脚を開いた彼女が上げた悲鳴にも似た上昇音を耳にしていた。

「おだてたって、なにも出ないわよ」

声を上げて短く笑ってから、凜々子は真顔になった。「……あなたにそう言ってもらえると、本当に光栄だわ。著名な批評家からもらう褒め言葉なんかよりも、ずっと」

凜々子をじっと見つめながら、外岡は、彼女もまたおれと同じようにあの夜の光景を脳裡に思い浮かべているのだろうか、と思った。

パイプ椅子を勧められたところで、外岡は「ドアを閉めさせてもらってもかまいませんか？」と言った。

た。

一瞬、怪訝な表情を顔に浮かべてから、凜々子はうなずいた。「どうぞ」

ドアが閉まった。ほかの出演者やスタッフの騒がしい話し声はそれほど気にならなくなった。

二人は机を挟んで並べられた椅子にそれぞれ腰を下ろした。

ペットボトルの緑茶を注いだ紙コップを外岡の前に置いてから、凜々子が言った。「なにか、特別なお話が？」

問いかけには答えることなく、外岡は、壁の鏡に映っている凜々子の優美な曲線を描く横顔に目を向けた。それから、こう言った。「十日前に、一通の手紙をもらいました。白石悟という名の死刑囚から」

「なんですって？」凜々子は眉根をぎゅっと寄せた。「あの男から、あなたが？」

「ええ」外岡は首を上下させた。「一度、彼に会ったんです。それで……」

「あの男が、あなたにどんな手紙を送ってきたというの？」

「〝二度盗まれた子ども〟について書かれた手紙です」

「〝二度盗まれた子ども〟……？」

「憶えていませんか？　あなたは先日、こうおっしゃったんです。『あの男がわたしにこう言ったわ。おまえは〝二度盗まれた子ども〟だって』——と」

「わたしがそんなことを？」

「あのとき、あなたはかなり気が動転されていたようですから、憶えていないのも無理はないかもしれませんね」

床に置いたかばんの中から、封筒を取り出した。

それを凜々子に渡した。

封筒から五枚の便せんを抜き出すと、彼女は手紙を読み始めた。

東京拘置所書信係の手で検閲スタンプ――青色インクを使った小さな二重丸――が押された便せんには、角張った丁寧な文字で次のように書かれていた。

拝啓、外岡渉様

先日、外岡さんに対したいへん失礼な態度を取ってしまいました。そのことを、心からお詫び申し上げます。

どうか、お許しください。

わたしは平日の朝食後はいつも、午前十時ぐらいまでの間、舎房の廊下に響く足音に聞き耳を立てております。確定死刑囚が拘置所の地下にある刑場に連行されるのは、その時間帯だからです。

その〝魔の時間帯〟がすぎると、ああ、自分は少なくともあと一日生きながらえるのだと安堵するのです。

確定死刑囚にとっていちばん辛いのは、国家権力の手で首をくくられて殺されることではなく、自分がいつ国家権力の手で首をくくられて殺されるのかを、当日まで知らされないことかもしれません。

そんな日々をすごしておりますと、しだいに心がむしばまれていきます。そのむしばまれた心が、わたしにあんな態度を取らせたのだと思います。

さて、くだらない前置きはこのへんにして、本題に入ります。

外岡さんから先日、お尋ねがあったことについてお答えします。

大学生のころ、わたしは横浜市内の食料品店でアルバイトをしておりました。資産家だった親父はしつけがとても厳しく――吝嗇家《りんしよくか》であったと言うほうが正確かもしれません――学費はできるだけ自分で稼ぐよう言い渡されていたのです。

食料品店での仕事はいわゆる御用聞きで、得意先を回って注文を取り、商品を届けるというものでした。

朝井凜々子さんの〝実家〟はそうした得意先のひとつでした。チョンチョン括弧《かつこ》を使ったわけは、先を読んでくだされば分かります。

後述する出来事から逆算しますと、あれは、おそらく一九七六年、年号にしますと昭和五十一年の十一月三十日か十二月一日のことだったのではないかと思われます。御用聞きで得意先を回るのは、原則として週に二回だったからです。

いつものように凜々子さんの〝実家〟を訪ねますと、〝母親〟が憔悴しきった顔をしていました。数日前に来たときにはおなかが張り裂けるほど大きかったのに、彼女のおなかはすっかりしぼんでいました。

赤ちゃんが生まれたんですか？

わたしがそう尋ねたところ、彼女は無言で注文を書いた紙を差し出しました。

その際、彼女は首を小さく振ったのです。

それとは分からないほど本当にごくわずかな動きでしたが、わたしは、それを確かに見て取りました。

ところが、十二月四日に同じ家を訪ねた際には、彼女の様子はがらりと変わっていました。満面に笑みを浮かべていて、奥から赤ん坊の泣き声が聞こえていました。

わたしは、不審に思いました。

この間、彼女は赤ん坊が死産だったと言ったに等しいのに、今日はその家に元気な泣き声を上げる赤ん坊がいるのですから。

その不審の念が顔に表れてしまったのに違いありません。

途端に、彼女は険しい顔つきになりました。

彼女はなにも言いませんでしたが、わたしに向けられたその目は「このことを言ったら、あのことを警察にバラすわよ」と語っていました。

「あのこと」というのは、少女に対するわいせつ行為。いや、正確にはわいせつ行為未遂のことです。

わたしが内なる欲望を制御しきれなくなって、大学生のころから小学生の女の子にいたずらをするようになっていたことは、先日お話をしましたね。その現場を一度、彼女に見られてしまったのです。お菓子を餌にして、公園で十歳ぐらいの女の子を誘っているところを。そのとき、凜々子さんの〝母親〟は「あなた、なにしているの？」とわたしに鋭く言うと、女の子の手を引っ張ってその場を足早に去ったのです。

十二月四日に話を戻します。

わたしに向けられた目を見て、わたしは確信しました。

前日、横浜のショッピングセンターから池永咲子という赤ん坊をベビーカーごと連れ去ったのは、この女、あるいはその家族だったのだと。

けれども、少女に対して繰り返している行為が露見することを恐れるあまり、わたしはその確信を胸の内だけにとどめることに決めたのです。

その日が十二月四日だと記憶しているのは、朝読んだ新聞に前日の事件のことが大きく出ていたからです。そのときはまだ、連れ去られた赤ん坊の氏名は伏せられていましたが。

ではなぜ、わたしが池永咲子の連れ去り事件が起きた正確な日付を憶えているかといいますと、十二月三日はわたしの誕生日だからです。

自宅に監禁していた凜々子さんに対し、わたしが「おまえは〝二度盗まれた子ども〟だ」と語ったのは、わたしが彼女を〝盗んだ〟十年前に、〝母親〟の手で一度〝盗まれた〟赤ん坊だったという意味です。

　わたしが外岡さんに話すつもりになった理由を書きます。

　あなたは、社会が忌《い》むべき者と見なしているわたしのような人間に対し、「できるだけ長く生きてください」とおっしゃってくれた。それが嘘偽りのない、心からの言葉であることは、あなたの表情を見て分かりました。

　あのとき、わたしは、あなたにどれだけ感謝したことか。それは言葉では言い尽くすことができません。

　最後になってしまいましたが、もしも凜々子さんにお会いになる機会がございましたら、彼女にわたしからのお詫びの言葉をお伝えください。そんなことをしても、今さら仕方のないことだとは十分に承知しておりますが。

　本当に申しわけありませんでした、と。

　わたしが暮らす東拘の独居房からは、外の様子はほとんど窺い知ることができません。庁舎の外壁窓に取りつけられたヴェネチアン・ブラインドのほんのわずかな隙間から、空の断片が見えるだけなのです。

　ですから、季節の移ろいを実感することは難しいのですが、新緑のさわやかな季節はもうすぐ終わり、うっとうしい梅雨が始まるのでしょうね。

どうか、くれぐれもご自愛ください。

敬具
白石悟

便せんから顔を上げた凜々子は、嫌悪感を滲ませた口調で言った。「あの男からこんな話を聞かされたのは事実だけど、全部でたらめよ」

だが、その言葉とは裏腹に、彼女の表情は凍りついていた。

「わたしは今日、連続殺人と思われる事件の捜査の一環でここへ来ました」外岡が言った。「被害者の氏名は、池永幸彦及びその妻君恵です」

凜々子が冷ややかな声で言った。「その連続殺人と思われる事件とわたしとの間に、なにか関係があるというの？」

ふたたび問いかけを無視して、外岡が話し始めた。「このことはあなたに謝らなければなりませんが、わたし、〝お母さん〟の日記を読んでしまったんです。ほかの呼び方をすると話がややこしくなるので、ここは〝お母さん〟と呼ばせてもらいます。……日記を読んだのはもちろんあの夜、あなたのマンションの部屋で。あなたがお嬢さんと深刻な話し合いをしている間のことです」

凜々子は唇をきつく噛んだ。それから、ひと言、ひと言、区切りながらつぶやいた。

「……あの日記を、あなたが、読んだ？」

「ええ。日記には、長女の咲子を連れた池永君恵と〝お母さん〟が偶然、横浜の繁華街で出逢ったことが書かれていました。正確な日付までは憶えていませんが、日記は確か昭和五十一年、即ち一九七六年の十一月下旬のものだったと思います。池永夫妻の生後間もない長女が横浜のショッピングセンターからいなくなったのは、同じ年の十二月三日のことでした。つまり、事件が起きるわずか数日前に、あなたの〝お母さん〟と君恵には接点があったということです。興味深いことだとは思いませんか？」

凜々子は黙ったまま、折り曲げた右手の爪をじっと睨んでいる。

そんな彼女にしばらく視線を注いだ後、外岡は話を再開した。「十二月三日の日記はさらに興味深いものでした。その日に待望の娘を授かったと記した後、〝お母さん〟はこんなふうに書いていた。〈人生とは、なんと不思議なものだろう！〉〈あれほどの悲しみの後に、これほどの歓喜が訪れるとは！〉――と。〈あれほどの悲しみ〉というのが、白石悟が彼女の様子から想像したように死産を指しているのは間違いないと思います。彼女が死産したのは、出産予定日の十二月一日より少し前。そして、それは、自宅でのことだったに違いない。同年十一月十日付の日記――日付については昭和天皇の在位五十年を祝う式典が開催されたという記述から確認しました――、その中で彼女は、自宅で出産することに決めたと書いていましたから。ところが、その悲しみから数日後には待望の娘を授かり、彼女の元には歓喜が訪れている。では、彼女はいったいどうやって、子どもを手に入れたんでしょうか？　白石の確信は的を射たものだと言わざるを得ません。コウノトリがどこからか、赤ん坊を運んできてくれたのなら話は別ですがね。その後、彼女は不安を感じていると記した上で、犯人が捕まらないまま前の年に時効を迎えた三億円事件の新聞記事について記述しています。……ああ、日記の日付が十二月三日であることは、新聞の縮刷版を調べて確かめました。全国紙の首都圏版にその記事が掲載されていました。……話を元に戻します。彼女はどういうわけか、刑事事件の時効のことを気にしているのです。そして途中で破られたページは〈未成〉という二文字で終わっていました。そこには、おそらく〈未成年者略取〉という言葉が記されていたのではないかと、わたしはそんな想像をしています」

長い睫毛を伏せた凜々子は相変わらず無言で、机の天板に指先でいくつもの不可視の円形を描いている。

どこか神経質なその手の動きから目をそらし、外岡は、懐から手帳を取り出した。「ちょっと、これをごらんになってください」

目的のページを開き、それを凜々子の前に置く。

手帳を手にした彼女は目を細めた。「なんなの？」

「池永幸彦の事件があったのは、昨年一月二十四日の深夜です。今あなたがごらんになっているのは、同じ日の日めくりカレンダーに幸彦が書いたメモを再現したものです」

「〈SASAKI　10PM〉。そう読めるけど。SASAKIという人物と午後十時になにか約束をしたということ？　この三角形みたいなものは意味が分からないわ」

「三角形は無視してください。それらはボールペンで書かれていましたが、おそらくインクの出をよくするためにそんな図形を書いたんだと想像されます」

「うん」凜々子は首をわずかに上下させた。「……SASAKIに話を戻すと、このメモからあの佐々木安雄があなたたちのレーダーに引っかかった。そういうことね？」

「おっしゃるとおりです」

「それで、ようやく話が少し呑み込めたわ」

凜々子は右手で長い髪を梳いた。「人質事件の最中に佐々木安雄が以前、二人の人間を殺したとあなたに告白した。この間、あなたはわたしにそう話してくれたわね。あのとき、あなたは被害者の名前は口にしなかったけれど、その二人というのは池永さん夫婦だったのね？」

「確かに、われわれもそのように考えていたんですが、間違いでした」

「間違い？」凜々子は机の上で両手の指を組み合わせた。「じゃあ、佐々木はどこの誰を殺していたの？」

「妻子です。先日、香川県の坂出港に佐々木のマイカーが沈んでいるのが見つかりました。

そして、車の中から彼の妻とひとり息子の死体が出てきました。借金まみれの人生に絶望した佐々木は無理心中をしようとして妻子を乗せた車を海にダイヴさせたものの、自分だけ生き残ってしまった。そこで、自殺するために警官から拳銃を奪い、その後、横浜であんな事件を引き起こしたんです。……車から二人の死体が見つかったことはテレビや新聞でかなり大きく取り上げられましたが、知りませんでしたか？」

「このところ、テレビも観なければ、新聞も読まない生活をしていた」凜々子は肩をすくめて見せた。それは、いかにも女優らしい仕草だった。「お芝居で忙しくて、そんな暇はなかったのよ」

小さくうなずくと、外岡は凜々子の前に開かれている手帳を右手で示した。「もう一度、それをごらんになってください。〈SASAKI〉の最初の二文字は点線で書かれているのがお分かりでしょう？」

「ええ」

「それは、〈SA〉がひどくかすれていたことを示しています。そこで、わたしはこんな想像をしました。池永幸彦はいったん〈SA〉と書いたところで、ボールペンのインクの出をよくするためにぐしゃぐしゃと三角形を描いた。それから彼は、また最初から書き直した。つまり、彼は〈SASAKI〉と記したわけではなく、〈SAKI〉と記したのではないかと」

「あなたの想像は間違っていないかもしれないわね。それで?」

外岡は少し遠い目をした。「あることを思い出したんですよ」

「あること?」

「ええ。三十九年前に起きたショッピングセンターの女児連れ去り事件の捜査を担当していた神奈川県警のOBがこんなふうに話していたことを思い出したんです。事件が発生した当日、その人は池永家を訪れた。すると、君恵は居間のソファに突っ伏して泣いていた。夫の幸彦は妻のことをそっと抱きしめながら、懸命に慰めていたそうです。県警OBによると、彼は君恵にこんな言葉をかけていたそうです。『咲は必ずこの家に戻ってくるから安心しろ』。……幸彦は咲子のことを〈サキ〉と呼んでいたんです。人間というのは習慣の動物ですから、どうしても使い慣れた言葉を使ってしまう。たとえ、何十年も会っていなかった人に対しても、昔の呼び名を使ってしまう。そういうものです」

深く息を吸い、それを吐き出してから、凜々子は、外岡の目を食い入るように見つめてきた。それから、完全に吹っ切れた人の口調でこう言った。「で、あなたは池永幸彦が長女の咲子――つまり、このわたしと会う約束をしていたと考えた」

凜々子の目には、仄暗《ほのぐら》いきらめきのようなものがよぎったように見えた。やがて、外岡は言った。「そうです」

しばらくその言葉を宙に漂わせた後、外岡は続けた。「あなたが二人を殺した動機。それが、分かりませんでした」

凜々子が穏やかに言った。「今は、それが分かる?」

外岡は、逆に彼女に訊いた。「『オフィシャル・ストーリー』という映画、ごらんになったことがありますか?」

「いいえ、残念ながら」凜々子は首を振った。「古い映画だし、日本語の字幕がついたDVDも発売されていないから。だけど、内容は知っているわ。ネットで調べたから」

「わたしは観たことがあります。あの映画と同じことが起きたんですね」

「そうね。……白石悟は間違っていたわ。だって、わたしは〝二度盗まれた子ども〟なんかじゃないもの」

そこで凜々子は寂しげに微笑み、こう続けた。「だけど、あなたはどうやってそのことを知ったの? それを教えて」

「ひとつには、あの日記を読んだことがありますね。あそこに書かれていた文章から想像しますと、〝お母さん〟——あくまで便宜上そう呼ばせてもらいますが、彼女は人間に対する鋭い目を持った賢い女性だったと思います。その彼女が、君恵はなにか子どもの出生に関して嘘をついているのではないかと疑っていた。……〝お母さん〟はこんなふうに書いておられた。〈わたしが乳母車の中で眠っている乳飲み児を褒めたとき、彼女の顔に差したわずかな翳りのようなもの。どうしても、あれが心に引っかかる〉——と」

「それだけで、わたしの出生の秘密にたどりついた？」

信じられないと言うように、凛々子は両手を小さく広げて見せた。「だとしたら、あなた、近い将来、偉大な作家になれるわよ」

「もちろん、それだけじゃありません」

薄く笑うと、外岡は、かばんの中から一枚の紙を取り出した。

凛々子の前にすっと滑らせたのは、宮崎大祐が大学ノートに書き残したメモの前半部分だけをコピーしたものだった。

池永幸彦と君恵に会い、昭和五十一年に起きた事件について問いただした。

彼らは赤ん坊を……（判読不能）いなかった。

二人が語ったところによると、赤ん坊は……（判読不能）子どもで……（判読不能）殺されたと思われる。

君恵の親戚であるアルゼンチン海軍の将校が……（判読不能）夫妻は赤ん坊を日本に連れ帰った。

コピー用紙に目を落としながら、凛々子が言った。「これは？」

「咲子の事件を執拗に追っていた宮崎大祐という刑事が書き残したものです。彼は今から二十四年前に池永夫妻に会い、事件について問いただしました。これは、彼が夫妻から聴き出したことをメモにしたもので、ごく最近、青木ヶ原の樹海で発見されました」

「青木ヶ原の樹海で見つかった？」凜々子は訝しげな顔つきをした。「それは、つまり、そのぉ……」

後半部分を隠したのには当然のことながら理由があり、外岡はここで嘘をついた。「ご察しのとおり、彼はメモを書いた直後に自殺したものと推測されます。それは極めて個人的な理由からですが。きっと、途中で書くのをやめてしまったんでしょう。これだけではほとんど意味をなしていませんが、あなたの出生については分かりました」

「読めない個所がいくつもあるけど、あなたが全部解読したというの？」

「そうです。ない知恵を懸命に絞って昭和五十一年、一九七六年当時のアルゼンチンについて考えているうちに、『オフィシャル・ストーリー』のことを思い出したんです。それで、なんとかジグソーパズルを完成させることができました」

これもまた、嘘だった。

パズルを完成させることができたのは、アカデミー外国語映画賞を受賞した映画のことを思い出したからではなかった。

一拍置いて、凜々子が言った。「やってみて」

「二行目は〈彼らは赤ん坊を殺害していなかった。〉だと思います。君恵は勤務先でレイプのであり、生まれた子はレイプの結果生まれた赤ん坊である可能性を考えた宮崎は、池永夫妻が二人にとって疎《うと》ましい存在だった咲子を亡き者にしたのではないかと強く疑っていたのです。ところが、真相はそうではなかったと言っているのでしょう」

「なるほど。では、次の文は？」

「〈二人が語ったところによると、赤ん坊は秘密収容所に連行された日系の女性活動家が産んだ子どもで、その日系女性は殺されたと思われる。〉」

「いいわね。次は？」

「……〈君恵の親戚であるアルゼンチン海軍の将校が母親から奪った子どもを子宝に恵まれない池永夫妻に渡し、夫妻は赤ん坊を日本に連れ帰った。〉」

「完璧だと思う」

「では、こちらからお訊きしますが、あなたはどうやって、ご自分の出生の秘密にたどりついたのですか？」

「少し長くなるけど」

「夜は長いですよ」

「分かったわ……」

彼女は自分の物語を語り始めた。

白石悟の逮捕によって凜々子が約九年ぶりに自由の身になったとき、〃母親〃と彼女の姉は既に故人となっていた。二人は、姉の乗用車で一緒に伊豆方面へ旅行に出かけた際に交通事故に遭ったのである。

〃父親〃は昭和五十一（一九七六）年十月から十二月にかけて海外出張をしていたため、白石が語った話が真実なのかどうかを〃父親〃に確かめる術はなかった。

歳月が流れた。

四年前、妻の死後、再婚することのなかった〃父親〃が心臓発作で死んだ。

横浜市内にある〃実家〃は古い戸建て住宅だった。東京都内で部屋を借りて生活していた凜々子はそこを売って都心にマンションを買おうと考えた。

〃実家〃を売りに出すため、家の中を整理している最中に、〃母親〃の古い日記を発見した。納戸《なんど》に置かれていた大きな本棚を動かしたところ、棚と壁の隙間に落ちているのが見つかったのである。

埃を払うと、あちこち擦り切れた緑色の革表紙を開いた。

そこには、驚くべきことが書かれていた。

池永咲子が行方不明になる一週間前、〃母親〃は池永君恵と咲子に出逢っていた。

昭和五十一年十二月三日、即ち咲子がいなくなった日の日記には、さらに仰天するようなことが記されていた。

白石が話していたことは真実だった！

わたしは〝二度盗まれた子ども〟だった！

少し気分が落ちついてから、もう一度、日記を読み直した。すると、今度は別のことが気になり始めた。

〝母親〟は、池永君恵が咲子の出生に関して真実を語っていないのではないかと疑っていた。いつも人の心の中を見透かしているような、それこそ壁でも見通しそうな〝母親〟のあの眼差しを思い出し、咲子、つまり自分の出生についてじっくり調べてみる気になった。

池永夫妻についての情報を得る目的で、横浜駅の近くにある「サンタ・エビータ」という輸入雑貨品店に出入りするようになった。

池永幸彦は経営から退いており、彼の遠縁に当たる佐々木安雄という柔《やわ》な男が社長になっていた。

会社の経営が思わしくないことを悩んでいる様子の佐々木に言葉巧みに近づき、やがて、ときおり喫茶店で一緒にお茶を飲む仲になった。

雑談の中で、佐々木から、君恵には認知症を患っている姉がいて、彼女は施設に入っているという話を聞いた。

それからしばらくして、その施設を訪ねてみた。

君恵の姉は、凜々子のことを実際には存在しない娘だと勘違いした。

何度か咲子のことを訊いてみたが、アルツハイマー病がかなり進んでいる女性からまともな答えは返ってこなかった。

ところが一昨年の十二月、久しぶりに施設を訪ねた凜々子が咲子のことを話題にしたところ、そのときも凜々子を自分の娘だと勘違いしていた君恵の姉は「あれはアルゼンチンのアカが産んだ赤ん坊だったんだよ」と言った。「向こうで軍人をしている親戚が、アカの女から生まれたばかりの赤ん坊を奪った。妹夫婦がその子を自分たちの娘として日本に連れてきたのさ」

その直後、君恵の姉は意識がすっかりどこかへ飛んでしまったらしく、それっきり貝のように口をつぐんだ。

虚ろな目をした彼女を部屋に残し、凜々子は施設を後にした。

マンションの自室に戻るやいなや、ノート・パソコンの電源を入れた。ネットで一九七六年当時のアルゼンチンについて調べ始めた。

一九七六年からフォークランド紛争の翌八三年まで続いた軍事政権下で行われた徹底した左翼狩り、いわゆる「汚い戦争」で推定約三万人ものアルゼンチン国民が〝行方不明〟になっていたことを知った。

妊娠している女性たちは、連行された秘密収容所で赤ん坊を出産後、すぐに殺害された。

一方、生まれた赤ん坊は、親のように左がかった人間にならないよう〝思想矯正〟を施すため、子どもを欲しがっている軍人や警官の家庭で養育された。

そのようにして軍事政権の手で〝盗まれた〟赤ん坊は五百人にも上ったとされる。失踪家族の行方を懸命に捜し続けてきた「五月広場の母たち」「五月広場の祖母たち」といった団体の活動などの結果、これまでに百人以上が自分の本当の親が誰だったのかを知ることができたという。

この問題を正面からテーマとして取り上げたアルゼンチン映画『オフィシャル・ストーリー』を知ったのも、このときのネット・サーフィンの結果だった。

パソコンの電源を落とすと、凜々子はつぶやいた。「わたしは〝二度盗まれた子ども〟じゃなかった。〝三度盗まれた子ども〟だったのね」

「だいたい、こんなところだけど」

約十五分後、話を終えた凜々子が言った。

「うん。よく分かりました」

机に両肘をついた左右の手を顎の下で組み合わせながら、外岡が言った。「それでは、あなたが池永夫妻を殺害した動機に移りましょうか。あなたはこんなふうに思った。そもそも太平洋を越えてアルゼンチンから日本に連れてこられなければ、自分がこんな数奇な運命に翻弄《ほんろう》されることはなかった——と。そういうことですか？」

「もちろんよ」

凜々子は、なぜそんな分かりきったことを訊くのかという表情をした。「もし仮にわたしが軍事政権に近い人間の元で育てられていれば、成長してから真実を知った際にアイデンティティーの問題にはぶつかったでしょうね。きっとわたしは、そのことで深く傷つき、悩んだことでしょう」

両眼にうっすら涙を浮かべながら、彼女はふたたび外岡の目をまっすぐ見つめてきた。

「けれども、少なくとも白石悟という男とわたしの人生が交錯《こうさく》することはなかった。少なくとも、子どものころから何度も何度も犯されて、性の悦びも感じられない、心から好きになった男性とも結ばれない、そんな不幸せな女になることはなかった……」

自分の感情を抑えきれなくなったのだろう。

凜々子は、そこで嗚咽を漏らした。

わずか一メートル先にある彼女の背中にこの両腕を回して、彼女のことをしっかりと抱きしめてやりたい。

そうして、彼女に優しく言葉をかけてやりたい。

あなたは少しも悪くない、少しも悪くない——と。

身体の奥深いところからわき上がってくるそうした思いを、外岡は、意思の力を総動員して五秒で強引にねじ伏せた。

椅子から立ち上がって化粧台に置かれていたティッシュの箱を取り、無言でそれを凜々子の前に置いた。

箱から抜き出したティッシュで涙と洟を拭ってから、凜々子は赤く充血した目を外岡に向けた。「……ごめんなさい。もう大丈夫だから、どうぞ続けて」

黒いマスカラが流れ落ちてひどい顔になっていたが、外岡は、そんな凜々子を相変わらず美しいと思った。

「あなたを池永夫妻から〝盗んだ〟〝お母さん〟とその姉は既に他界していたし、白石悟は出所後、すぐに母親とその内縁の夫を殺して塀の中に逆戻りしていた。現在の東京拘置所には庁舎を取り囲む塀はありませんが、比喩的な意味です」

ふたたびパイプ椅子に腰を下ろした外岡は、努めて事務的な口調で言った。心を鬼にすることに成功していた。「つまり、あなたにとって復讐する相手は池永夫妻しか残っていなかったわけだ」

音を立てて洟を啜ると、凜々子は首をわずかに上下させた。「ええ。できることなら、この手で白石の命を奪いたかったけれど……」

「昨年の一月二十四日のことをお訊きします。君恵が旅行に出かけていることは知っていたんですか？」

「知っていたわ」

「どうやって？」

「わたしは、しばらく池永家を見張っていた。そんなある日、君恵が家の外に出てきたので彼女の後を尾《つ》けた。彼女は横浜駅で三人の女性と待ち合わせをしていた。それから、四人は旅行代理店に入っていった」

「そこで、あなたも店の中に入り、彼女たちの会話を盗み聞きした」

「ええ。カウンターの係が発券した列車の切符もさりげなく見たから、旅行の日程を把握することができた」

「で、二十四日の朝、幸彦のところに電話をした」

「そう。公衆電話を使って。高齢者は朝が早いから、七時ジャストに。ちょうどよかったわ。もう少し遅くに電話をかけていたら、彼は出かけてしまっていたから」

「電話では、どんな会話を？」

「どんな会話？……ああ、まず、名乗ったわ。一九七六年にあなたがアルゼンチンから連れてきた咲子です、と。それから、ずっとあなたのことを捜していました、どうしても今日中にお会いしたいと言った」

「それに対し、幸彦はなんと？」

「いつ南米から？　彼はそう訊いてきた」

「あなたは、どう答えました？」

「二ヵ月ほど前に、と」凜々子が答えた。「ブラジルで日系人相手の公演があって、しばらく向こうに行っていたのよ。日本人移民を題材にしたお芝居が評判になって、向こうの日系人会から招聘《しょうへい》されたの。そのことを彼が知っていたはずはないんだけど、反射的にそう答えたことを憶えている」

「なるほど……そういうことでしたか」

外岡は机の天板に視線を落とし、ふっと小さく溜息を吐いた。しばし沈黙した後、顔を上げた。「……そうした会話が交わされた後、幸彦は、今から葬儀で秋田に行かなければならないから、夜の十時に自宅に来てくれないか。あなたに、そう言ったわけですね？」

「ええ」

「犯行の状況ですが、どの時点で彼を殴打したんですか？」

「わたしが夜九時半ごろに家に行ったときには、彼はまだ帰宅していなかった。それから十五分ぐらいして帰ってきた彼に玄関先で挨拶した。中に入ったところで、わたしはいきなり彼のことを殴りつけた。頭の後ろを思いきり。ブラックジャックという一種の棍棒を使って」

ブラックジャック――。革袋に鉛などをつめたもので、打撃力が大きい割に殴った相手の体表面に外傷を残しにくい。

「その段階で、幸彦は意識を失ったんですか？」

「そうね」

「そのとき、幸彦はニットの帽子をかぶっていましたか？　葬式の帰りなのに、喪服を着てはいなかったんですか？」

「ひとつずつ、お答えするわね」質問の連打に、凜々子は苦笑した。「帽子はかぶっていたわ。喪服は着ていなかった。ガーメント・バッグを持っていたから、葬儀の後、どこかで着替えたんでしょう」

ブラックジャックとニット帽の組み合わせが、池永幸彦の頭部に外傷をひとつも残さなかったのだ。

「彼を殴った後、どうしました？」

「家の中に入り、彼の荷物を居間に置いたわ。その後、車のキーを探し出した。日付が変わる少し前、苦労して彼を車の中に入れた。それから、頭をフロントガラスに一度たたきつけた。彼を助手席に移して、車をガレージから出した」

「その際、運転席のシートを前に動かした記憶はありませんか？」

「……そういえば、確かに動かしたわ」

「それから？」

「車を出した後は……交通事故に見せかけるために目についた電柱に軽く車をぶつけてから、

幹線道路に出たわ。交差点で車を停め、ハザード・ランプを点灯させた。それから、彼の上体を運転席側に移動させた。運転席のドアを開けたときに初めて、彼がまだ息をしていることに気づいた。けれども、車内灯に照らされた彼の様子からすると、意識が戻ることはないように思えた。わたしの姿を誰かに見られるかもしれないし、終電に遅れないように急いで市営地下鉄の駅に行く必要があった。ぐずぐずしている暇はなかったから、そのままにするしかなかった。……あれは、大きな賭けだったわ」

「あなたの見立ては間違っていませんでした。意識が戻ることはなく、幸彦は約三時間後に息を引き取りました」

「そうだったの……」

「次は、昨年二月二十日前後のことを思い出してください。君恵のところには、やはり公衆電話から架電を？」

「だって、自分の電話を使うわけにはいかないもの。通話記録を残したらいけないことぐらい、わたしだって知っているわ」

「そのときは、いつ向こうから？　――などとは訊かれませんでしたか？」

「訊かれたわよ。まさに今、外岡さんが口にしたとおりの言葉で。だから、わたしはまた反射的に三ヵ月ほど前にと答えた。ブラジル公演のことを彼女が知っているはずはないのに、と思いつつ。わたしがそう答えたのは、幸彦にも同じことを訊かれたということが頭のどこかにあったのかもしれない」

「なるほど」外岡は顎に手をやった。「……それでは、犯行の状況についてお訊きします。君恵のことを睡眠薬で眠らせてから、風呂の中に？」

「いいえ」凜々子は首を振った。「玄関先でいきなり殴りつけて昏倒させた。やはりブラックジャックを使って後頭部を殴った。気を失った彼女を一階のお風呂場に引きずっていったら、浴槽には既にお湯が張られていた。だから、そのまま……」

君恵の頭には、コブのひとつぐらいできていたのかもしれない。けれども、ヒート・ショックによる溺死という先入観を以て実施された保土ケ谷署のいい加減な代行検視、それに輪をかけていい加減な監察医の手による死体検案では、外傷はたやすく見落とされたのかもしれない。

そんなことを考えながら、外岡は次の問いを発した。「浴槽の底に沈んでいたインカローズのブレスレット。あれは、あなたが腕にしていたものですか？」

「ええ。あのときは、控えめに言っても平静な気分ではなかったし、お湯の色が入浴剤でピンク色をしていたから、失くしたことにすぐには気づかなかった」

「君恵の息子が翌日、彼女の家を訪ねた際には、玄関ドアは施錠されていました。あなたが業者に合い鍵をつくらせたんですね？」

凜々子は黙ってうなずいた。

「とりあえず、これで質問は終わりです」

凜々子が言った。「今度はこちらから訊いてもいい？」

「どうぞ」

「わたしは、逮捕されるの？」

外岡は慎重な言い回しで答えた。「おそらくは」

「だけど、わたしのことを逮捕するためには、わたしの供述以外に物的証拠って言うの？

――そういうものが必要なんじゃない？」

「物証は、ひとつだけあります」

「それは、なに？」

「あなたの毛髪です」外岡は答えた。「そのＤＮＡ型を県警の科学捜査研究所という部署で鑑定させたところ、池永幸彦の車の運転席シートから採取された毛髪のＤＮＡ型と完全に一致することが分かりました」

「わたしの髪の毛をどこで、どうやって？」

「あの夜、あなたの部屋から自宅に戻って服を脱いだ際のことです。ワイシャツに長い黒髪が一本絡みついているのを見つけました。わたしは、それを保管していたんです。なんて言ったらいいのか……」

そこでいったん言葉を切った外岡は、凜々子の目をじっと見つめた。「あなたとわたしとの間にあったことの思い出として。それを使わせていただきました」

「そう……」とつぶやいた凜々子の目には、きらりと光るものがあった。

「実は、ほかにもまだあります」外岡は少し遠くを見るような目をした。「状況証拠ですが、かなり有力なものと言わざるを得ません」

それは、四日前のことだった。

以前、彼に約束したとおり、外岡は、東北で牧場をやっている藤田淳司にこれまでの捜査結果を伝えた。

すると、翌日、藤田から携帯に電話があった。

藤田は勢い込んだ口調で言った。〈先輩、森下って巡査のことを憶えていますか？〉

「憶えている」外岡は答えた。「池永幸彦の車から走り去る人影を見た。そんな目撃証言を取ってきた熱血漢だろ？　西川っていうろくでもない警部補に楯突いた」

〈そうです。そいつが、防犯カメラの映像を持ってるんですよ！〉

「今、なんて言った？」

〈だから、森下は駅の防犯カメラの映像を持ってるんですよ！　上から止められているのにもかかわらず、やつは独断で市営地下鉄から当日深夜の三ツ沢上町駅の映像を手に入れていたんです！　ＤＶＤで提出させて！〉

その日の夜、外岡は森下巡査が暮らす独身寮の部屋を訪ねた。

パソコンにＤＶＤをセットすると、森下は映像を早送りした。

映像の日時が昨年一月二十五日の午前零時になったところで、外岡は普通の速度で再生するように頼んだ。

見間違えるはずのない女性が三ツ沢上町駅のホームに現れたのは、それからしばらくしてからのことだった。

「それは間違いなく、凜々子さん、あなたでした」

劇場の楽屋で、外岡が抑揚をつけない平板な口調で言った。「時刻は一月二十五日の午前零時六分。その後、あなたは新横浜方面へ向かう電車の先頭から三両目の車両に乗りました。あなたの毛髪が池永幸彦の車から出てきたことと合わせて考えると、これを単なる偶然の産物だと釈明することは、かなり難しいでしょうね」

「よく分かったわ」凜々子は静かに言った。「メイクを落として着替えるから、少しだけ待ってくださらない？」

「まだ、話は終わっていません」

外岡が言った。「さっき、わたしは少しばかり嘘をつきました。宮崎大祐という刑事が書き残したメモには、実はまだ続きがあるんです。先ほど伏せた部分をコピーしたのが、これです」

外岡は、かばんの中から取り出した一枚の紙を凜々子の前に滑らせた。

しかし、その後、やはり彼女は生まれ……（判読不能）夫妻は赤ん坊を……（以下、文末まで判読不能）

二人からの連絡を受けて親戚の部下が……（判読不能）というのがあの事件の真相だった。

しばらくして、凜々子がコピー用紙から顔を上げた。「まったく分からないわ。ここには、なにが書かれているの？」

「欠落している個所を補うと、最初の文は、こんな感じになると思います」外岡が答えた。「〈しかし、その後、やはり彼女は生まれた国で育つべきだと考え直した夫妻は赤ん坊をアルゼンチンに送り返すことにした。〉そして、最後の文はこうなりますか。……〈二人からの連絡を受けて親戚の部下が日本を訪れ、赤ん坊をアルゼンチンに連れ帰ったというのがあの事件の真相だった。〉」

「まさか！」

凜々子は弓なりの眉を吊り上げた。「わたしは池永咲子ではなかった……？　あなたは、そう言っているの？」

外岡はうなずいた。「そのとおりです」

池永慎一から外岡の携帯に連絡があったのは、六日前のことだった。

このことは奥さんにも絶対に話さないでくださいと二度念を押した上で、慎一には、幸彦の車の中から採取された毛髪とDNA型が一致したため、近く朝井凜々子という舞台女優に対する事情聴取に踏み切るつもりですと報告した上で、彼女が三十九年前に消えた咲子であった可能性が高いということも伝えてあった。

〈ぜひとも、外岡さんに会ってもらいたい人がいるんです〉

それが具体的にどんな人物なのかということには一切言及せず、慎一は、会合の日時と場所を指定してきた。

翌日の午後二時少し前、外岡は、指定された横浜市内の霊園に到着した。

このところ、日本列島は季節外れの暑さが続いており、この日の横浜の最高気温は三十度、真夏日だった。

霊園の管理事務所で外岡を迎えた慎一が言った。「わざわざご足労いただきまして、申しわけありません」

挨拶もそこそこに、外岡は慎一に問いかけた。「で、わたしに会わせたい人というのは？」

「お墓におりますから、ご案内します」

池永家の墓所は、横浜の市街地を見下ろす小高い丘の上にあった。

そこには、長身の美しい女性が立っていた。

慎一に伴われた外岡の姿を認めると、女性は軽く会釈をした。

彼女が差し出した右手をやんわりと握りながら、外岡は名乗った。

「クラウディア・マツヤマと申します」女性が言葉を返した。「お会いできて、光栄に存じます」

四十前後とおぼしき女性の顔立ちは日本人そのものだった。けれども、その表情のつくり方やちょっとした仕草、服装、それに全体に漂う雰囲気といったものから、彼女が日本とは異なる文化圏で生まれ育った人物であることが分かった。

そうした彼女の口から出た非常に流暢《りゅうちょう》な日本語に、外岡は少し驚いた。「日本語がとてもお上手ですね」

「ありがとうございます」クラウディアは微笑んだ。「わたしたちの世代は日本語を話さない人間が大半ですが、わたしは一生懸命に勉強しました。それに、向こうで日本企業のローカル・スタッフとして働いておりますから」

「向こうというのは?」

「アルゼンチンです」クラウディアが答えた。「戦前に、祖父母が高知県からあちらに移民したんです」

だそうです」

「クラウディアさんは自分のルーツの国を探訪したいと思われて、今回、日本にいらしたん

池永慎一が、これまでの彼女との経緯を話し始めた。「しばらく前、両親の家に彼女から手紙が届きましてね。手紙はスペイン語で書かれていました。言葉が分かる友人に頼んで日本語に訳してもらったところ、近く日本を訪れるのであなた方にお会いしたいと記されていました。彼女が両親とどんな関係があったのかは不明でしたが、わたしは両親が亡くなったことを短く手紙で伝えました。友人にスペイン語で書いてもらって。そうしたところ、一昨日《おととい》、彼女が突然、わたしの家を訪ねてこられて……」

「ごめんなさい」クラウディアが恐縮したように言った。「わたし、池永さんのことを驚かせてしまったようですね」

「確かに、びっくりしました」慎一は右側の口角を持ち上げて苦笑いした。「玄関先に降ってわいたかのように見知らぬ女性が立っていて、『先日、お手紙をいただいた者です』とおっしゃるんですから」

外岡はクラウディアに顔を向けた。「それで、あなたは池永さんのご両親とはどんなご関係なんでしょうか？」

「昔、お二人に、とてもお世話になったんです。一九七六年のことです。それで今日、こうしてお二人のお墓にお参りをさせていただきました」

「一九七六年ですか……。あなたはまだ小さかったはずですね？」

「ええ」クラウディアはうなずいた。「生まれたばかりでした」

それから、彼女は言葉の爆弾を炸裂《さくれつ》させた。「そして、当時、わたしには咲子という名前がつけられていました」

「なんですって？」

爆発の衝撃波をまともに浴びて、外岡は目を見開いた。クラウディアの言葉を脳髄が完全に理解するのには、何秒間かの時間を要した。やがて、外岡は、途切れ途切れに言った。

「……つまり……あなたが……あの……？」

「そうです」クラウディアはふたたび首を上下させた。「何者かの手でショッピングセンターからベビーカーごと連れ去られたことになっている池永咲子。それが、このわたしです」

クラウディアは自らの数奇な人生について語り始めた。


アルゼンチンの左翼都市ゲリラ「モントネーロス」の協力者として活動していたクラウディアの母親が私服姿の男たちによって拉致されたのは、ビデラ軍事政権の発足から二ヵ月後の一九七六年五月のことだった。

白昼、ブエノスアイレス市内の歩道を歩いていた彼女は、タイヤをきしらせて横づけされた緑色のフォード・ファルコンに押し込まれた。

何千もの人々がこの車――アルゼンチンの心理学者であり劇作家でもあるエドゥアルド・パブロフスキーはフォード・ファルコンのことを「恐怖のシンボルであり、死の車」だったと語っている――で拉致され、〝行方不明〟になった。

当時、自分たちの周囲でほとんど公然と起きている不穏な事態に怯えつつも、現実から目を背けていたアルゼンチンの一般市民は、こうした人々のことを〝吸い込まれた〟という言葉で表現した。彼らはどこかに〝吸い込まれて〟、社会から消えてしまっただけなのだ――と思い込もうとしたのである。

けれども、彼らは実際には、消えてしまったわけではない。アルゼンチン国内の約三百四十ヵ所に設置された秘密収容所に連行されたのである。

おなかに恋人の子どもを宿していたクラウディアの母親が連れていかれたのは、ブエノスアイレス市内にある海軍工科学校（ＥＳＭＡ）だった。一九八三年まで続いた右派軍事政権下、その白亜の建物には延べ人数にして約五千人が収容され、そのうち生き残った者はわずか百五十人程度しかいなかったという。

ＥＳＭＡには、妊娠している女性たち専用のベッドルームがあり、出産のための医療設備も完備していた。海軍病院の医師と看護師が妊婦の体調を注意深く管理し、栄養面の配慮がなされたのはもちろん、ビタミン剤なども投与された。ＥＳＭＡの責任者は妊婦たちが収容されている場所を海軍の上級将校ら訪問客に見せながら、ここにはブエノスアイレスでもっともよく知られた産婦人科病院であるラモン・サルダ病院と同じぐらい素晴らしい設備が整っていると自慢したものだった。

出産までの間、彼女たちはとても丁重に扱われたのである。

母親がESMAでクラウディアを産んだのは、一九七六年十一月十四日のことだった。

出産から数日後、母親は軍のC－130ハーキュリーズ輸送機に乗せられ、生きたまま海に落とされた。

それは、「vuelos de la muerte（死の飛行）」と呼ばれる処分方法だった。

幸運にもESMAから生きて自由の身になった三人の女性たちは、後年、フランス国民議会で次のように証言している。

「輸送」が行われる日は、施設内の空気がぴりぴりと張りつめていました。わたしたちは、その日が自分たちの番なのか、あるいはそうではないのかを知りませんでした。

……連中が収容者の番号を呼び始めました。

自分の番号を呼ばれた収容者たちは、彼らを殺さずに眠らせるための注射をする看護師が待つ処置室に連れていかれました。その後、彼らは施設の側面にあるドアあたりから外に出され、トラックに乗せられました。彼らは半分眠ったような状態でブエノスアイレスの空港に連行され、南方の海に向かって飛ぶ航空機に搭乗させられたのです……。

誕生直後に母親から引き離されたクラウディアは、池永君恵の親戚に当たる日系人海軍少佐の手で、当時アルゼンチンに滞在していた池永夫妻に渡された。子宝に恵まれずにいた夫妻は、海軍少佐から〈日系人の赤ん坊が手に入る〉という手紙をもらい、その夏、アルゼンチンに渡航。「その日」が来るのを、ブエノスアイレスのホテルでじっと待っていたのである。自分たちは国家転覆を謀る共産主義者らを敵とした戦争を遂行しているのだと考えていた軍部は、クラウディアのような「反体制分子」が産んだ赤ん坊を〝戦利品〟として扱い、軍政に近い関係者らに〝分配〟していたのだ。

池永夫妻はもともと政治的には保守的考え方の持ち主であり、暴力革命を目指す左翼ゲリラに激しい嫌悪感を抱いていた。そのため、赤ん坊の母親が「モントネーロス」の協力者だったことを聞かされていた二人は、母親から赤ん坊を取り上げることについてはそれほど罪悪感を覚えなかった。夫妻に対して、母親が「死の飛行」という残虐な方法で殺害されたことが伏せられていたのは言うまでもない。後年、軍事政権の非道が次々と暴かれた時点で、赤ん坊の母親はそうした方法で殺害されていたに違いないと、夫妻が確信したことは間違いないだろうが。

池永君恵が一九七六年十一月十四日、ラモン・サルダ病院で女の子を出産したことを〝証明する〟書類一式は軍当局が用意した。

その愛くるしい姿にすっかり魅了されてしまった夫妻は、なに食わぬ顔でクラウディアを日本に連れて帰った。

彼女をいったんはわが子として育てようと決めた二人に迷いが生じたのは、帰国後、間もなくのことだったようだ。

自分たちのやったことは間違っていた。

二人はそう思い始めたのである。やはり、彼女は生まれた国で育つべきだ。おそらく軍関係者の元で育てられる彼女が偽りの人生を歩まされるのは同じだとしても、祖国で生きるべきではないか——と。

夫妻からの連絡を受け、海軍少佐の部下だった日系の女性下士官が来日した。クラウディアの受け渡しは深夜、横浜市内の路上で行われた。

夫妻は繁華街での女児連れ去り事件をでっち上げることにした。

大勢の買いもの客が出入りする場所で〝事件〟が起きたことにすれば、ベビーカーを押す犯人を目撃したという人物が誰も現れなくても警察はそれほど不審には思わないだろうと考えたのである。

一九七六年十二月三日、即ち横浜のショッピングセンターから咲子がいなくなったと警察に通報があった当日、咲子＝クラウディアを連れた女性下士官は空路、日本を離れ、米国経由でアルゼンチンに戻った。

赤ん坊は親族が日本で産んだ子どもで、事情があってしばらく自分がアルゼンチンで預かることになった。羽田空港での出国審査の際、女性下士官は係官にそんな説明をしたという。咲子=クラウディアの旅券は、在日アルゼンチン大使館が超特急で作成した。

クラウディアは、子どものいなかった女性下士官の家庭で、〝実子〟として育てられた。育ての両親は彼女に愛情を注ぎ、クラウディアはなにひとつ不自由せずに成長した。

真実のドアが開いたのは、二〇〇二年のことだった。

クラウディアを池永夫妻に斡旋《あっせん》した元海軍少佐の犯罪を調査していた裁判所が、彼女に〈あなたは今の両親の子どもではない〉と知らせてきたのだ。

「当初、わたしは、その事実を受け容れることができませんでした」

池永家の墓石に視線を向けながら、クラウディアが言った。「自分が『反体制分子』の子どもだったなんて。そんなこと、信じたくなかったんです。軍人の家庭で養育されたわたしは、〝両親〟から『反体制分子』はとてつもなく悪い連中だと幼いころから吹き込まれていましたから。それから数年間、わたしは調査機関に自分のDNA試料を提出することも頑《かたく》なに拒んでいました。……ですが、ある日、〝母親〟がわたしの本当の母親をハーキュリーズ輸送機に乗せる作業に関与していたことを告白したのです。涙を流しながら。わたしがすべてを受け容れたのは、そのことがきっかけでした。本当の苗字であるマツヤマを名乗るようになり、今では、実の父親のほか、殺された実の母親の家族とも親密な関係を結んでいます。池永夫妻のことは、育ての母親から聞きました。お二人のアドレスも。それで、日本を訪れる前に夫妻宛てに手紙を差し上げたんです。元海軍少佐のことですが、彼は裁判にかけられる前に病死しました。育ての母親は刑務所に入れられました」

それからしばらくの間、誰もなにも言わなかった。

小鳥の涼やかなさえずりが、ときおり木々の間から聞こえてきた。

「自分の両親にこんな秘密があったなんて、信じられなかった――」

やがて、池永慎一がクラウディアに顔を向けた。「あんまり突拍子もない話で、すぐに信じろと言うほうが無理です。正直なところ、あなたはわたしのことを騙《だま》そうとしているんじゃないかと疑りました。これは、手の込んだ詐欺かなにかじゃないかと。けれども、夜を徹して話を聞いて、あなたは少しも嘘をついていないと確信しました。あなたが祖国に戻られても、お互い連絡を絶やさないようにしましょう。……だって、ごく短い間とはいえ、あなたはわたしの〝お姉さん〟だった方なのですから」

「ええ」クラウディアはうなずいた。「手紙を書きます。もちろん、今度は日本語で。ミ・エルマーノ（わたしの弟）に」

クラウディアと慎一はそっと抱き合った。

「あなたはなぜ、ここに？」

二人の身体が離れたところで、外岡がクラウディアに問いかけた。ようやく、少し驚愕が治まっていた。「それが、よく分かりません。亡くなった池永夫妻は、あなたにとって憎しみの対象ではないのですか？」

「いいえ」クラウディアは微笑み、首を左右に振った。「確かにお二人は、わたしをいったん〝盗んだ〟わけですが、すぐに思い直して、わたしをアルゼンチンに送り返すという、彼らが考え得る最善の行動を取ってくれたのですから。自分のアイデンティティーを完全に取り戻したわたしが、今、こうしてここに存在している。それはある意味、お二人のおかげじゃないですか。わたしはそんなふうに思っています。どこか間違っているでしょうか？」

外岡は語り終えた。

凛々子が、ほとんど独白のような口調で問いかけてきた。「じゃあ、このわたしは誰なの？　いったい何者なの？」

それは、風に乗ってとても遠いところから運ばれてきたような声だった。

質問には答えず、外岡はつぶやくように言った。「あの名前をごく最近、どこかで目にした。そのことは分かっていたんですが、それをどこで目にしたのかが、どうしても分かりませんでした」

「あの名前……？」

凜々子は訝しげな表情をした。「あなたは、なにを言っているの？」

「咲子、いやクラウディアが羽田空港からアルゼンチンに旅立つ二日前、鳥取県米子市の病院から、その日に生まれたばかりの女の子が略取されるという事件が起きました」

外岡は一方的に言葉を並べていく。「結局、その女の子は見つからなかった。事件から数日後、身代金を奪う目的で仙台の病院から赤ん坊を連れ去った前歴を持つ男が、鳥取県内の山林に停められた車の中で排ガス自殺をしているのが見つかりました。その男が〈彼女に死なれてしまった〉といったメモを車内に残していたことから、地元の警察は彼の犯行だと思い込んでしまった。けれども、今では、その男は事件とは無関係だったということが分かっています。メモの〈彼女〉というのは男の元妻を指した言葉だったんです。……つまり、真犯人は別にいた。事件当日、以前その病院に勤務していた助産婦の姿が病院内で目撃されていました。用事があって米子に来たので、世話になった婦長さんに挨拶しようと思って立ちよった。顔見知りから声をかけられて、助産婦はそう話したのですが、実際には婦長に会っていなかった。助産婦なら、新生児室のことや病院の管理態勢のどこに穴があるかを熟知していたはずです。そうじゃありませんか？」

「その助産婦が女の子を連れ去った。あなたはそう言っているのね？」

「ええ」外岡は首肯した。

それから、ついにその名前を口にした。「宮地《みやじ》淑子というのが、助産婦の名前でした」

「宮地淑子……」

凛々子は絶句した。

「その名前をどこで見たのか。正確には、淑子という下の名前だけですが。昨日になって、ようやく思い出しました。それは、あなたの部屋で読んだあの日記の中でした。昭和五十一年十二月三日付の日記、つまり、待望の娘を授かった日に、チョンチョン括弧のついた〝お母さん〟はこんなふうに書いていた。〈すべて姉淑子のおかげだ。彼女にはいくら感謝しても、感謝しきれない〉。そして、同年十一月十日付の日記には、こう書かれていました。〈経験豊かな助産婦である姉の淑子が面倒を見てくれている〉――と」

「わたしは、米子の病院から〝盗まれた〟女の子だった……？」

「間違いありません」外岡は首を上下させた。「あなたの本当の父親の名前は下山努。母親の名前は良子といいます」

「どんな字を書くの？」

外岡は字解きをした。

凛々子は両親の名前を二度繰り返した。

二人の名前を噛みしめるように、ごくゆっくりと。

「おそらくご存じないと思いますが、『シンクロニシティー』という言葉があります」

しばらくして、外岡が言った。「スイスの心理学者カール・グスタフ・ユングが提唱した概念で、日本語にすると『意味のある偶然の一致』といったところです。横浜と米子と場所は離れていますが、わずか三日の間に生まれたばかりの女の赤ん坊がいなくなるという事件が相次いだこと。白石悟が大学生のころ、あなたの〝実家〟に出入りしていたこと。あなたが、あの革表紙の日記帳を見つけてしまったこと。あなたの〝お母さん〟が乳母車を押す君恵と出逢っていたこと。あなたが施設で面会した認知症の老女が、話の途中で急に口を閉ざしてしまったこと。あなたがブラジルへ芝居の公演に行ったこと。幸彦や君恵が〈いつアルゼンチンから日本に来たのか?〉とは訊かず、〈いつ南米から?〉〈いつ向こうから?〉とあなたに訊いたこと。そうした、いくつものシンクロニシティーが、あなたの中に殺意を生じさせてしまったんです」

「なんてこと!」

凜々子は両手で顔を覆った。まるでこの世界から隠れようとするかのように。「わたしは、自分の人生とはなんの関係もない二人を……」

「いいえ、二人ではありません」

外岡は強い調子で言った。「あなたが殺したのは、池永幸彦だけです。君恵のことは、あなたとは一切、なんの関係もありません。彼女の死は、ヒート・ショックと呼ばれるものが原因の単なる事故だったんです」

「違う。そうじゃない」

幼子がいやいやをするように、凜々子は何度も首を激しく振った。「わたしは二人とも殺したのよ。この手で、二人とも」

「あなたが君恵を殺害したことを裏づける物証は、なにもない」

外岡はぴしゃりと押さえつけるように言った。「インカローズのブレスレットからは、あなたのＤＮＡは検出されなかった。いいですか、今までここで話したことは、すべてここだけの雑談です。あなたが取調室で正式に自供して調書に署名・捺印《なついん》しない限り、君恵を殺害した容疑であなたを逮捕することはどう考えても不可能だ。だから、君恵のことはどこまでも知らぬ存ぜぬで押し通すんだ」

凜々子が叫んだ。「そんなこと、できるわけがない！」

弾かれたように立ち上がって机の向こうに回ると、外岡は、凜々子の小刻みに震える両肩を強くつかんだ。

それまで抑えに抑えていた感情が、口から一気に迸《ほとばし》った。「凜々子さん、あなたを絶対に死刑にはしたくない！　あなたを絶対に失いたくない！　……おれの、あなたへの思いを察して……お願いだから。お願いだから、おれの言ったとおりにしてくれ！」

凜々子がまた叫んだ。「できない！」

片膝をついてその場でうずくまった外岡の目から、涙がどっとあふれ出た。

凜々子は、そんな外岡の顔にそっと頬をよせた。

それから、耳元でこうささやいた。「わたしの愛《いと》しい人。あなたの気持ちは、とっても嬉しいわ。心から感謝している。……だけど、わたしには、どうしてもそうすることはできない」

「ああ……凜々子」

「いい子だから、もう泣かないで」

涙で濡れた外岡の頰をこの上なく優しい手つきでひと撫ですると、凜々子はすっと立ち上がった。

込み上げてくる涙をこらえるように楽屋の天井を一瞬仰いでから、彼女は言った。「さあ、わたしに支度をさせて。これでも、わたしは女優の端くれなのよ。いくらなんでも、こんなひどい顔で警察に行くわけにはいかないもの」

外岡もようやく立ち上がった。

「結局、白石悟は正しかったのね」

赤く染まった外岡の目を覗き込みながら、凜々子が感慨深げにつぶやいた。「わたしは〝二度盗まれた子ども〟だったのだから」

参考資料

「保土ケ谷事件の記録」 http://www.howitzer.jp/hodogaya/#lawsuit（現在は閉鎖）

『奪われた人生　18年間の記憶』 ジェイシー・デュガード著　古屋美登里訳　講談社

『完璧な犠牲者』 クリスティーン・マクガイア、カーラ・ノートン著　河合修治訳　角川書店

『蜷川幸雄の稽古場から』 蜷川幸雄ほか著　ポプラ社

『モー革命——山地酪農で「無農薬牛乳」をつくる』 古庄弘枝著　教育史料出版会

『毒になる親』 スーザン・フォワード著　玉置悟訳　毎日新聞社

「Nunca Más (Never Again) Report of Conadep (National Commission on the Disappearance of Persons) -1984」 http://www.desaparecidos.org/nuncamas/web/english/library/nevagain/nevagain_001.htm

『国家テロリズムと市民——冷戦期のアルゼンチンの汚い戦争』 杉山知子著　北樹出版

『ショック・ドクトリン〈上〉——惨事便乗型資本主義の正体を暴く』 ナオミ・クライン著　幾島幸子、村上由見子訳　岩波書店

「フィッシャーマンズ・ブルース」 ウォーターボーイズ　ＥＭＩミュージック・ジャパン　対訳　野絵あい子　※語句表記統一のため著者による一部修正あり

解説

細谷正充《ほそやまさみつ》
（文芸評論家）

「パンがなければお菓子を食べればいいじゃない」。

この有名な言葉は、フランス国王ルイ十六世の正妃であるマリー・アントワネットが、庶民の困窮を知ったときに発したといわれている。国家の実情を理解していない、愚かな言葉だと、長年にわたり信じられてきた。しかし現在、お菓子はブリオッシュのことであり、さらには発言者が別人であったことも分かっている。フランス革命で処刑された王妃を悪役に仕立てるための、悪質なデマといっていいだろう。

実際に当時のフランスの庶民がブリオッシュを食べられたかどうかはさて置き、生きるために必要な物に関しては、えり好みを出来ないことがある。だが、趣味や興味に支配される娯楽となれば、話は別だ。たとえば小説。作家Aの新作がないならば、作家Bの作品を読めばいいじゃない、とはならないのである。あくまでも必要なのは、作家Aの作品なのだ。

娯楽ゆえに、他の何物にも代えがたい。そんな風に思っている作家を、本好きな人なら何人か持っているはず。もちろん私も持っている。そのひとりが緒川怜なのだ。真摯な問題意識と、ミステリーのサプライズによって構築された、重厚な物語世界は、まさにワン・アンド・オンリーなのである。しかし作者は、つい最近まで、共同通信社の記者として働きながら、執筆活動をしていた兼業作家だったため、作品の発表ペースは速くない。以下、刊行された著書を並べてみよう。

『霧のソレア』（二〇〇八・三　光文社）第十一回日本ミステリー文学大賞新人賞受賞作
『特命捜査』（二〇〇九・八　光文社）
『サンザシの丘』（二〇一〇・五　光文社）
『冤罪死刑』（二〇一三・一　講談社）テレビドラマ化
『迷宮捜査』（二〇一四・一　光文社）テレビドラマ化
『ストールン・チャイルド』（二〇一五・八　光文社）本書
『誘拐捜査』（二〇一七・二　光文社）

二〇一八年一月現在、たった七冊だ。しかも新人賞受賞作の『霧のソレア』を除いて、すべて書下ろし出版である。記者の仕事との兼ね合いで、このような創作スタイルになっているのであろう。しかたがないこととはいえ、作品数の少なさに緒川怜のファンならば、飢餓感を募らせずにはいられない。だから未読の人は当然として、単行本で既読の人も、本書を手に取ってしまうはずだ。再読して、渇《かつ》を癒《いや》したいはずだ。それだけの力が、緒川作品には内在しているのである。

物語の主人公は、神奈川《かながわ》県警捜査一課特命二係――重要未解決事件を専門に追う〝コールド・ケース捜査班〟に所属する外岡渉《そとおかわたる》だ。しかし外岡は、妻の事故死から立ち直れず、休暇を貰《もら》ったものの、酒浸《さけびた》りになっている。成り行きとはいえ、妻に浴びせた罵声《ばせい》が最後の言葉になったことから、彼の苦悩は深い。

そんな外岡を、行きつけの蕎麦《そば》屋の主人・池永慎一《いけながしんいち》が訪ねてくる。去年死んだ父親の幸彦《ゆきひこ》の件で、相談があるというのだ。車の中で亡くなっていたという幸彦は、司法解剖によって、心筋梗塞《しんきんこうそく》が死因とされ、事件性無しで処理された。だが偶然に得た情報から、怪しい点が浮かび上がる。所轄を始め、あちこちを独力で当たった池永だが、行き詰まってしまい、外岡を頼ったのである。

池永の話に、刑事魂を掻《か》き立てられた外岡は、休暇を利用してひそかに動き出す。やがて、所轄の悪質な隠蔽《いんぺい》や、司法解剖の問題が露わになった。また調査の旅路で、外岡は朝井凜々《あさいりり》子《こ》という女優と出会う。十歳のときに見知らぬ男に拉致《らち》され、九年間も監禁され、その間に男の子供を妊娠・出産したという、過酷な過去を持つ女性だ。そのことを書いた本人の手記は、ベストセラーになっている。死んだ妻と似た雰囲気《ふんいき》を持つ凜々子に、外岡は強く惹《ひ》かれる。

外岡の調査により、幸彦の死に殺人の疑いが持ち上がる。さらに幸彦の死の一ヶ月後に、彼の妻の君恵《きみえ》が自宅で事故死しているのだが、こちらも殺人の可能性がある。いったい池永夫婦に、何があったのか。コールド・ケース捜査班の捜査により、容疑者が判明。また、凜々子も事件に関係してくる。凜々子の存在を気にしながら、容疑者を追う外岡だが、思いもかけぬ悲劇が発生。そして一連の事件は、予想外の方向に捻《ね》じれていくのだった。

次々と明らかになる事実。中盤のサスペンスフルな展開。互いに傷を抱いた、外岡と凜々子の恋愛。要所に挿入される意味ありげな日記……。盛りだくさんの読みどころが、複雑に絡《から》み合い、読者を魅了する。特に、後半から終盤にかけての、意外な展開と、その果てに明らかになる真実に、ページを繰《く》る手が止まらない。ミステリーの面白さを、存分に堪能できるのだ。

さらに本書では、警察の隠蔽体質や、司法解剖の抱える問題など、幾つもの社会問題が描《えが》かれている。この中でもっとも注目すべきは、かつてアルゼンチンで起きた〝汚い戦争〟である。

汚い戦争については、本書の中で触れられているので、詳しいことは書かない。どのように事件に絡むのかも、本書の読みどころなので説明は避ける。その代わり、汚い戦争を題材にした作品について述べておこう。作中で外岡が汚い戦争を知った切っかけとして、アルゼンチン映画の『オフィシャル・ストーリー』が挙げられている。この他にも、やはりアルゼンチン映画の『ナイト・オブ・ペンシルズ』（ビデオ・タイトル『ミッドナイト・ミッションン』）も、日本で公開されている。汚い戦争は、今でもアルゼンチンに巨大な影を落としており、この時代を扱った映画は多いそうだ。

一方、ミステリー作に目を向けると、トマス・H・クックの『ジュリアン・ウェルズの葬られた秘密』や、カリル・フェレの『マプチェの女』がある。どちらも汚い戦争が、重要な題材として物語に組み込まれていた。さらにアルゼンチンの作家、グスタボ・マラホビッチが現代アルゼンチンを舞台にした『ブエノスアイレスに消えた』の「訳者あとがき」では、翻訳者の宮崎真紀《みやざきまき》が汚い戦争に触れながら、

「主人公が携わる失踪人捜索という作業には、この国のそうした歴史的背景のこだまが感じられる」

と、記しているのだ。たしかに日本から見れば、アルゼンチンの汚い戦争は、遠い世界の出来事だ。それを興趣に満ちた事件を通じ、現代日本に生きる人々と結びつけた、作者のストーリー・テリングが素晴らしいのである。

それにしてもだ。フランス革命が成就《じょうじゅ》した後に始まった共和政は、反革命勢力と目した人々を処刑する恐怖政治を敷いた。軍事クーデターを経て成立した、アルゼンチンのビデラ

政権は、汚い戦争によって左翼勢力を大弾圧した。このような歴史の相似形《そうじけい》を見ると、人間の愚《おろ》かさに、嘆息《たんそく》せざるを得ない。

そう、人は歴史に学ばず、ただ繰り返す。だから作者は、現代の日本の事件に、汚い戦争をぶち込んだ。私たちにとって、無縁な題材ではないからだ。民族性からして、日本で革命やクーデターが起こることはないかもしれない。でも、政治や社会制度は、確実に悪化している。直接的に命を奪われることはなくても、貧困による餓死や自殺など、実際に死に追い込まれている人はいる。権力の横暴や、社会システムの矛盾《むじゅん》は、偏在しているのである。

これを作者は、デビュー作から一貫して、追及している。物語ごとに、さまざまな角度から、諸問題を掘り下げているのだ。この物語でも、それを実行している。終盤で結ばれた、ある登場人物同士の絆《きずな》に、一縷《いちる》の希望を託しながら、現代日本を世界的な視座で剔抉《てっけつ》してのけたのだ。誰とも替えの利かない、平成の社会派ミステリーの雄。作者がそのような存在であることを、本書を読んで、あらためて確認したのである。

二〇一五年八月　光文社刊

光文社文庫

ストーールン・チャイルド　秘密捜査《ひみつそうさ》
著者　緒《お》川《がわ》　怜《さとし》

2018年1月20日　初版1刷発行

発行者　鈴木広和
印刷　堀内印刷
製本　ナショナル製本

発行所　株式会社　光文社
〒112-8011　東京都文京区音羽1-16-6
電話（03）5395-8149　編集部
8116　書籍販売部
8125　業務部

ISBN978-4-334-77588-9　Printed in Japan

組版　萩原印刷